Je vais allumer du feu en attendant
qu'il apporte du bois.
Alfred Jarry
Ubu Roi ou Les Polonais, 1896

L'individu est un phénomène second,
et ce sont deux autres éléments qui sont premiers,
la psyché d'un côté, la société de l'autre.
Cornelius Castoriadis
Création et désordre, 1987

Première partie

Œil rouge

1

« Cette ville pue la mort, marmonne l'inspecteur Éric Darrieux, adossé à la portière de sa vieille Peugeot. Tu m'entends, Grenoble ? La mort par tous tes trous ! »

Dimanche 15 janvier 2006, une avenue, quelque part entre un bar et son appartement.

« Plus de quarante ans que je roule pour toi. »

Darrieux siffle le fond de sa bouteille de whisky. Les immeubles valsent autour de lui. Il tente de se retourner, trébuche sur le trottoir et se fend la lèvre supérieure sur le capot. Les mains à plat sur le bitume gelé, il étouffe un juron et part à la recherche de ses clefs.

« Quarante ans que j'use mes semelles dans tes rues et tes escaliers en or gris. Et que m'as-tu donné en échange ? »

Il ferme les yeux pour se concentrer.

— Putain de froid !

Quand il reprend conscience, sa voiture est posée sur le trottoir au pied de son immeuble et le pare-brise est couvert d'une épaisse couche de givre. Plus de whisky, pas le courage de faire un créneau et une douleur aiguë autour de sa lèvre éclatée. Ses doigts sont bleus de froid.

« Sortir de là pour ne pas finir gelé », pense-t-il, en claquant des dents.

Quelle heure est-il ? La petite aiguille semble indiquer le chiffre onze. Encore un peu de courage et il pourra atteindre son lit. La radio est allumée. Le speaker de France Bleue Isère crache les informations comme s'il était contraint de les livrer gratuitement.

La main gauche sur la poignée.

Les brumes de l'alcool se dissipent lentement.

— ... *aucune nouvelle du petit Clément Sanchez, treize ans, disparu vendredi soir après les cours...*

Très lentement.

Les doigts de la main droite qui cherchent le bouton du volume.

En une fraction de seconde, l'attention de Darrieux est déjà multipliée par trois, puis par dix.

Le journaliste parle de l'enquête.

Son enquête.

— ... *commissaire Simon Rosa, responsable de l'enquête, nous annonce qu'une nouvelle disparition, sans doute sans rapport avec la précédente, a été constatée hier soir, vers 20 heures... rien de grave, une fugue... les parents ne doivent pas s'inquiéter. Neuf fois sur dix, dans ce genre de cas... affirme le commissaire Rosa et...*

« Merde ! »

Son enquête. L'occasion de prouver à ses supérieurs qu'il est encore capable de faire du bon boulot et déjà une nouvelle disparition...

— ... *la petite Eva Barth, onze ans, fréquentant le même collège que Clément Sanchez, a été vue pour la dernière fois en bas de chez elle, alors qu'elle descendait les poubelles. Elle portait un bas de survêtement blanc, des baskets et un pull à col roulé de couleur noire. Pour le moment, les enquêteurs privilégient la piste de la fugue. Toute personne susceptible de fournir des informations à ce sujet est priée de prévenir immédiatement les autorités compétentes...*

Cette sale intuition qui ne le quitte pas depuis vendredi soir, après sa lecture du témoignage de la mère du gamin dans le rapport de police.

Mon fils ne ferait jamais une chose pareille sans m'avertir, monsieur l'inspecteur! Jamais! Il sait très bien que je me ferais trop de mauvais sang. C'est pas un voyou, mon Clément!

Elle pleurait sans pouvoir s'arrêter, paraît-il.

Darrieux a tout de suite su qu'elle ne mentait pas et que le pire était déjà à craindre.

— Une fugue, tu parles! gueule-t-il en éteignant le poste.

Son estomac se noue sous l'effet conjugué de la colère et du froid. Il claque la portière, déniche l'ascenseur dans le hall de l'immeuble et trouve la force de se propulser jusqu'au sixième étage. Arrivé dans son appartement, il se précipite vers les toilettes pour vomir. En se relevant, il croise son reflet dans la glace. Rien de bien glorieux. Les cheveux grisonnants, le visage gonflé, rongé par les remords, les antidépresseurs et l'alcool, pris à intervalles réguliers et si possible en même temps. Un filet de bave et du sang séché aux commissures des lèvres.

C'est dimanche.

Le jour le plus long et le plus inutile de la semaine.

Une éternité.

Quarante-huit heures passées à Grenoble seulement et sa femme et ses deux filles lui manquent déjà. Ses bébés. Il sait pourtant que c'est préférable. Marie-Line ne lui en veut pas. Elles sont mieux à Saint-Marcellin. L'appartement grenoblois lui sert de refuge en même temps qu'il protège sa famille de ses sautes d'humeur. Quand il a quitté précipitamment la maison, vendredi soir, Marie-Line a seulement hoché la tête, sans un mot de reproche. Il a besoin de calme pour réfléchir. Pas de place pour l'émotion. Elle sait ça mieux que quiconque. Il a bordé Claire et Emma, les a embrassées tendrement, puis il s'est enfui comme un voleur après avoir éteint la lumière de leur chambre.

Vingt minutes plus tard, il était à Grenoble, devant la porte d'entrée du commissariat.

Darrieux ouvre le robinet et se frotte le visage sans parvenir à dessaouler.

Trempé de la tête aux pieds, il sort de la salle de bain. Des piles de journaux poussiéreux et des bouteilles vides encombrent le couloir. Une odeur de moisi lui saute à la gorge et il hésite à retourner aux toilettes. Le voyant rouge clignote sur le répondeur.

Un message.

Quelle heure peut-il bien être?

Il s'approche en titubant légèrement, presse un bouton sur l'appareil et attend.

Un grésillement, un signal sonore puis, à nouveau, un grésillement.

Une voix d'enfant.

« J'ai peur. »

Une voix d'outre-tombe.

Un garçon.

Pendant dix secondes, il n'entend plus rien, juste le souffle de la bande audio. Puis la même voix reprend, par saccades :

« J'ai peur. La cave. Il me regarde avec ses yeux noirs. J'ai froid. Il me touche, me caresse. Je vois ses dents quand il parle. J'ai l'impression qu'elles claquent et qu'il va me dévorer… »

De la musique, derrière.

Son rythme cardiaque s'accélère.

«… alors je ferme les yeux. J'attends qu'il ait fini et qu'il me laisse tranquille. Je me sens si seul, Éric. Je me sens si seul et j'ai peur de ce qui pourrait m'arriver si je ne sortais pas de là… »

Un nouveau silence, suivi d'un cri.

L'air lui manque.

« Aide-moi, Éric ! »

La voix d'un cadavre.

Livide, Darrieux se laisse glisser sur le parquet, au pied du meuble où est installé le téléphone.

« J'entends ses pas… »

Un cadavre qui croit respirer encore.

Étendu de tout son long, il est en train de perdre connaissance.

« Il revient. »

La bande s'arrête, le voyant rouge s'éteint.

— *Tu pues la mort.*

2

— ... **La disparition de la jeune Eva Barth, élève de sixième au collège Clemenceau, relance** *l'enquête sur Clément Sanchez, élève de quatrième au même collège, porté disparu depuis le vendredi 13 janvier. Le commissaire Simon Rosa, interrogé tard dans la soirée de dimanche par l'un de nos reporters, se veut apaisant. « Tout indique qu'il s'agit simplement d'une nouvelle fugue, précise-t-il. Ce phénomène est malheureusement fréquent dans ces tranches d'âge et les jeunes fugueurs sont généralement de retour chez eux dans les deux ou trois jours qui suivent la disparition. Nous n'avons donc aucune raison de nous inquiéter, même si nous devons nous montrer vigilants. Nos meilleurs éléments sont déjà sur le terrain, dans le souci de tranquilliser les familles. » Le proviseur du collège nous assure par ailleurs que les règles de sécurité de sortie des classes ont été parfaitement respectées par...*

Le bruit d'un marteau-piqueur vient couvrir la fin de la phrase.

— Silence! vocifère Darrieux en refermant la fenêtre de la cuisine d'un mouvement sec.

« Des travaux dans la rue, à 6 h 30 du matin ? »

Une migraine tenace lui enserre le crâne comme un étau depuis son réveil. Il hésite entre ouvrir une bouteille pour conjurer le mal ou se verser deux aspirines dans un verre. Il se décide finalement pour un fond de bourbon qui traîne sur l'évier et grimace en avalant le liquide amer.

Un début de nausée.

Le marteau-piqueur poursuit sa complainte rageuse comme si la fenêtre était encore ouverte.

Darrieux se sert un deuxième verre, sort un tube d'aspirine d'un placard et avale deux comprimés. Sa migraine diminue sensiblement d'intensité.

… néanmoins, deux élèves de la classe de Clément que nous avons pu rencontrer ont signalé la présence d'un homme qu'ils n'avaient jamais vu auparavant discutant avec l'adolescent. La police refuse de se prononcer sur ce point, soucieuse de ne pas créer d'inquiétudes inutiles et de ne pas échauffer les esprits. La suite des informations locales…

D'un geste rageur, l'inspecteur éteint le poste radio et termine la bouteille. Son mal de crâne semble avoir disparu. Quelques minutes plus tôt, Rosa n'était pas aussi rassurant au téléphone. Deux gamins disparus en moins de quarante-huit heures dans le même établissement scolaire, ça fait mauvais genre. Quelqu'un a trouvé malin de prévenir les médias locaux dans l'heure qui a suivi la première disparition et maintenant les enquêteurs marchent sur des œufs. Avide de sensations fortes, la presse s'est aussitôt saisie de l'affaire. Trop d'enfants disparaissent chaque année sans explication, Rosa le sait aussi bien que lui. Et puis, il y a le signalement de ce type qui discutait avec Clément. Probablement rien de vraiment inquiétant, mais ça contrarie Rosa et il réclame que tous les effectifs disponibles se mobilisent discrètement. Maintenant qu'une gamine a disparu, les esprits s'inquiètent. C'est la panique à bord.

Le commissaire l'a réveillé une demi-heure plus tôt pour lui annoncer qu'il fallait mettre les bouchées doubles sur cette affaire.

— Retrouve-moi ces gosses et qu'on n'en parle plus. Tu as la journée. J'ai assez d'emmerdes comme ça en ce moment pour qu'on ne vienne pas me bouffer des ressources humaines avec des problèmes de puberté et de journalistes paranoïaques.

— Qui bosse avec moi ?

— Vax est déjà sur l'affaire, comme tu le sais. Il était de service vendredi et dimanche soir et comme tu n'étais pas là, je lui ai demandé de s'en occuper. C'est lui qui supervise les données de terrain. Tu bosseras en sous-marin. Officiellement, Vax est chargé de l'affaire et tu n'es là qu'en complément, comme ça, ça te laisse les mains libres pour mener ta barque comme tu l'entends. Je te fais confiance. Vax a pris le lieutenant Botta avec lui pour que ça aille plus vite et que ça donne l'impression aux familles qu'on met le paquet. Tu feras tous tes rapports à Wojcik qui me les transmettra. S'il y a un problème, tu sais où me joindre.

Le capitaine Jean-Pierre Wojcik ! Un carriériste. Il faut toujours qu'il se retrouve propulsé aux premières loges, celui-là, au cas où il y ait quelques félicitations à recevoir. Darrieux râle pour la forme. Aussi loin qu'il remonte dans ses souvenirs, les deux hommes se sont toujours détestés.

— Merci, commissaire.

— Tu es plus efficace dans ces conditions, de toute façon. Tu es un papillon de nuit, Éric, tu n'aimes pas la lumière.

— Si vous le dites…

— Et tant que j'y pense, passe voir Jérôme Brescia chez lui. Il est en congé pour deux jours, mais il m'a promis de te faire un rapport détaillé sur ce qu'il sait déjà sur la petite Barth. C'est lui qui a enregistré la plainte hier soir. Ses premières impressions seront peut-être précieuses pour déterminer où elle a pu aller se cacher. Peut-être connaît-elle Sanchez ? Je n'ai pas eu le temps de lire le rapport. Tu sais où habite Brescia ?

— Oui.

— Parfait. Au pire, il y a une copie du rapport sur le bureau de Vax. Tu n'auras qu'à passer la prendre… Fais-toi un bon café et mets-toi au boulot.

Darrieux a cherché du regard son paquet de Camel, puis a fouillé dans ses poches avant de finalement se rappeler qu'il avait arrêté il y a trois jours.

« Merde. »

— On n'a pas idée de faire des fugues à onze ans ! Peuvent pas attendre d'avoir la majorité pour se barrer de chez leurs parents, comme tout le monde ! Putain de jeunesse, a marmonné Rosa avant de raccrocher.

— Connard, a répondu Darrieux, sachant la ligne coupée.

Une heure plus tard, sa Peugeot en rade pour cause de radiateur percé et trois verres de Long John dans l'estomac, Darrieux sonne à la porte de Brescia. Le brigadier habite un petit appartement en face du parc Paul-Mistral, avec sa femme et son fils. Il sait que sa femme s'est barrée depuis déjà trois mois, mais officiellement, Brescia n'est toujours pas célibataire et Darrieux ne souhaite surtout pas aborder le sujet.

Il n'est pas encore 8 heures.

Son collègue ouvre la porte en râlant. Il porte un caleçon long et un tee-shirt crasseux qui ne recouvre que partiellement un ventre qu'il entretient à grand renfort de boîtes de conserve et de bière de mauvaise qualité. Ils ont fêté ensemble ses quarante-deux ans en novembre, mais sa calvitie et sa couperose lui en donnent facilement quinze de plus.

— Merde, qu'est-ce que tu me veux à c't'heure-ci, Éric ? Tu sais pas que je suis en congé aujourd'hui ?

— Le daron m'a dit qu'il t'avait prévenu.

Jérôme se gratte la tête et le dévisage d'un air perplexe.

— Ma foi, c'est possible.

Darrieux commence à se demander s'il n'aurait pas mieux fait de passer directement au commissariat consulter la copie du rapport.

— Tu me laisses entrer et tu me racontes ?

Sans attendre sa réponse, il pénètre dans le couloir, manquant de se prendre le chambranle de la porte. Seule la lumière de la chambre à coucher est éclairée.

— Putain, Éric, il est même pas 8 heures du mat'et t'es déjà bourré !

— T'occupe. Marthe et la gamine sont là ?

— Tu sais bien que non.

Le brigadier hausse les épaules avec lassitude. Éric et lui se connaissent depuis plus de vingt ans. Ils ont commencé à bosser la même année.

— Je crois que tu ferais mieux de rentrer te reposer chez toi, Éric. Tu ne feras rien de bon dans cet état-là, aujourd'hui.

Darrieux ne se sent pas d'humeur à supporter des leçons de morale. Jérôme commence à l'énerver sérieusement et il n'a pas de temps à perdre en discussions stériles.

— Tu me le fais ce rapport, ou est-ce que je dois me fader tes conseils de mère pendant une heure?

— Écoute Éric...

— Bon ça va, j'ai compris. Excuse-moi de t'avoir dérangé de si bonne heure. Je passerai au bureau.

— Ce n'est pas ce que je voulais dire, Ér...

Darrieux ne le laisse pas terminer sa phrase et lui claque la porte au nez.

Le froid cinglant du boulevard Clemenceau lui rappelle qu'il n'a rien avalé depuis près de vingt-quatre heures. S'il existe bien quelque chose qu'il déteste plus que la chaleur étouffante des mois d'août à Grenoble, c'est bien l'humidité glacée des hivers, qui s'étalent généralement de novembre à mi-mars. Allez savoir pourquoi, les lundis de janvier sont encore pires que les autres jours. Faut croire que le Créateur s'est particulièrement acharné sur ce jour-là. À moins que toutes les usines de l'agglomération ne soient la cause principale du dérèglement climatique de la cuvette grenobloise.

— Vous me faites tous chier.

Darrieux n'a pas envie de réfléchir.

« Je vais attraper la mort, si je reste là. »

La mort.

Il remonte le col de sa veste et part en frissonnant à la recherche d'un bar qui pourrait lui servir des croissants et un café noir, mais il s'arrête au bout de quelques mètres.

— La mort?

Cette ville pue la mort.

Le mot émerge lentement des vapeurs d'alcool. Un détail lui échappe. Quelque chose dont il doit se rappeler.

— Qu'est-ce que la mort a à voir avec tout ça?

Un passant le dévisage comme s'il était fou. Darrieux réalise qu'il parle à voix haute.

– Qu'est-ce qu'il y a! Tu n'as jamais vu quelqu'un réfléchir?

Le type accélère le pas en le traitant de fou. Tout en criant, Darrieux s'aperçoit que l'homme, d'une trentaine d'années, tient un petit garçon par la main, probablement pour l'emmener à l'école. Brusquement, tout lui revient: le message sur son répondeur, la voix, le gamin qui appelle à l'aide. Et la peur. Pourtant, il est pratiquement certain de n'avoir vu aucun message sur son répondeur ce matin. Peut-être l'a-t-il effacé pendant sa courte nuit éthylique? Un mauvais rêve, sans doute. Deux jours seulement à Grenoble et l'enquête commence déjà à lui taper sur les nerfs, ce n'est pas bon signe.

Un mauvais rêve et une intuition.

«Jérôme a raison. Il faudrait peut-être que je mette la pédale douce.»

L'intuition que cette enquête n'est déjà pas tout à fait comme les autres.

Cinq minutes plus tard, il entre dans un bar de la place Notre-Dame et commande un grand café et trois croissants, qu'il dévore en quelques instants sous l'œil blasé du serveur. Une demi-heure à peine après avoir réglé sa consommation, il est installé aux Trois Tours, le café situé à côté du commissariat, le rapport de Brescia devant les yeux. Une gardienne de la paix, récemment recrutée mais avec laquelle il a tout de suite sympathisé, lui amène sa commande.

— Merci, Sylvie. Il ne fallait pas. J'aurais pu me déplacer.

— Ça me fait plaisir, Éric. Ne te formalise pas pour ça.

La jeune recrue se fend d'un large sourire qui illumine son visage avant de tourner les talons. Darrieux se surprend à regarder ses cuisses pendant qu'elle s'éloigne et à penser qu'à une autre époque il l'aurait probablement draguée. Du fessier de la belle policière, ses yeux tombent sur son jean taché d'huile et de whisky.

« Aucune chance qu'elle me trouve séduisant, de toute façon. »

Interrompant la lente décomposition de ses pensées libidinales, un collègue passe à côté de sa table et le salue d'une tape franche entre les omoplates.

— Tiens, Éric ! Ça fait un bout d'temps qu'on ne t'a pas vu dans le coin ! Tu reprends du service ? Une nouvelle enquête ! Toujours aussi matinal, à ce que je vois et encore le nez fourré dans tes sacrés rapports !

Autour d'eux, des rires gênés.

— Faut aller sur le terrain, Éric. Laisse tomber tes papiers et enfile tes rangers. Viens avec nous, un de ces jours. On te montrera comment il faut faire pour traiter la vermine grenobloise.

Le type se marre, encouragé par les quelques clients du troquet, des alcooliques pour la plupart. Un gars de la brigade anti-criminalité, s'il se souvient bien, un abruti sans nom.

Darrieux ne prend même pas la peine de relever sa remarque. Les baqueux, il n'a jamais pu les blairer. Des ordures payées à se défouler sur les jeunes qui sortiraient un peu du rang et toujours prêts à emmerder la veuve et l'orpheline. Dans le schéma anthropologique de l'humanité, il ne les placerait pas plus loin que le stade bactériologique, à une époque où la planète terre hésitait encore entre le chaos reptilien et la misère humaine. En fin de compte, le choix n'a pas été le bon, Dieu s'est gouré une fois de plus, aucune météorite n'a heurté la planète et c'est peut-être bien la faute de ces enfoirés de la BAC.

Il ne peut réprimer un sourire.

Le premier depuis trois jours.

La voix d'un cadavre.

Un frisson lui parcourt le dos.

La voix d'un enfant qui se croit encore vivant.

Son sourire disparaît aussi vite qu'il est apparu. Il vide son verre d'une traite et se retient d'en commander un autre.

Un mort qui l'implore de l'aider.

Clément Sanchez ?

Le rapport.

Bien décidé à prouver à Rosa qu'à quarante piges bien tassées, il peut encore servir à quelque chose, Darrieux se plonge dans le rapport que lui a remis le lieutenant Cyril Vax.

Une heure plus tard, il quitte le café en direction de son appartement, un peu bourré et convaincu que l'affaire ne se présente pas aussi bien que son commissaire le souhaiterait. De nombreuses zones d'ombre se profilent à l'horizon.

En premier lieu, il semble qu'il faille reconsidérer le témoignage des copains de Clément Sanchez à propos du type qu'ils auraient vu discuter avec lui à la sortie des cours, vendredi soir. Cyril Vax l'a un peu trop vite écarté, principalement parce que les deux gamins ont été incapables de fournir une description concordante de l'individu en question. L'un a affirmé qu'il était plutôt grand, assez baraqué et qu'il portait un manteau beige lui tombant sur les mollets, tandis que l'autre l'a vu trapu, petit, chauve et portant un pull vert de laine grossière. Le premier s'est foutu de la gueule du second en prétendant qu'il confondait avec Jean, un sans domicile fixe traînant dans le coin. Ils se sont chamaillés et le lieutenant Vax s'est contenté d'enregistrer leur déposition, sans émettre d'autre conclusion que : rien d'intéressant. Traduisez : propos incohérents à mettre sur le compte de la disparition de leur ami.

Or, le rapport Brescia fait également mention d'un individu de grande taille à manteau de couleur claire. La sœur aînée d'Éva Barth et deux de ses amies auraient aperçu un type rôder dans le quartier depuis plusieurs jours. Malheureusement, Jérôme n'a pas posé plus de questions, pensant à une procédure de routine. Darrieux devra aller vérifier lui-même auprès des adolescentes. Il s'agit peut-être d'une piste à creuser. Même dans le cas d'une fugue à deux, il est possible qu'une troisième personne soit intervenue. À moins que Vax ne s'en soit déjà chargé.

« Penser à appeler Cyril dès que je serai rentré chez moi. »

Suzan Pierce, la professeure qui a vu Clément la dernière, doit également être interrogée. Rosa lui a dit qu'elle était dans tous ses états et qu'elle s'en veut de ne pas avoir surveillé son élève un peu plus longtemps. Le proviseur, un certain Guy Eyssautier, assure que les règles de sécurité de sortie de la classe ont été respectées et que les enseignants ne peuvent être tenus pour responsables des agissements de leurs élèves en dehors de l'enceinte du collège.

« Tu parles, ça reste encore à prouver ! C'est sa parole contre celle de ses élèves. Si ce n'était pas le cas, c'est lui qui se retrouverait dans la merde jusqu'au cou. »

Darrieux hâte le pas pour se réchauffer. La température est allègrement descendue en dessous des moins dix degrés centigrades. Ses paupières et ses oreilles le piquent. Il regrette de ne pas avoir pris sa voiture. Cette histoire de radiateur qui fuit tombe vraiment mal. Arpenter les rues de Grenoble par un froid pareil, quelle poisse ! Lui qui a toujours détesté la marche à pied.

Alors qu'il arrive à proximité de sa rue, un clochard aviné l'interpelle bruyamment.

— Hé !

Agacé, Darrieux lui fait signe de ne pas insister.

— Éric ! poursuit-il en se rapprochant de lui. Fais pas celui qui ne me connaît pas ! T'aurais pas un peu de ton délicieux whisky pour un vieux copain ?

Ignorant complètement la question, Darrieux accélère à nouveau pour échapper à l'entêtement du poivrot, au grand étonnement de ce dernier qui s'arrête au milieu de la rue.

— Bin mon vieux, tu me la copieras celle-là ! crie le clochard avant de retourner s'asseoir sur le trottoir d'en face. Va te faire mettre !

« Encore cinq minutes et je serai au chaud chez moi. »

Oublier l'incident.

« Je ne connais pas ce type. »

Sourire.

« Je ne suis pas comme lui. »

Ne pas afficher sa honte.

« Je ne bois pas. »

Pas tant que ça.

Il boit un peu. Qui pourrait le lui reprocher dans cette ville démente, coincée entre trois massifs alpins ? Voie sans issue pour les demandeurs d'emploi, carrefour de trois vallées industrielles plus sinistres les unes que les autres et rendez-vous des sinistrés de l'or blanc, voilà ce qu'est Grenoble. Une ville où les alluvions drainées par le Drac et l'Isère forment un immense marécage dans lequel les humains s'enlisent sans même s'en apercevoir. Après elle, il n'y a plus rien.

Juste les montagnes et une pollution dense qu'aucun vent ne parvient à chasser. Et l'illusion pour beaucoup d'entre eux qu'il suffit de grimper ces montagnes pour échapper à l'oppression de la ville, ce qui revient en réalité à obtenir la permission de monter sur un mirador pour mieux comprendre d'en haut qu'il n'y a aucune issue.

Pour le moment, Darrieux doit se concentrer sur l'enquête et suivre ses intuitions. Voilà tout ce qui compte.

Pour espérer sortir de là un jour.

Passer sous les montagnes et respirer l'air pur.

L'inspecteur chasse cette idée et reprend sa réflexion. Le deuxième élément intéressant que ni Rosa, ni le rapport Brescia ne mentionnent, c'est que les deux gamins vivent dans le même quartier, à deux pâtés de maisons l'un de l'autre. Ce qui tend à renforcer la théorie de la fugue. Eva et Clément pourraient très bien se connaître et même se fréquenter. La différence d'âge entre eux est minime. Ce n'est pas exclu. À l'inverse, cela peut également signifier que le ravisseur potentiel opère uniquement sur des enfants du quartier, parce qu'il le connaît bien.

Ou parce qu'il y vit.

Ou encore *parce qu'il y vit* et *qu'il connaît les deux adolescents.* Il s'agit peut-être d'un voisin ou d'un ami de la famille.

Ce n'est pas parce que Rosa veut une fugue qu'il faut forcément lui en donner une.

Ce n'est pas parce que les curieux préfèrent le sang qu'il doit leur en donner.

La thèse de l'enlèvement ne doit pas être écartée. D'ailleurs, si Darrieux la mettait de côté, il serait le premier à sauter au cas où l'on retrouverait un cadavre. Rosa ou Wojcik ne feraient aucun sentiment, même s'il se contentait de suivre leurs consignes à la lettre. Dans ce métier, ne pas imaginer le pire si le pire venait à se produire équivaut tout simplement à commettre une bavure.

Et le pire n'est jamais beau à imaginer.

Encore moins à voir.

La voix sur le répondeur.

Darrieux secoue la tête et s'engouffre dans son immeuble.

Deux messages l'attendent sur son répondeur. Darrieux tressaille en s'apercevant que le voyant rouge clignote.

La voix?

Fausse alerte.

Le premier message est de Catherine, une collègue, qui aura cinq minutes de retard, et le second, de son banquier qui s'inquiète de l'état de ses finances et qui menace de bloquer ses comptes si son client ne vient pas dans les quarante-huit heures faire un virement substantiel, susceptible de combler les angoisses de son chef de service.

« Comment a-t-il retrouvé ma trace ici, celui-là ? »

Marie-Line lui aura probablement donné ses coordonnées afin d'éviter de mettre son nez dans ses affaires. Il sourit en pensant qu'elle a toujours refusé de se mêler de toutes les questions administratives qui concernent leur vie. Darrieux s'occupe de tout depuis toujours, non sans mal. En échange, elle s'occupe des filles dès qu'il est absent. Une sorte d'accord tacite entre eux.

Une fois les messages effacés, l'inspecteur se sert un grand verre de Long John et s'assied à son bureau dans l'espoir de rassembler ses idées et de prendre quelques notes. Son rapport attendra ce soir. Un coup d'œil à sa montre lui révèle que sa collègue sera là dans un petit quart d'heure et il réalise qu'il est heureux de la voir.

Catherine est médecin légiste pour la criminelle de Grenoble et ils se côtoient dans certaines de ses enquêtes depuis presque deux ans. Jeune et volontaire, elle est toujours prête à se lancer dans les analyses les plus complexes. Une professionnelle consciencieuse, dure à la tâche et solitaire. Dire qu'il ne la désirait pas en secret serait un mensonge. Personne ne peut rester insensible devant d'aussi jolies jambes. Darrieux a souvent rêvé de tenir contre lui ce petit corps musclé et chaud, mais la différence d'âge et leurs relations professionnelles ont eu tôt fait de calmer ses ardeurs silencieuses et il ne s'est toujours rien passé entre eux. Il a quarante-deux ans, il est flic et usé jusqu'à la corde, et elle n'en a que vingt-huit et des rencontres certainement plus riches à faire. Qui pourrait avoir envie de coucher avec un vieux cynique au corps de sexagénaire décharné ?

Pourtant, le jour où elle lui a proposé de venir l'aider à faire ses piqûres quotidiennes de morphine, arguant qu'elle avait du temps de libre, il a accepté. Darrieux souffre depuis de nombreuses années de douleurs violentes au dos qu'il a toujours refusé de soigner, au grand désespoir de son épouse qui a juré qu'elle ne servirait jamais d'infirmière à un malade qui niait sa maladie. Bon gré, mal gré, il a commencé par s'injecter lui-même les doses de calmants qu'un ami lui procurait en parfaite illégalité dans l'armoire à pharmacie du commissariat. Sa maladresse et son incompétence l'ont conduit de nombreuses fois à s'en remettre à son médecin traitant qui menaçait à chaque fois de le dénoncer pour usage, possession et recel de drogue. La proposition de Catherine, six mois plus tôt, l'a soulagé de deux problèmes épineux. Désormais, chaque fois qu'il vient travailler sur Grenoble, elle le dépanne gratuitement et ses problèmes de dos disparaissent comme par enchantement, avec l'arrivée de son sourire enjôleur, de ses doigts experts et du contenu de sa mallette.

Dans quelques minutes, elle sera là, et il a hâte de lui parler de sa nouvelle enquête. Ses conseils sont toujours précieux. La jeune femme manie l'art de la suggestion avec perfection, lui laissant toujours l'impression que les idées viennent de lui. Personne n'est dupe, mais le jeu est amusant. Leur petit jeu à eux.

Darrieux jette un coup d'œil sur son salon et réalise que la poussière et la crasse gagnent du terrain sur les piles de cassettes, de bouquins et les bouteilles vides. Un peu de ménage serait le bienvenu. Il hésite à chercher un balai puis s'adosse à son fauteuil, découragé à l'idée de l'effort qu'il lui faudra fournir.

— Bah ! Qui se soucie de l'état sanitaire d'un fossile comme moi ?

Il tend le bras et saisit son mobile pour prendre des nouvelles des petites. À quarante kilomètres de là, un téléphone sonne une première fois. Au bout de dix sonneries, il raccroche en se demandant ce que Marie-Line peut faire. Autant qu'il se souvienne, elle n'a aucun rendez-vous de prévu. Il est 11 heures et Claire et Emma ne terminent leurs cours qu'à midi. Sûrement des courses à faire. Il ressaiera plus tard.

Après avoir raccroché, il se résout quand même à faire un brin de toilette. Son odeur est décidément insoutenable, ce matin.

Il pense à ses filles, puis se sert un nouveau verre. Une dose un peu plus généreuse que la précédente.

« Je ne bois pas. »

Le descend d'une traite.

« Je vais me raser. »

Ses cheveux dégoulinent encore d'eau quand la sonnette retentit dans l'entrée.

3

Le visage de ma petite amie apparaît sur le parvis du collège. J'attends ce moment depuis trois heures. L'instant magique où nos regards se croisent enfin. Deux types de ma classe se foutent de ma gueule en passant, je les ignore.

J'ai envie de pisser mais je préfère rester là à me tortiller sur place pour ne pas la rater.

J'espère qu'elle ne le remarquera pas.

Hier, sa mère l'attendait et je n'ai pas eu le temps de lui parler. Je ne veux pas que ça se renouvelle.

J'ai tant de choses à lui dire.

Une rentrée en sixième catastrophique, le noir pendant trois mois, puis soudain ses grands yeux verts sont là. Et sa main dans la mienne.

Je me passe les doigts dans les cheveux pour m'assurer que ma mèche est bien en place. Je crois qu'elle s'en fout, mais je ne veux pas prendre le risque de tout faire foirer.

Des élèves de quatrième sortent en criant, me bousculent et m'emportent sur quelques mètres. Je la perds de vue. Contraint de me réfugier derrière la grille d'entrée pour laisser passer le flot bruyant et gesticulant, je dois prendre mon mal en patience.

Mon envie de pisser augmente d'un cran.

Merde.

Je vais la rater si ça continue.

Elle a disparu pour de bon. Impossible de distinguer ses boucles blondes par-dessus les têtes de ces imbéciles.

Le grand frère de mon voisin de classe, Frédéric, m'aperçoit et se dirige vers moi en me montrant du doigt. Une vraie brute, ce type. Toujours à me filer des claques pour faire marrer ses connards de copains. Je baisse les yeux, priant pour qu'il m'oublie et qu'il retourne à sa bande.

Merde de merde de merde. Cette fois-ci, c'est certain, je vais la manquer.

Frédéric se rapproche. Je n'ai pas le choix, je recule de quelques pas et me retourne pour éviter de le croiser. Quand je relève la tête, un type à la chevelure broussailleuse et d'au moins deux mètres me fait face avec un drôle d'air.

Qu'est-ce qu'il me veut, celui-là ?

Il doit avoir une quarantaine d'années. L'âge de mon père. Je crois que je l'ai déjà vu quelque part. Pas ici, mais probablement dans le quartier ou sur le marché.

Il porte un manteau beige immense et des baskets blanches et je ne parviens toujours pas à me rappeler où je l'ai déjà vu. Il est tellement près de moi que je sens son souffle sur le sommet de mon crâne. Une odeur amère émane de lui. Je m'avance pour l'éviter, mais il me barre le passage.

Qu'est-ce que c'est que ce bordel ?

J'essaie encore, mais il m'attrape le bras. Je n'ose pas crier et le retirer. Je jette un coup d'œil à gauche puis à droite, mais personne ne me regarde et cet abruti de Frédéric a disparu. Pour une fois que j'ai besoin de lui ! Les battements de mon cœur s'accélèrent.

Puis sa voix, autoritaire :

— Suis-moi, Christian. Suis-moi sans rien dire !

J'hésite.

— Je ne m'appelle pas Christian.

Il me fixe durement.

— Maintenant, Christian.

Je tremble. Un liquide désagréable me coule dans le dos.

La peur.

Je cherche désespérément ma petite amie des yeux, mais je ne vois déjà plus rien d'autre que le manteau beige et les baskets blanches.

Soudain, je reconnais le type.

Merde.

Un type comme les autres.

Je sais que je devrais me mettre à crier, mais aucun son ne sort de ma bouche.

Tétanisé.

Et je pars derrière lui en silence.

Derrière le type au manteau beige et aux baskets blanches.

Ça se joue des fois à pas grand-chose, une vie.

J'ai seulement onze ans et aussi bête que ça puisse paraître, le premier truc auquel je pense, c'est que je ne reverrai plus ses yeux verts.

Plus jamais.

4

« Bonjour Éric. Désolée pour le retard. Comment ça va, aujourd'hui ? »

Darrieux lui répond par un sourire et un hochement de tête. Catherine est là, c'est l'essentiel, et avec elle, une bouffée d'air pur. Ses yeux brillent.

— On a encore forcé sur la bouteille, à ce que je vois.

Aucun reproche dans ses gestes. La médecin légiste ne dit ça que pour le taquiner un peu. Pas de faux-semblant entre eux. L'inspecteur sourit de plus belle en lui faisant signe d'entrer.

Catherine s'engouffre dans l'appartement poussiéreux et pousse un cri.

— C'est encore plus sale que la dernière fois !

Darrieux jette un regard rapide sur le désordre puis s'attarde sur le visage de sa collègue. Ses lèvres pulpeuses, ses pommettes saillantes, quelques taches de rousseur. Une énergie extraordinaire se dégage d'elle. L'espace d'un instant, il s'imagine la couvrant de baisers. Vingt ans plus tôt, il n'aurait peut-être pas hésité. Un siècle plus tôt. L'impression disparaît aussitôt quand il réalise qu'à vingt ans, il était aussi timide que maintenant. Il n'aurait jamais pu aborder une femme comme elle.

— Pas eu le temps de ranger, ce matin. Tu sais ce que sont les week-ends de célibataire...

Elle secoue la tête et pose sa mallette sur la table la plus proche. Elle a l'air tendue.

Darrieux se crispe.

— Tu me sers un café, pendant que je prépare ton petit traitement ?

Soulagement.

— Avec plaisir.

Cinq minutes plus tard, Darrieux est de retour dans le salon avec deux tasses fumantes. Pour rien au monde, il ne manquerait le rituel du café avec Catherine. Il apprécie plus que tout ces petits gestes quotidiens, animé du sentiment confus qu'il est quelqu'un de normal, s'activant à une activité banale et utile. C'est exactement ça : utile. Quoi qu'il arrive, quel que soit le schéma incohérent de ses journées d'enquête, entre nuits blanches et journées de jeûne, il est toujours certain d'une chose : à onze heures et des poussières, tous les jours, son café coulera entre les lèvres pulpeuses de Catherine et redonnera des couleurs à ses joues. Quoi qu'il arrive. Sans pouvoir l'expliquer, Darrieux trouve ce rituel rassurant. Apaisant. Apaisant et essentiel pour sa survie. L'injection de morphine qui suivra inéluctablement n'est que l'une des conséquences positives de ce geste de la vie quotidienne. L'écoulement apaisant de la drogue dans ses veines ne fait son effet qu'à cette seule condition.

Une fois, une seule fois, elle lui a réclamé du lait chaud. Il s'est exaucé sans sourciller, mais la journée a été gâchée. Elle a immédiatement senti que quelque chose n'avait pas fonctionné et n'a jamais renouvelé sa demande.

Le café, qui brûle légèrement le rose de ses lèvres. Rien de plus, rien de moins.

Quand il lui tend sa tasse, Catherine est en train de feuilleter un polar, tiré d'une pile posée en vrac à côté du canapé.

— Toujours à lire ces foutus polars, hein, Éric?

Il acquiesce.

— Uniquement des polars. Rien d'autre. Je trouve ça amusant, tout de même, cette lubie.

Il pense:

«Je suis flic, je n'aime que les romans policiers, et alors? Je ne vois pas ce que ça peut avoir d'étonnant.»

— Et que fais-tu en ce moment?

À présent, elle le contemple d'un air grave, une serviette et la seringue sur les genoux. Ses lèvres se sont plissées.

Voyant qu'il ne se décide pas à parler, elle insiste.

— Une nouvelle enquête?

Il hésite à lui parler de Clément et d'Eva. Pour l'instant, la fugue est la principale piste. Parler d'eux à une médecin légiste reviendrait à évoquer l'hypothèse de quelque chose de plus grave. Un peu comme s'ils avaient déjà un pied dans la tombe par le simple fait qu'il se confie à elle en particulier.

Catherine, portant une blouse blanche tachée de rouge, penchée sur le cadavre d'un enfant, un scalpel dans une main gantée.

Il se contente de répondre par l'affirmative et enchaîne sur un autre sujet de discussion. Profiter de l'instant. Le boulot viendra sur le tapis tôt au tard, de toute façon, et à ce moment-là, il ne pourra pas y échapper.

— Tu as l'air tendue, aujourd'hui, Catherine?

— Pas envie de me parler de toi, hein?

Il répète, parce qu'il veut vraiment savoir.

— Quelque chose te contrarie, je me trompe?

Elle n'insiste pas et lui demande de venir s'asseoir à côté d'elle pour l'injection. Darrieux s'exécute, mais il continue de la fixer en attendant sa réponse.

— Je m'inquiète pour toi, Éric.

Elle s'inquiète pour lui?

— Mais… mais pourquoi?

— Regarde-toi! Regarde l'état de ton appartement! Ça me fait mal au cœur de voir à quel point tu t'enfonces chaque jour un peu plus.

Il éclate de rire.

— Mais enfin, Catherine! De quoi parles-tu? Je n'ai pas dormi de deux ou trois jours, voilà tout!

Elle ne rit pas, mais sa voix s'est radoucie.

— Éric, tu sais bien qu'il ne s'agit pas de ça.

— Je suis un peu fatigué, et alors? La belle affaire!

— Éric…

Son regard tombe sur une bouteille vide.

— Ces enquêtes n'ont rien de drôle, tu sais. Oui, tu le sais très bien d'ailleurs, je ne vois même pas pourquoi je te dis ça. Tu le sais mieux que quiconque. Toujours la même ville, toujours les mêmes horreurs depuis vingt ans que je suis dans la boîte. Tu es trop jeune, tu as peut-être encore du mal à comprendre l'effet vicieux des années sur le moral et sur le corps. Personne ne devrait être flic plus de dix ans! Et encore, je suis large. Mais voilà, une fois qu'on est dans cette voie, il n'y a pas moyen de faire demi-tour. Tu vis flic, tu meurs flic.

« Qu'est-ce que je raconte, moi ? »

Ses pensées s'embrouillent un peu. Peut-être le manque de morphine.

Un petit verre, maintenant, ça ne lui ferait pas de mal, il se dit. Mais il n'ose pas. Pas avant le départ de Catherine. Ça lui ferait du mal, à la petite.

— Éric...

Une immense lassitude se lit sur ses traits. Non, pas de lassitude : de la tristesse. Une tristesse soudainement si profonde que Darrieux en est instantanément mal à l'aise.

— Tu es peut-être plus fragile que tu ne le crois.

Le charme est rompu. Si elle pouvait partir maintenant, il ne lui en voudrait pas.

Il pense :

« Elle est gentille, elle s'inquiète pour moi. »

Marie-Line se tait à ce propos depuis tellement d'années. C'est un sujet qu'ils n'abordent plus que par le silence. Catherine est la seule à oser lui en parler. Presque à chaque fois qu'elle lui rend visite. Enfin, une fois sur deux. De temps en temps. Disons, que ce n'est pas la première fois. Son côté maternel, sans doute. Darrieux se dit qu'on ne peut pas reprocher aux gens de s'inquiéter pour leur prochain, alors il préfère se taire et couper court.

Il a envie d'un verre.

Dans cinq minutes, elle sera dehors. Avec un peu de bol, ils ne se croiseront pas pour cette enquête.

Il tend son avant-bras devant elle.

— Tu me la fais, cette piqûre ?

Après le départ de la médecin légiste, Darrieux se sert deux ou trois verres pour évacuer son stress.

Conjugué à l'effet de la morphine, l'alcool lui monte instantanément à la tête et il doit s'allonger quelques minutes en attendant que ça passe. Dès qu'il va un peu mieux, il attrape son mobile et compose le numéro du lieutenant Vax.

Personne ne répond.

« Je ressaierai plus tard. »

Il raccroche sans laisser de message et tente ensuite de téléphoner chez lui, mais le résultat est le même. Tant mieux. Il sent qu'il commence à être ivre et il n'aime pas quand Marie-Line le lui fait remarquer.

L'horloge indique midi moins le quart et il a juste le temps d'arriver au collège Clemenceau pour la sortie des cours. Avec un peu de chance, le proviseur sera encore là et il pourra interroger la professeure d'anglais qui avait Clément en classe avant sa disparition.

Quelques minutes plus tard, il sort de chez lui et, coup de chance, le bus n°5 arrive à ce moment-là. Il monte. Le chauffeur l'interpelle et lui demande sa carte d'abonnement ou son ticket. Darrieux cherche sa plaque d'inspecteur dans la poche de sa veste et s'aperçoit qu'il l'a oubliée. Il va pour s'expliquer, puis il se ravise, promet de payer plus tard et part s'asseoir dans le fond sans tenir compte du regard rempli de reproche d'une vieille dame assise devant. À son grand soulagement, le conducteur n'insiste pas et redémarre. Darrieux déteste se retrouver dans ce genre de situation, à devoir prouver son identité et sa profession.

Lorsqu'il arrive rue Charles-Péguy, quelques élèves attendent encore devant le collège de partir déjeuner. Darrieux s'engouffre dans l'enceinte du bâtiment à la recherche de la salle des professeurs.

Un groupe d'adolescents parle fort à quelques mètres de la porte d'entrée, bloquant une partie du passage. L'inspecteur se faufile.

Les cris d'enfants.

Brusquement, Darrieux sent le sang lui monter à la tête. Des bruits et des odeurs lointains ressurgissent. Le bourdonnement des élèves en rang d'oignons, deux par deux, trois décennies plus tôt. Filles et garçons séparés par une barrière morale. Unis par un fil invisible.

Les cris d'un enfant.

« Encore une crise d'angoisse. »

Son regard tombe sur l'orme central, probablement centenaire à en juger par le diamètre de son tronc. La terre et le gravier ont été remplacés par un goudron noir qui donne à la cour un air de parking de centre commercial. Un retardataire lui indique où il pourra la trouver. Darrieux le remercie d'un signe de la tête et se dirige vers le fond de la cour, où un bâtiment en préfabriqué se dresse sur un étage. Quand il pousse la porte, quelques regards convergent vers lui. Pour dissiper le malaise provoqué par son intrusion, il s'empresse de parler.

— Excusez-moi de vous déranger à l'heure du repas, mais je souhaiterais parler à madame…

Toutes les conversations se sont tues et il sent que certains professeurs le dévisagent des pieds à la tête, ce qui a pour conséquence d'accroître sa gêne.

« Où ai-je pu écrire ce foutu nom ? »

Il fouille dans la poche intérieure de sa veste et en tire un calepin dont il tourne les pages avec fébrilité.

— … madame… Pierce. Suzan Pierce. Elle est professeure d'anglais, je crois.

Les regards se font plus insistants.

— Qui la demande ?

Une voix aiguë et autoritaire, derrière lui. Il fait volte-face.

— Excusez-moi, vous êtes madame Pierce ?

— Elle-même. Qui êtes-vous ?

— Oh, je vous présente toutes mes excuses, je ne me suis pas présenté…

— Cessez de vous excuser. Cela fait déjà la troisième fois depuis que vous êtes entré.

Il tend la main à la jeune femme tout en se faisant la remarque qu'elle n'a aucun accent. Il s'attendait à une Anglaise ou une Américaine. Elle n'a d'anglo-saxon que le nom.

Suzan Pierce ne répond pas à son geste. Sa main reste en suspens.

— Désolé. Hum… Je suis l'inspecteur Éric Darrieux, de la brigade crim… du commissariat de Grenoble. Je suis chargé de l'enquête concernant la disparition du petit Clément Sanchez et je souhaiterais vous poser quelques questions.

Un sourire naît sur le visage de la professeure. Elle ne bouge toujours pas.

— Un de vos collègues est déjà passé ce matin vers 10 heures.

Darrieux fronce les sourcils.

— Le lieutenant Cyril Vax, peut-être ?

— Oui, c'est cela.

— Nous sommes tous les deux sur cette affaire. Le commissaire principal met les bouchées doubles pour retrouver les deux enfants disparus. Le lieutenant Vax était de garde ce week-end et je prends maintenant la relève.

— Oh, je vois. Je l'ignorais. Votre collègue ne m'a pas prévenu.

Suzan Pierce serre finalement la main qui se tend encore et ajoute :

— Peut-être serons-nous plus à l'aise dans ma classe. J'ai quelques minutes devant moi. Pouvez-vous me suivre, inspecteur ?

Joignant le geste à la parole, elle sort du préfabriqué et l'invite à la suivre. Derrière eux, les conversations reprennent de plus belle. Il la suit sans attendre, traverse à nouveau la cour principale. Les cris des enfants qui attendent que la cafétéria du collège ouvre ses portes. Un ballon qui rebondit à leurs pieds et les cris des enfants. L'orme centenaire et les cris des enfants.

Un type au manteau beige et le cri d'un enfant.

— Je vous prie d'excuser mon ton un peu sec, tout à l'heure, mais nous sommes harcelés de journalistes depuis vendredi soir et le directeur du collège, M. Eyssautier, m'a demandé de filtrer au maximum.

— La tranquillité du collège, j'imagine.

« La réputation de l'établissement, surtout. »

— Quelque chose dans ce goût-là, oui. Les journalistes ne racontent que ce qu'ils veulent et le sensationnalisme ne rend service à personne. Les élèves et leurs parents parlent déjà assez comme ça. Je suppose que le directeur sait ce qu'il fait. C'est son boulot après tout. Imaginez que sous l'influence de Clément et Eva, d'autres élèves fuguent à leur tour…

Non, Darrieux n'imagine pas. Statistiquement, la plupart des adolescents qui fuguent le font pour des raisons individuelles et complètement extérieures à leur vie scolaire : problèmes affectifs, difficultés familiales, déception amoureuse, etc. Il existe des exceptions à ces tendances principales, naturellement, mais le mimétisme n'y tient qu'une part extrêmement faible. Il se retient de répondre.

La jeune femme se tait jusqu'à ce qu'ils atteignent sa salle de classe. Pendant qu'ils traversent des couloirs aux murs jaunis et grimpent un escalier aux parois couvertes de graffitis, Darrieux en profite pour l'observer. Simple réflexe professionnel, d'ailleurs. Dès qu'il l'a vue, quelques instants plus tôt, il a pensé qu'elle n'était pas mêlée à l'affaire. Le ton de sa voix était trop clair. D'assez petite taille, assez jeune – moins de trente ans – et donc peu expérimentée, elle a pourtant l'air d'une femme solide. Il comprend que l'émotion et les larmes dont Rosa a parlé le jour de la disparition de son élève étaient sincères, mais qu'elles étaient accentuées par la perspective des bouleversements qui pouvaient en découler. L'intérêt de l'institution scolaire avant tout. Le genre à déblatérer sur l'influence séditieuse de la télévision et sur la démission des parents, mais qui prône en retour l'usage des nouvelles technologies éducatives. Comme si ces dernières pouvaient compenser les effets négatifs des premières.

« Si la fonction critique nécessaire à l'enfant pour sa propre compréhension du monde pouvait dépendre de prothèses sensorielles, se dit-il, ça se saurait ! »

La professeure enfonce une clef dans une porte sur laquelle figurent son nom et la matière qu'elle enseigne, et lui fait signe de la précéder. Elle affiche une bonne volonté qui paraît sincère.

Darrieux se fait peut-être des idées. Suzan Pierce semble être une femme pragmatique, elle transpire la volonté de maîtrise de soi, mais c'est tant mieux. Au moins, ses réponses seront précises et rapides.

— Voilà, nous serons plus au calme pour discuter.

Comme il ne répond pas, continuant de scruter ses traits, elle ajoute :

— Je suppose que vous en avez pour quelques minutes, tout au plus…

Il hoche la tête et sort à nouveau son calepin, mais ne parvient pas à trouver un stylo. Voyant son embarras, elle lui tend un crayon à papier. Darrieux s'en saisit sans comprendre, puis il réalise qu'il a l'air d'un parfait imbécile.

— Je vous remercie.

— Posez vos questions, inspecteur, lance-t-elle, pressée d'en finir.

— Vous êtes donc Suzan Pierce – excusez-moi si certaines de mes remarques vous paraissent redondantes, mais je préfère fonctionner dans l'ordre et j'aime prendre mon temps pour ne pas passer à côté de détails importants – et vous êtes professeure d'anglais. Vous êtes, si j'ai bien compris, la dernière personne de confiance à avoir vu avec certitude Clément Sanchez. Vous confirmez ?

— Autant que je sache, oui.

— Parfait. Ce jour-là, Clément Sanchez vous a-t-il paru agité ou dans un état différent de celui que vous lui connaissiez habituellement ?

— Non.

— Pouviez-vous supposer que quelque chose le travaillait plus que d'habitude ? Vous a-t-il semblé contrarié, renfermé ou absent ?

— Non.

La réponse a fusé, aussi rapidement que la précédente, mais Darrieux a senti une légère inflexion dans le ton de sa voix. Comme une hésitation. Peut-être s'est-il trompé.

— A-t-il des amis dans sa classe, un voisin de table par exemple, qui vous ont semblé plus nerveux ce jour-là ?

— Si vous faites allusion à des amis proches, je dois vous préciser que Clément est plutôt du genre solitaire Un peu comme son oncle…

— Son oncle ?

— Giovani Marchelli, un vieux fou qui vit dans le quartier.

Darrieux note seulement le nom, puis il poursuit.

— Pas d'ami dans la classe, de camarade de jeu ?

— Aucun.

— Ni dans le collège ?

— Non.

Cette fois-ci, l'hésitation a été plus nette, il en est quasiment certain. Suzan Pierce mentirait-elle ? Elle a pourtant l'air sincère. Peut-être préfère-t-elle tout simplement taire la vie privée de son élève. Dans ce cas, cela ne colle pas vraiment avec son désir affiché d'aider la police dans son enquête. Autre chose, alors, mais quoi ? Sans doute rien de très important, ce qui expliquerait sa réponse.

— Vous en êtes certaine ?

— À vrai dire, non. Voyez-vous, Clément est un bon élément et il m'est arrivé de discuter de son attitude taciturne avec certains de mes collègues qui ont tous, sans exception, partagé mes observations. Voilà pourquoi je me suis autorisée à penser qu'il n'avait pas de véritable ami ici. Certains détails ont pu m'échapper.

— Vous n'êtes que sa professeure d'anglais, fait l'inspecteur en souriant.

— Exactement.

Le ton est sec. Cette femme apprécie particulièrement

son élève, c'est évident. Cela expliquerait son émotion à l'annonce de sa disparition. Elle aimerait être plus qu'une simple professeure. Est-elle autre chose pour lui?

— Le voyez-vous en dehors du collège? Vous habitez le quartier, je crois. Comme lui.

— Absolument pas.

La réponse a fusé. Presque trop vive. Suzan Pierce l'a senti puisqu'elle s'empresse de rajouter sur un ton plus calme:

— Je sors très peu, voyez-vous. Mon métier est ma passion et je passe le reste du temps chez moi ou au cinéma.

«Juste une professeure d'anglais névrosée de plus!»

Parler d'autre chose.

— Vous permettez que je m'asseye.

— Naturellement.

Trop de concentration. Chaque question est une épreuve pour ne pas bafouiller. La nuit a été courte et Darrieux se sent fatigué. Il a hâte d'en finir. Un petit verre de scotch lui ferait du bien. Il porte une flasque dans la poche de sa veste, mais… Non, pas ici. Pas maintenant.

— Votre sentiment, c'est qu'il s'agit d'une fugue, je me trompe?

— Oh, une fugue, sans aucun doute. Absolument rien d'autre. Comme je le disais à votre collègue ce matin… comment s'appelle-t-il déjà?

— Vax. Lieutenant Cyril Vax.

Il lui fait signe de poursuivre. Son mal de crâne est en train de revenir au galop.

— Oui, c'est ça. Comme je l'expliquais au lieutenant Vax, Clément est un enfant très intelligent, brillant même, dont le parcours familial est… comment dire?... compliqué. Il est fils unique, et ses parents sont divorcés... Comment dire? Il est possible que cette situation le mine.

— Au point de fuguer?

— Je ne sais pas.

— Mais cela ne vous surprend pas.

— Disons que c'est concevable.

— Oui.

Cette femme ne lui a pas tout dit, il en est certain, mais peu importe. De toute façon, elle était encore au collège quand il a disparu.

— Bien, je vous remercie.

Il se lève et lui tend une main qu'elle s'empresse de serrer cette fois-ci.

— Si je peux faire quelque chose d'autre, n'hésitez pas.

Il plante ses yeux dans les siens pour jauger sa sincérité et n'y trouve aucune fêlure.

— Ah si, pourriez-vous me dire où je peux trouver les deux garçons qui prétendent avoir vu Clément avec quelqu'un d'inhabituel à la sortie du collège, vendredi soir?

— Ah ces deux-là! Des affabulateurs, pressés de raconter n'importe quoi à la police ou aux journalistes pour se rendre intéressants. Vous ne trouverez rien d'intéressant de ce côté, je le crains.

La morale professorale revient au galop. Toujours les mêmes discours absurdes.

— Donnez-moi quand même leur nom et adresse, s'il vous plaît, madame Pierce.

— Mademoiselle. En réalité, je ne suis pas mariée.

« Je m'en doutais. »

— Leur nom.

— Marc Soulier et Frédéric Viroulau. La famille Soulier vit rue Marbœuf. Quant à Frédéric, je n'en ai aucune idée.

Darrieux note l'adresse dans son calepin, griffonne quelques mots, puis le referme brusquement. L'entretien est terminé. Il n'apprendra rien de plus.

— Je trouverai l'autre dans l'annuaire, si nécessaire. Merci et au revoir.

Il s'arrête sur le seuil de la classe, puis se retourne.

— J'étais élève, ici, il y a longtemps. Vous n'étiez probablement même pas née. Les bâtiments ont été rénovés, les adolescents portent des vêtements à la mode et la terre et le gravier ont disparu, pourtant, j'ai l'étrange impression que rien n'a changé.

Rien.

En bas, dans la cour, toujours les mêmes cris d'enfants.

Par la fenêtre, il aperçoit un garçon qui porte un cartable trop lourd pour lui. Il est seul et a l'air un peu perdu. Comme Clément Sanchez. Comme lui il y a trente ans.

— À une prochaine fois peut-être?

C'est à peine s'il la regarde en sortant. Une fois la porte refermée derrière lui, Darrieux sort la flasque de sa poche et en avale une bonne rasade. Il fait quelques pas en titubant, puis se ressaisit. Rasséréné, il sort le carnet de sa poche et l'ouvre à la dernière page pour relire ses dernières notes.

«Suzan Pierce ment-elle?»

Suivies de quatre mots:

«Impératif de la revoir.»

Cinq minutes plus tard, il se tient droit dans le bureau du proviseur. Ce dernier est pressé et ne goûte apparemment pas l'intérêt de la police pour son établissement. L'inspecteur n'apprend rien de plus, sinon que la politique de sécurité d'un établissement tel que celui de M. Eyssautier est un travail difficile et que l'Etat ne l'y aide pas beaucoup. L'homme est suffisant et ne pense qu'à sa réputation. Rapidement, Darrieux décide d'écourter l'entretien. Ce collège l'emmerde et lui rappelle trop de vieilles angoisses adolescentes.

Une visite rue Marbœuf s'impose.

Les Soulier vivent au troisième étage d'un petit immeuble du bout de la rue. Un de ces bâtiments comme il y en a des dizaines dans l'agglomération. Un type, probablement un architecte spécialisé dans les cages à lapins, a réussi dans les années soixante ou soixante-dix le tour de force d'imposer ses vues fonctionnalistes de l'urbanisme et depuis, ses œuvres pullulent à chaque coin de rue. C'est moche, c'est gris et il paraît que ça s'appelle des lieux de vie. Les peintres en bâtiment qui ont repeint celui-là ont eu l'idée douteuse de remplacer le gris par du rose. Un puriste préférerait certainement le terme « saumon » pour qualifier l'ignoble couleur délavée censée redonner goût au bonheur aux habitants du quartier, mais Darrieux sait bien que ce rose-là ne dupe que ceux qui se sont laissé fourguer les quatre bidons de peinture de la société qui s'est occupée du ravalement de la façade.

Le problème, c'est que le visiteur occasionnel rentre là-dedans bourré de préjugés.

Et il a tort. Indéniablement. Ces gens-là sont tout sauf des imbéciles. Le prix du mètre carré a doublé au cours des dix dernières années et ce rose a la couleur de l'or aujourd'hui. Jouissant d'une ligne du tramway fraîchement construite à proximité, les agences immobilières jouent les alchimistes professionnels. L'or gris a viré au jaune vingt-quatre carats et le ravalement de façade n'est pas de la frime. Prosaïquement, cette peinture grotesque représente un gain de quelques centaines d'euros au mètre carré. Le mauvais goût a un prix, l'expulsion des revenus modestes au profit de ceux qui paient en monnaie sonnante et trébuchante.

Le quartier des Eaux-Claires se vide progressivement de son âme, et, ici, le rose signifie : adieu les vieux immigrés italiens et portugais et votre cortège de jardins et de petits immeubles insalubres à un étage. Place aux jeunes cadres dynamiques nouvelle génération.

Il paraît qu'il n'y a plus d'ouvriers.

« Conneries ! »

Après sa méningite, contractée à l'âge de six ans, les médecins parisiens qui le soignaient ont dit à ses parents :

— Votre fils a besoin d'air pur. Partez donc habiter à la montagne !

L'air pur, en 1970, rimait avec Vallon-Pont-d'Arc, La Baule ou Grenoble et ses Jeux olympiques d'hiver. Pour des raisons que Darrieux ignore, Jean-Claude Killy, Alain Calmat et De Gaulle eurent raison des hésitations de ses parents et le petit Éric se retrouva à l'école primaire au quartier des Eaux-Claires, à l'entrée ouest de Grenoble. Il a passé son enfance à courir dans les rues et les jardins de ce haut lieu de l'immigration italienne et, même quand Marie-Line, leur fille aînée et lui sont partis vivre à Saint-Marcellin, à quarante kilomètres de là, son esprit n'a jamais cessé d'errer entre le boulevard Joseph-Vallier, le quartier Mistral et les berges sablonneuses du Drac. Sa mutation au commissariat de Grenoble, cinq ans plus tôt, était une suite logique au schéma linéaire de son parcours.

Il n'aime pas ce quartier.

Les jeunes couples couches-moyennesques apprécient ce quartier parce qu'il est calme, bien desservi, pas ou peu de violences urbaines, des parcs fleuris et garantis sans crottes de chiens, mais ils ne l'aiment pas. La politique municipale locale veut ça, en vertu des trois piliers de la sacro-sainte trilogie transports publics – petits commerces – grandes surfaces. C'est devenu un endroit fonctionnel, une quasi-religion benthamienne.

Fonctionnel par nécessité mais en aucun cas par amour.

Comme cet immeuble rose du 116, rue Marbœuf dans lequel pénètre Darrieux en espérant que son enquête avancera et que M. Soulier va lui proposer quelque chose à boire.

Ces gens-là ont toujours quelque chose à boire.

— Vous reprendrez bien un peu de digestif, inspecteur.

— Volontiers.

— Bertrand, tu nous rapportes des glaçons ?

Après un coup d'œil sur les chaussures boueuses de Darrieux, elle ajoute :

— Et tu pourras dire à Marc de venir, s'il te plaît ?

Bertrand et Aline Soulier sont exactement comme il les imaginait. Couches moyennes jusque dans les tréfonds de leur coffre à apéritif. Marc de raisin du Gers, armagnac Marquis de Montesquiou, whisky Oban, Cragganmore ou Dalwhinnie côtoient les poires williams maison, les vins de noix de la voisine et les chartreuses artisanales. Darrieux contemple toutes ces merveilles à peine entamées en mesurant l'écart qui existera toujours entre ces gens-là et lui : le taux de rotation des bouteilles.

Rien à dire de plus. L'intérieur de leur appartement ressemble furieusement à ce qu'il déteste le plus. C'est propre, soigné et on se croirait dans un catalogue Ikea version personnalisée à la brocante du coin et au souk de Marrakech.

Un adolescent blond comme les blés se plante devant lui d'un air insolent. Darrieux se lève et lui tend la main pour signifier au gamin toute l'importance qu'il lui accorde à cet instant précis, même si le sol tangue un peu sous ses pieds.

Aline Soulier tient la main de son fils. La tête du mari apparaît dans l'encadrement de la porte de la cuisine.

— Madame, me serait-il possible d'être seul quelques instants avec votre fils ?

— C'est-à-dire que je préférerais rester à ses côtés et…

Il hausse le ton de la voix, sans quitter Marc des yeux.

— Je crois néanmoins qu'il serait préférable que Marc soit seul avec moi. Les témoins sont facilement influençables et le moindre détail peut s'avérer crucial.

— Dans ce cas, nous serons dans la cuisine, si vous avez besoin de nous, déclare Mme Soulier sur un ton un peu trop théâtral.

Un sourire amusé est apparu au coin des lèvres de l'adolescent. Darrieux profite de cet avantage pour poser sa première question. D'abord, mettre le gamin en confiance.

— Tu te doutes des raisons de ma présence ici, n'est-ce pas ?

— Je crois que oui.

— Peux-tu être plus précis ?

— À vous de me le dire.

— Marc…

— Vous êtes là pour mon témoignage sur la disparition de Clément et comme les autres flics que j'ai vus, vous pensez certainement que j'ai inventé cette histoire d'homme au manteau beige de toutes pièces et que je vais vous avouer que c'était juste pour me rendre intéressant. C'est ce que mes parents aimeraient entendre, c'est ce que vos collègues aimeraient entendre, et c'est aussi ce que vous n'entendrez pas.

— J'ai l'air d'un flic comme les autres ?

— Vous êtes complètement bourré.

— Je ne vois pas le rapport, répond sèchement l'inspecteur, vexé. Et puis je ne suis pas bourré.

— Si vous l'êtes.

— Non et ça ne te regarde pas.

Le gamin ajoute, plus bas :

— Vous l'êtes mais ça ne me dérange pas. Vous faites ce que vous voulez.

Darrieux scrute les traits de son interlocuteur. Sa franchise lui plaît, mais il hésite sur la conduite à tenir face à une telle repartie.

— Premièrement, j'attends d'entendre ta version des faits avant de me faire une opinion sur ton témoignage…

Au diable l'autorité du flic paternaliste. Ce n'est pas son genre, de toute façon.

— … et deuxièment, tu m'as tout l'air d'un garçon qui a les pieds sur terre et qui sait qu'il a tout intérêt à me raconter la vérité. Clément et Eva – tu es au courant pour la disparition de la petite – ont peut-être fugué. Peut-être est-ce plus grave. Tu le sais, je le sais, et ça, ce n'est pas quelque chose à prendre à la légère. Tu es d'accord avec moi, jusque-là.

Marc acquiesce avec gravité.

— Question n°1 : sais-tu où est Clément aujourd'hui?

— Non.

Aucune hésitation.

— Sais-tu où est Eva?

— Non.

— Bien.

Marc dit la vérité, ça se voit.

— As-tu une idée de l'endroit où ils pourraient être?

L'adolescent semble hésiter, puis:

— Non.

— Je me contenterai de cette réponse. Nous reviendrons peut-être là-dessus plus tard.

À présent, l'adolescent regarde ses pieds.

— Je voudrais que tu me décrives avec le plus de précision possible ce que tu as vu vendredi soir à la sortie des cours. Tu penses que tu peux le faire?

Hochement de tête.

— Ça fait au moins vingt fois que je le raconte.

— Justement. Je voudrais que tu oublies ça et que tu fasses comme si c'était la première fois qu'on te posait la question.

— Ok. La sonnerie du bahut a retenti à 17 heures et Clément est sorti parmi les premiers, comme d'habitude.

— Comme d'habitude?

— Oui.

Marc sourit.

— Je crois que Clément sort avec une fille de quatrième qui s'appelle Julie. Enfin, je ne sais pas vraiment s'ils sortent ensemble, mais c'est une rumeur qui court.

— Tu veux dire qu'ils se fréquentent, c'est ça?

— Oui.

— Sais-tu où habite cette Julie?

— Rue Henri-Dunant, je crois. Son nom, c'est Clavèze. C'est... c'est plutôt une belle fille, si vous voyez ce que je veux dire.

— Ensuite, que s'est-il passé?

— Comme je l'ai déjà dit, Clément est sorti en courant pour aller voir Julie. Deux ou trois minutes plus tard, j'étais dehors à mon tour avec Fred.

— Tu fais allusion à Frédéric Viroulau?

— Ouais, Frédéric. Donc, nous on est descendus juste après, et on s'est un peu foutu de la gueule de Clément qui attendait bêtement que sa copine sorte. Il y avait du monde, je l'ai perdu de vue quelques instants, puis la dernière fois que je l'ai aperçu, il était derrière les grilles du collège, le bras tenu par un type assez grand qui portait un manteau beige.

— Frédéric a déclaré qu'il s'agissait d'un pull.

— Fred est à la masse. Je suis à peu près certain qu'il n'a rien vu. Il a juste voulu dépanner, c'est tout. Il est pas méchant, mais bon... c'est Fred, quoi!

— Peux-tu me décrire cet homme?

— Je l'ai pas vu longtemps. Une seconde ou deux à tout casser. Plutôt grand, le crâne dégarni, les cheveux grisonnants ou blonds, je ne suis pas sûr, et un long manteau beige. Le genre beauf, voyez!

— Le crâne dégarni?

— Bin… ouais, comme vous, quoi !

— Pas de baskets blanches non plus ?

— J'en sais rien, je n'ai pas vu ses pieds.

« Qu'est-ce que ça peut te faire qu'il soit chauve et sans baskets blanches ? » s'étonne Darrieux.

— Et ensuite ?

— Ensuite, rien. Le temps que j'arrive à la grille, ils étaient partis.

— Tous les deux ?

— Possible.

Merde.

— Mais pas sûr…

— Non, pas sûr. Cela dit le gars avait l'air bien décidé.

— Tu connaissais cet homme ?

— Jamais vu.

Un coup d'œil vers le coffre à apéritifs. Le gamin s'en aperçoit et reluque l'inspecteur bizarrement, mais il ne dit rien. L'entretien est terminé.

— Merci Marc.

— Je peux y aller, maintenant ?

— Où ça ?

Il voit bien que Darrieux a toujours les yeux rivés sur le coffre. Il sourit, l'inspecteur rougit. Il devrait avoir honte de ne pas plus dissimuler son envie devant ce gamin, mais à bien y réfléchir, il lui semble que ce dernier s'en moque comme de sa dernière paire de Converse.

— Un dernier coup avant de partir, inspecteur ?

Le ton est totalement dépourvu d'ironie. Indifférent.

— Non merci.

Il se lève brusquement.

— Tu diras au revoir à tes parents de ma part.

Marc le raccompagne jusqu'à la porte d'entrée.

— Je ne mens pas, inspecteur, souffle-t-il avant de refermer derrière lui.

« Je sais, Marc. »

Une fois dans la rue, Darrieux pense subitement à Catherine et à ses jolies jambes. L'envie lui prend de l'appeler pour la voir se moquer de sa santé déclinante, raconter sa vie ou rire.

« Si seulement les choses étaient aussi simples. »

Il réalise que leurs discussions tournent le plus souvent autour de ses propres problèmes et qu'il ne sait pratiquement rien d'elle. Quels sont ses hobbies ? A-t-elle de la famille dans le coin ? Quelle est sa couleur préférée ? A-t-elle un petit ami ?

« Le seul truc que je sache faire, c'est boire. »

Boire sans classe. Boire pour boire. Tout à l'heure, chez les Soulier, il n'a même pas pu se retenir de mater un coffre rempli de bouteilles pleines. Et dire qu'il prétend résoudre une enquête comme ça !

— Allez tous vous faire mettre ! gueule-t-il en projetant un caillou imaginaire sur la vitrine d'une galerie d'art.

Cet après-midi-là, après deux appels infructueux au domicile de la petite Mélanie Clavèze et au bureau de Vax, Darrieux s'enfonce dans son canapé avec deux bouteilles d'un mauvais armagnac trouvées à la supérette du coin. La rage au ventre. L'enquête n'avance pas et elle attendra le lendemain. Pas d'indices. Rien de nouveau. Ni Vax, ni Botta ne l'ont appelé, ce qui veut dire, au mieux, qu'ils n'ont pas trouvé de pistes intéressantes ou, au pire, qu'il est évincé de l'enquête pour alcoolisme.

À 9 heures du soir, les bouteilles sont vides, mais il n'a pas la force de se lever en chercher d'autres. Il est affalé, du vomi sur les chaussures, un mal de crâne effroyable qui lui broie le cerveau. Il pleure. Il crie. Il marmonne et il prie.

Il prie depuis qu'il est né.

Il marmonne pour qu'on ne l'entende pas pleurer.

Il crie pour que ça n'arrive plus.

— Vos enfants hurlent et vous ne les entendez même pas !

Clément, Eva, Marc, Frédéric, Mélanie.

— Ils sont tous en danger ! TOUS ! Personne n'est à l'abri ! Nous irons tous crever en enfer !

Clément, Eva, Marc, Frédéric et Mélanie. Brûlant en enfer pour les péchés commis par leurs parents.

— Tu te tais… tu te tais comme les autres ! TU NE VAUX PAS MIEUX QU'EUX !

Puis le silence.

Le même silence depuis toujours.

Une main s'approche de lui. Des doigts immenses enserrent sa tête et le soulèvent jusqu'à briser sa boîte crânienne. Sa cervelle gicle sur les murs blancs et dégouline sur le carrelage comme du lait trop cuit.

Le silence comme seule loi.

5

Sale môme. Il a bien failli se barrer, ton petit Christian. Si beau, si jeune et tellement naïf. Les autres autour de lui ne le voient pas mais toi, tu sais qu'il est différent.

Qu'est-ce que tu fabriques?

Tu t'es approché de lui. Tu transpirais comme un goret, mais tu ne crois pas qu'il s'en soit aperçu. Il était bien trop ému de te voir.

Il avait peur. Comme toi.

Tu ne sais pas ce qui t'a pris. Tu n'avais pas vraiment prévu de le faire. Tu sais que tu y as pensé à de nombreuses reprises, mais tu ne pensais pas que tu passerais à l'acte. Il est tellement beau ton Christian. Tellement beau. Alors tu t'es finalement approché, tu lui as fait un signe de la main mais il ne t'a pas vu. Tu t'es serré contre lui, plus près encore, et tu lui as demandé de te suivre. En même temps que tu lui parlais, tu avais envie de partir, de faire comme s'il ne t'avait pas vu, mais au fond de toi, tu savais déjà que tu étais déjà allé trop loin.

Tu aimerais qu'il ne soit pas trop tard.

Maintenant, tu le tiens par le bras. Il ne dit rien et tu

apprécies son silence plus que tout, parce qu'un seul mot de sa part pourrait tout gâcher. Tu cherches les mots pour lui parler. Tout ce qui sort de ta bouche sonne creux. Tu profères des grossièretés, tu le maudis d'être si beau et il te regarde sans comprendre. Tu espères que personne ne t'a vu. Il te semble que non. Il a été très gentil, vraiment très gentil et t'a suivi sans rien dire. Le brave petit.

Le sale môme! Dans quoi t'a-t-il embarqué?

Tu atteins ton immeuble. À présent que vous êtes seuls, tu le prends dans tes bras et tu lui chuchotes à l'oreille des mots doux.

«Christian, tu répètes. Christian, mon beau Christian, je suis si heureux.»

Il te regarde d'un air interrogatif et tu lui expliques qu'à partir de maintenant, il s'appelle Christian. Tu lui souris mais ton propre sourire te fait mal, alors tu cries. Un peu. Pas beaucoup. Juste pour lui signifier le courage qu'il t'a fallu pour passer à l'acte. L'appartement est vide. Vous entrez et tu l'assieds sur le canapé du salon. Il ne bouge toujours pas. Tu lui demandes si tout va bien, mais il ne te répond pas. Ça commence à t'agacer. Tu reposes ta question mais il reste muet comme une tombe, alors tu le frappes violemment. Il pleure mais ne crie pas.

Tu sais que ça n'a aucun sens.

Tu t'en veux, mais tu le frappes une nouvelle fois dans le ventre. Puis tu t'arrêtes, essoufflé et tu paniques. Ta femme pourrait rentrer. Que lui dirais-tu?

Que lui diras-tu? Comprendra-t-elle? Il faudra bien lui expliquer… À moins de tout garder pour toi…

Tu dois le cacher là où c'est prévu.

Tu le reprends dans tes bras, lui murmure des mots doux pour le rassurer et tu dévales l'escalier de l'immeuble en priant pour ne croiser personne. Tu entends un bruit de clefs, tu t'arrêtes, tétanisé. Une porte s'ouvre puis claque. Le silence, à nouveau. Tu repars, prudemment. Tu ouvres la porte de la cave que tu as louée en prévision. Tu as soigné les détails, l'air de rien. Christian ne manquera de rien. La cave est entièrement équipée.

Tu l'attaches quand même, par mesure de précaution, et tu le bâillonnes au cas où lui vienne l'envie de crier pendant ton absence. Tu lui poses la question. Il te jure qu'il ne criera pas, mais tu ne le crois pas.

— Tu as faim ?

Il fait non de la tête.

— Tu as besoin de quelque chose ?

Il ne répond pas et plante ses yeux dans les tiens. Tu vois ses larmes. Tu détournes le regard et tu t'en vas. Tu fermes à clef derrière toi et tu promets derrière la porte que tu reviendras bientôt.

La cave est isolée. Personne ne viendra te le voler.

Il est à toi.

Ton beau Christian.

6

La pénombre. Darrieux sent qu'il est en train de se réveiller. Il est étendu sur le tapis, derrière le canapé. L'aube diffuse une lumière douce sur le côté opposé de la pièce. Un point lumineux clignote en son centre.

Un point rouge.

Le répondeur.

Mécaniquement, Darrieux se lève, s'avance vers le point lumineux et presse la touche. Il attrape un tabouret et le tire sous lui.

Il écoute le grésillement, le signal sonore et la voix du garçon qui lui dit qu'il a peur :

« Il me regarde avec ses yeux noirs. J'ai froid. Ses dents claquent. Il va me dévorer. »

De la musique, derrière. Toujours la même. Une musique qu'il connaît sans parvenir à se rappeler où il l'a déjà entendue.

Pourtant quelque chose a changé dans la voix.

« Je ferme les yeux, Éric, mais suis-je assez fort ? »

Un nouveau silence, suivi d'un cri.

De rage.

« Aide-moi, Éric ! »

La bande s'arrête, le voyant rouge s'éteint.

Il revient.

Quand Darrieux se réveille vraiment, le jour est levé depuis longtemps. Les muscles de ses bras et de son torse sont douloureux. Autour de lui, tout ce que son appartement comptait de bouteilles, de fioles et de flacons tapisse le sol. Des tessons de bouteilles rendent impossible l'accès la cuisine. Heureusement, les vitres et les miroirs semblent avoir échappé à sa fureur.

« Maudites crises ! »

Il attrape un balai et entreprend de nettoyer l'appartement des débris de verre et du reste. Les fenêtres ouvertes pour chasser l'odeur pestilentielle qui émane de la moquette et de la tapisserie tachée de vin laissent entrer un froid glacial qui achève de le réveiller. Il tombe sur une pile de lettres envoyées par Claire et Emma au cours de son enquête précédente, quelques semaines plus tôt. Le téléphone étant souvent un outil de communication à double tranchant, Éric préfère que ses filles lui écrivent.

« Leur papa leur manque », pense-t-il en les manipulant avec tendresse.

Quand une enveloppe parfumée l'attend dans la boîte aux lettres, une joie indescriptible le gagne et le transporte pendant des heures, quelle que soit la gravité de ses pensées du moment. Les mots sont toujours doux et touchant, parfois accompagnés d'un dessin, mais rarement d'un post-scriptum de Marie-Line.

Leur papa leur manque.

Pas le sien.

Son propre père ne lui manque jamais.

Est-ce normal qu'un fils ne pleure pas la mort de son père ?

Sa mère est morte d'épuisement le 21 novembre 1994 et c'est comme si cela ne changeait absolument rien à sa vie. Décédé il y a douze ans d'un cancer des poumons, Bernard Darrieux a suivi son épouse modèle dans la tombe de très près. Les os n'avaient même pas fini de sécher qu'il fallait à nouveau agrandir le trou. Deux semaines.

Aucun regret.

On ne regrette pas les gens à qui on n'a jamais parlé.

Une fois son ménage terminé, Darrieux jure à son reflet dans le miroir de la salle de bain qu'il ne boira pas, que c'est terminé et qu'il va se prendre en main. Vieux duel entre lui et son imago corporel propre réfléchissant ses infirmités psychiques. Généralement, ses promesses tiennent jusqu'à son premier verre, quelques minutes plus tard, mais l'effort physique qu'il vient de fournir lui fait tourner la tête et il se surprend à avoir envie d'un petit déjeuner.

Après avoir lancé le café, refermé les fenêtres et passé un coup de peigne maladroit dans ses cheveux gras, il part chercher du pain et un croissant à la boulangerie du bas de la rue.

À son retour, une Catherine grelottante l'attend devant la porte.

— Ma parole, tu es sobre !

— Je t'emmerde.

— Mmm. Sale morphinomane ! Je me caille. On se la fait, cette piqûre, oui ou merde ?

— Après toi.

Le rituel de l'injection-café terminé, Catherine et

Darrieux sont assis côte à côte sur le canapé. Les pupilles dilatées et l'esprit apaisé, l'inspecteur contemple avec satisfaction la résurrection de son appartement. Son regard tombe sur la pile de lettres de ses filles posée sur le rebord de la table du salon. Il s'assombrit.

— À quoi penses-tu, Éric?

— Je pense à mon enquête. Depuis hier, l'image de mon père mourant lentement de son cancer ne cesse de revenir.

— Quel lien avec ton enquête?

— Je l'ignore. Mon esprit fait des rapprochements que je ne comprends pas toujours. Sais-tu que mes parents ont habité vingt ans le quartier où vivaient les deux gamins disparus?

— Tu me l'as répété au moins cent fois.

Il poursuit, sans tenir compte de sa réponse.

— Ce quartier a une histoire propre, un lien qui unit le passé, le présent et le futur, j'en suis convaincu. Tu tires un fil et c'est toute cette histoire qui ressort. Cette enquête est vraiment spéciale. Trop de secrets planent sur elle. Pour l'instant, tout est encore trop flou.

— Les brumes de l'alcool…

Darrieux se retourne brusquement vers elle, vexé.

— Je n'ai pas bu une goutte aujourd'hui.

— Excuse-moi, ce n'est pas ce que je voulais dire.

— Je crois que je vais aller faire le tour des vieux habitants du quartier, des concierges et des immeubles qui n'ont pas encore été frappés par cette saloperie de vague de ravalement de façades.

— Et si tu restais te reposer un peu, aujourd'hui.

— Non!

Il a presque crié et la jeune femme a instinctivement reculé la tête.

D'une voix plus calme :

— Non. Je dois m'en occuper maintenant, tant que le temps n'a effacé aucun indice de leur disparition. Les premiers jours sont cruciaux dans une enquête, tu le sais.

— Tu veux que je passe te voir, ce soir, après le boulot ?

— Serait-ce une proposition ?

— Je veux juste m'assurer que tu vas bien.

— Alors je préparerai à manger. Ça fait une éternité que je n'ai pas allumé le four de cette cuisine.

— Tu me parleras de ton histoire.

— Pourquoi pas, Catherine. Pourquoi pas…

Un silence gêné s'installe, que Darrieux s'empresse de rompre.

— Il y avait un nouveau message sur mon répondeur, hier soir.

— Un nouveau message ?

— Une voix.

— Quelle voix ?

— Un petit garçon qui appelait à l'aide.

— Peux-tu me le faire écouter, Éric ?

— Non… Je l'ai effacé.

— Dommage…

— Dommage, en effet.

Catherine le gratifie d'un sourire d'une douceur inattendue avant de ramasser ses affaires et de sortir, accompagnée du bruit d'un marteau-piqueur.

« Toutes les histoires sont liées, dans ce type de quartier, pense-t-il en terminant sa tasse de café. Toutes s'entrecroisent pour donner vie à ces immeubles et ces rues merdiques. Toutes en lutte contre l'oubli et le silence mortel que leur promettent les projets immobiliers et le béton des nouvelles cités… »

Le temps presse. Dans cette affaire, les bulldozers ne jouent pas en la faveur des disparus.

— Entre, Éric ! crie une voix à l'accent italien tendue comme un arc. Je reconnaîtrai ta façon timide de frapper à la porte entre mille. Ça fait une éternité que je n'ai pas vu ta sale bobine de fils de polonaise dans le coin ! Tu n'as finalement pas oublié la vieille Cécilia.

Après avoir déposé son rapport quotidien dans la boîte aux lettres du capitaine Wojcik pour éviter d'avoir à lui parler, Darrieux s'est immédiatement rendu à l'impasse des Eaux-Claires, interroger des vieilles connaissances. Sa première visite est pour Cécilia Vachetti, une immigrée sicilienne obèse, qui semble avoir toujours vécu ici, coincée dans un studio microscopique au rez-de-chaussée qui tient plus de la cave que d'un endroit où passer soixante ans de sa vie et où élever cinq enfants.

— Entre, mon petit et viens t'asseoir à côté de moi sur le lit. Je ne vois plus très bien et j'ai besoin de toucher mes visiteurs de marque.

Darrieux s'avance et retient sa respiration, tant la petite pièce pue la moisissure et la transpiration. La vieille dame remarque sa gêne.

— Hé oui, je suis une vieille impotente, clouée au lit la plupart du temps. Ma fille vient m'aider à faire ma toilette une fois par semaine et mes fils me maudissent chaque jour que Dieu fait parce que je refuse d'aller en maison de retraite. Toi aussi, tu crois que Cécilia, elle devrait abandonner sa maison aux pilleurs de mémoire de la mairie ?

L'inspecteur lève les bras au ciel.

— Tu es un brave petit. Viens t'asseoir à côté de moi que je t'embrasse.

Au bout de quelques minutes d'échanges de banalités sur la vie de personne âgée, l'Italienne s'interrompt et se retourne vers Darrieux.

— Il paraît que des petits ont disparu dans le coin.

Il ne répond pas.

— Tu es là pour ça, n'est-ce pas ? Tu voudrais savoir ce que les yeux et les oreilles de la vieille Cécilia ont vu et entendu ces derniers jours. Tu as toujours été curieux.

Il acquiesce lentement. La morphine fait encore effet et il a du mal à se concentrer.

— Tu viens remuer l'histoire des vieilles âmes du quartier ?

— Il y a un peu de ça.

— Je sais bien ce qui te trotte dans la tête, mon petit oiseau, même si tu n'en as pas vraiment conscience toi-même.

Elle le dévisage d'un air grave et tente de changer son oreiller de position. Le lit grince douloureusement. Darrieux retient son souffle. Elle reprend après cinq longues minutes :

— On m'a parlé d'un homme avec un manteau beige. Un type qui n'est pas du quartier. Je n'en sais pas plus. Va voir Émilienne, tu sais, la vieille du 42 de la rue des Eaux-Claires. La mère de la petite Barth habite dans le même immeuble. Je crois qu'elle pourra t'en dire plus.

— Merci Cécilia.

L'Italienne secoue la tête mais ne répond pas. Darrieux comprend qu'il est temps qu'il s'en aille.

— Reviens me voir, si tu es dans le coin. Ça me fait plaisir de te voir.

Elle n'ose pas en dire plus. Ses yeux s'attardent sur la tapisserie jaunie.

— Je repasserai certainement.

Un coup d'œil sur son mobile : pas de message. Après deux essais infructueux, il parvient à joindre Séverine Botta sur son fixe au commissariat.

— Lieutenant Botta, j'écoute ?

— C'est Éric. Rien de nouveau de mon côté. Je t'appelais juste pour te dire ça. Je suppose que le capitaine te transmettra une copie de mon rapport. Dès que j'apprends quelque chose, je te tiens au courant. À plus.

Il coupe la communication sans lui laisser le temps de parler. Si Botta a quelque chose à lui dire, elle le rappellera.

Alors qu'il marche en direction du 42 de la rue des Eaux-Claires, Darrieux comprend tout à coup ce qui le turlupine depuis hier matin avec cette histoire de manteau beige. Une fois de plus, c'est l'histoire du train qui en cache un autre. Le problème n'est pas le manteau, mais les baskets blanches. Il se souvient avoir demandé au petit Marc s'il n'avait pas vu les baskets blanches de l'homme qui parlait avec Clément. Il a été étonné de la réponse négative de l'adolescent. Pourquoi ? *Personne* n'a mentionné ce détail avant qu'il ne pose la question. Il a beau relire ses notes, ces foutues baskets n'apparaissent nulle part. Pourtant Darrieux a une mémoire infaillible. S'il a parlé de ces baskets blanches, c'est qu'il les a forcément vues quelque part.

Mais où ?

Cela veut également dire qu'il connaît l'homme au manteau beige ou qu'il l'a déjà croisé au moins une fois et que son cerveau a enregistré ce détail à ce moment-là. D'ailleurs, Cécilia non plus n'a rien dit à propos des baskets blanches.

« Bizarre. »

Quelque chose est en train de lui échapper alors même qu'il croyait le tenir. Son intuition ne le trompe pas. Il est sur la bonne voie. Émilienne l'aidera peut-être.

— Éric Darrieux ? Cécilia m'a téléphoné pour me prévenir de ton arrivée. Elle sait que je suis devenue trouillarde. Avec tout ce qu'on entend à la télévision… Elle m'a également parlé de ton… enquête.

Émilienne s'écarte pour le laisser passer et pose une main calleuse sur le chambranle de la porte. Elle sent la javel et l'antimite. Comme sa mère.

— Tu peux entrer, Éric. Je connaissais bien tes parents. Enfin, plus ta mère, évidemment. Nous faisions nos courses ensemble. Sa mort m'a beaucoup affectée. C'était une femme bien. Discrète mais vraiment bien. Si je peux t'aider, je le ferai.

« Silencieuse, pas discrète. »

— Il paraît que tu cherches des renseignements sur le type au manteau beige dont on parle la radio ?

— C'est ça, oui. Savez-vous quelque chose à ce sujet ?

— Ce n'est peut-être pas le même homme, mais j'ai effectivement vu un homme correspondant à ce signalement dans la rue. Ça remonte à deux semaines.

— Êtes-vous certaine de ne pas l'avoir vu plus récemment ? vendredi ou dimanche ?

— Ne me coupe pas, Éric, sinon, je vais perdre le fil de mon histoire.

— Excusez-moi.

— Je ne te dis pas qu'il n'était pas dans le coin vendredi ou dimanche. Je ne passe pas ma vie à la fenêtre, et le jour où je l'ai vu, il faisait un temps splendide et ça devait être la première semaine de janvier. Aucun doute là-dessus. Le type devait faire dans les un mètre quatre-vingts ou plus. Une carrure d'athlète, mais avec un peu d'embonpoint. Il portait un immense manteau beige qui avait l'air aussi usé que moi. Je n'ai pas vu son visage, ma vue est de plus en plus mauvaise, mais je suis certaine qu'il était aussi chauve que mon défunt mari.

« Le crâne dégarni ? »

— Chauve, vous êtes sûre ?

— Certaine.

Pourquoi diable pensait-il que cet homme avait une chevelure aussi épaisse et drue que du crin de cheval. Ce détail renforce son impression de l'avoir déjà croisé.

— Vous souvenez-vous s'il portait des baskets blanches, par hasard ?

— Je ne m'en souviens pas, mais je ne crois pas.

— Avez-vous vu où il se rendait ?

— Cécilia a dû te dire comme je suis curieuse, mais je t'avoue que sur le coup, je n'y ai pas vraiment prêté attention. Je me souviens seulement qu'il est resté debout quelques minutes devant l'entrée du numéro 37.

— Le 37 ?

— C'est ce que je viens de dire.

Coïncidence. L'ancien immeuble de ses parents. SON ancien immeuble.

— J'irai faire un tour là-bas, plus tard. Une dernière question, si vous le permettez. La petite Eva habite votre immeuble, je crois. Auriez-vous remarqué quelque chose d'inhabituel le dimanche soir ?

— Je me couche tôt, le dimanche.

« Dommage. »

La vieille dame sourit face à sa déception.

— Tu as du mal à cacher tes émotions, je me trompe ?

— J'espérais quelque chose.

— Comme je te le disais, je me couche tôt, le dimanche soir. Par contre, le samedi soir, je m'octroie un petit verre ou deux de muscat et il m'arrive de veiller tard. Assez en tout cas pour apercevoir Suzan Pierce entrer dans l'immeuble. Tu sais, la professeure d'anglais de Eva.

— Et de Clément Sanchez également.

— Je l'ignorais.

Émilienne a dit ça comme si elle pensait exactement le contraire. Amusé, Darrieux la remercie pour son aide.

— Tu me tiendras au courant. Je suis un peu…

— Curieuse, je sais.

Puis :

— Cécilia vous racontera.

La vieille dame laisse échapper un rire clair comme de l'eau de source, dont les éclats sonores suivent Darrieux pendant qu'il dévale les escaliers en priant secrètement pour ne pas se rompre le cou.

Arrivé dans le hall, il se dit qu'une petite visite au domicile de Suzan Pierce s'impose. Il consulte sa montre, puis sort le calepin sur lequel il a noté les horaires de la jeune femme, pendant qu'elle lui parlait hier après-midi. Ses cours doivent se terminer dans moins d'une heure. Après avoir acheté tout le nécessaire pour son dîner en tête à tête, il ira l'attendre devant chez elle, rue André-Sibellas.

« Décidément, tout le monde habite le même quartier, dans cette affaire. »

Il en revient toujours au même constat. Ces disparitions ou quoi qu'elles soient d'autre ont forcément un rapport avec l'histoire de ce pâté d'immeubles. Clément et l'homme au manteau beige d'un côté, la microsociété du quartier des Eaux-Claires de l'autre. Trois parcours individuels à la dérive, noyés au cœur d'une petite société à l'agonie.

Darrieux navigue quelque part au milieu.

Spectateur.

Et acteur malgré lui.

« L'ancien immeuble de mes parents attendra un peu. »

Toutefois, il ne peut s'empêcher d'y jeter un œil avant de quitter la rue. Le numéro 37 dresse sa façade sinistre au-dessus des voitures stationnées. Rien n'a changé depuis que ses parents sont morts.

Absolument rien.

Il ferme les yeux. Une ombre plane au-dessus de lui. Mais il ne parvient pas à la nommer.

Encore une intuition.

Une lumière rouge clignote dans le noir.

Suzan Pierce est désagréablement surprise quand elle aperçoit l'inspecteur Darrieux, assis en tailleur sur le perron de l'immeuble, un sac de courses devant lui et une bouteille aux trois quarts vide à l'intérieur. Et elle ne cherche pas à le cacher.

« Tant mieux, se dit Darrieux. Au moins, nous allons pouvoir parler franchement. »

Cette femme lui ment depuis le début.

Il attend qu'elle soit à sa hauteur, puis il se lève d'un bloc pour lui barrer la route.

— Il me semble que nous ne nous sommes pas tout dit, hier, mademoiselle Pierce.

7

Les premières heures du jour sont interminables.

Il est passé deux fois pour me dire de l'appeler « Oncle Val » mais je refuse de parler, ce qui le met dans une rage folle. Il tape sur les murs, donne des coups de pied dans les cartons entreposés derrière moi. Je n'entends rien, puis je sens son souffle. Je vois sa bouche qui me crie des horreurs, mais mes oreilles ne fonctionnent pas. Il lève sa main mais je ne la vois jamais tomber. Je réalise que ma joue droite me fait atrocement mal, que mes côtes sont douloureuses et seulement alors je fais le lien avec sa main à nouveau levée, prête à tomber.

Je ne comprends pas cette rage.

Tout à l'heure ses yeux verts et ses cheveux blonds, puis maintenant le noir, la lumière et sa face rouge au-dessus de la mienne. Il me hait. Je ne lui ai jamais rien fait. Aucun son ne peut encore sortir de ma bouche. Je veux m'excuser de ne pas comprendre. M'excuser de provoquer un tel énervement.

Demander pardon.

Demander pardon.

Demander pardon.

Puis il s'arrête, s'accroupit à côté de moi et son silence est encore pire que ses hurlements des premières heures. Il se tait, me fixe. Je suis toujours attaché et bâillonné et il se tait comme s'il n'avait jamais ouvert la bouche. Un sourire trompeur se dessine sur son visage translucide. J'ai peur. Je ferme les yeux, mais je le vois quand même. Des vers lui sortent des narines et des orbites. Des longs vers noirs, qui grouillent sur la peau de ses joues, qui rongent ses lèvres et qui pénètrent dans sa gorge, laissant derrière eux des trous béants à travers lesquels apparaissent ses gencives en sang et ses dents jaunies par le tabac. Alors j'ouvre les yeux. Les vers et les plaies disparaissent mais le sourire est toujours là, le visage translucide aussi. J'ai peur. Je ferme les yeux à nouveau, me concentrant pour ne voir que les yeux verts et les cheveux blonds, mais son image disparaît aussitôt, grignotée par une armée de larves de papillons affamées. Je hurle et écarquille les yeux aussi vite que je le peux pour chasser cette image.

Pardon.

Pardon.

Pardon!

Mais je n'ai pas vraiment hurlé et le sourire est encore là. Un doigt s'avance vers mon cou et glisse le long de mon épaule. Il s'arrête, contrarié par le pull. La main arrache le pull puis le tee-shirt. Le doigt revient et s'avance vers mon cou pour glisser ensuite le long de mon épaule. J'aimerais m'évanouir, mais mon corps me refuse ce cadeau. Je hurle à nouveau et cette fois, Oncle Val m'entend. La main se lève et tombe à nouveau. Cette fois je l'entends. Cette fois je la vois et je la sens tomber et cogner. Les coups cessent, les bras m'entourent, une couverture se pose délicatement sur mes épaules et sur mon dos, la voix est douce et la clef finit par grincer dans la serrure.

Je mets un certain temps à comprendre que je me suis pissé et chié dessus.

L'odeur est trop forte pour que je m'endorme.

Le bruit d'une voiture, plus haut.

Je suis fort.

8

— Pour qui vous prenez-vous pour oser me parler sur ce ton, inspecteur !

Darrieux note la disparition du « monsieur l'inspecteur » dont Suzan Pierce a abusé la veille pour le flatter et l'endormir. La professeure est rouge de colère.

« On y croirait presque. »

— D'abord, il vous faut un mandat pour venir chez moi.

— Allons, mademoiselle Pierce, nous ne sommes pas dans un téléfilm américain de seconde zone. Je vous demande simplement d'accepter en toute simplicité de me dire TOUT ce que vous savez et de me parler un peu plus longuement de vos relations avec Clément et Eva. Dans votre intérêt comme dans celui des deux enfants disparus.

— Je n'ai absolument rien à dire de plus qu'hier. Ces insinuations sont grotesques et portent atteinte à mon honneur, inspecteur. Et puis vous puez l'alcool ! Méfiez-vous que je ne porte pas plainte contre vous auprès de vos supérieurs pour harcèlement d'un témoin dans le seul but de l'influencer !

Darrieux estime que le moment est venu de hausser le ton.

— Mademoiselle, cessez de vous moquer de moi ! Votre jeunesse n'excuse pas tout ! Que faisiez-vous samedi soir au domicile d'Eva Barth ?

L'effet est instantané. Suzan Pierce se fige et fond en larmes sur un fauteuil de son salon.

« La mise en scène continue. »

— Je voulais vous le dire, monsieur l'inspecteur. Je vous jure que je voulais vous le dire.

Le retour du « monsieur l'inspecteur », à présent. Darrieux se marre.

« On nage en plein mélodrame. Cette femme insulte mon intelligence. »

— Mais la réputation du collège, vous comprenez. M. Eyssautier a tellement insisté là-dessus. J'ai préféré me taire. Croyez bien qu'il m'en a coûté de mentir, mais comme cela n'avait aucun rapport avec leur disparition…

« La laisser parler et l'observer. »

— Je donne des cours particuliers à Eva.

La professeure lève les yeux vers lui pour évaluer l'effet de ses paroles sur son interlocuteur.

Darrieux se tait toujours.

— En cachette de sa mère.

Il ne peut laisser s'échapper un soupir de déception.

— C'est tout ?

— Eh bien, oui, c'est tout.

Encore une déception.

— Pourquoi n'avez-vous rien dit dans ce cas ?

— J'ai eu peur que l'on m'accuse d'être une complice ou je ne sais trop quoi. Une réputation est vite faite dans un petit quartier comme le nôtre, monsieur l'inspecteur. Je suis bien à Grenoble. Je ne nourris aucunement le désir d'être mutée en banlieue lyonnaise ou en Franche-Comté, croyez-moi. La mère d'Eva est une traînée. Sa fille est une perle, mais elle ne s'en aperçoit même pas, occupée qu'elle est à forniquer à droite à gauche jusqu'à point d'heure. Cette gamine est laissée à l'abandon entre la fin des cours et leur reprise, le lendemain matin. Les week-ends ont des allures de fin du monde pour elle. Et je ne parle même pas des congés scolaires. Je m'en suis aperçue très vite, dès le début du premier trimestre, et j'ai décidé, disons contre certains des principes qu'on nous enseigne sur les bancs de l'université, que j'allais la prendre en charge pour limiter la casse.

La hargne de Suzan Pierce surprend Darrieux. Il la croyait plus mesurée. Quelque chose sonne faux dans sa tirade enflammée mais il ne parvient pas à mettre le doigt dessus. Elle s'inquiète de l'avenir scolaire de Eva, mais pas de sa disparition. Comme si sa prétendue fugue ne contrariait pas ses projets...

— Bien sûr, je ne prétends pas remplacer une mère, mais une intelligence pareille balancée à la poubelle sans même voir l'or qu'elle recèle ! Je ne pouvais pas laisser faire ça. Vous me comprenez, inspecteur, n'est-ce pas !

L'excitation de la découverte retombée et l'alcool aidant, Darrieux décroche progressivement. Il n'apprendra rien de plus de cette femme, cette fois-ci, il en a la certitude. Peut-être un autre jour. Dieu seul sait ce qu'elle cache encore dans son satané cartable de professeure bien-pensante. Les gens comme Suzan l'écœurent au plus haut point. Sous couvert de bonne morale, deux gamins peuvent bien disparaître sous leurs yeux, la seule chose qui les préoccupe, c'est de sauver les apparences. Une réputation, c'est tellement plus important que deux adolescents, probablement enfermés quelque part par il ne sait quel tordu que sa mère n'a pas assez serré dans ses bras et son père un peu trop.

Cependant, il mettrait sa main à couper qu'elle n'a jamais participé à l'enlèvement des deux adolescents.

Puisqu'il s'agit bien de ça.

Deux gamins ne disparaissent pas comme ça, par l'opération du Saint-Esprit, à deux jours d'écart. Les fugues d'adolescents ne répondent pas à ce type de critères tordus. Le second n'oserait tout simplement pas poursuivre ce que le premier a commencé. Peur du ridicule, peur des conséquences, pression de l'entourage, paranoïa. Aucun adolescent ne serait capable de mettre en place un tel stratagème. Ce genre d'idées ne peut germer que dans le cerveau merdique d'un adulte.

— Vous n'en parlerez à personne, vous me le promettez ?

Il acquiesce machinalement.

L'enquête n'avance pas en surface, mais certains éléments commencent à s'assembler d'eux-mêmes, sans qu'il soit possible de savoir lesquels.

Clément Sanchez a disparu depuis quatre jours maintenant. Eva Barth, depuis quarante-huit heures. Des enfants trop intelligents pour être laissés entre les mains de leurs parents.

La question n'est plus de savoir où, mais qui ? Qui sera le suivant sur la liste.

Car il y en aura forcément un troisième.

Darrieux laisse Suzan Pierce continuer son monologue insipide quelques minutes, puis il finit par lui fausser compagnie, prétextant un coup de fil urgent à passer.

Ses pas le mènent devant le 37, rue des Eaux-Claires. La façade sombre est à peine éclairée par un lampadaire défaillant. Les balcons sont vides et silencieux. Le froid mordant enferme les cœurs et étouffe les vies. Quinze ans de sa vie à arpenter le trottoir, au pied de l'immeuble. Quinze longues années à monter et descendre les escaliers et à faire semblant.

Darrieux repense aux heures interminables passées dans la pénombre de sa chambre, mitoyenne à celle de ses parents. Jamais dérangé. Pas un bruit pour l'empêcher de sombrer dans la paranoïa de l'adolescence. Le silence comme seule réponse à ses questions muettes. Le silence et les regards douloureux. La découverte de la fonction apaisante et salvatrice de l'alcool. Les tentatives pitoyables de ceux qui l'avaient mis au monde.

Elle lui demandait :

— Tu penses à quoi, mon chéri ?

— À rien, maman.

Il était sincère. Il n'avait VRAIMENT rien à lui dire.

— Parle-moi, mon chéri.

— Arrête de m'appeler « mon chéri ».

— Parle-moi de l'école, Éric.

— Qu'est-ce tu veux que j'te dise ?

— As-tu une petite amoureuse ?

Il lui lançait un regard saturé de reproches.

— Comment s'appelle-t-elle ?

Il hurlait.

— Je n'ai personne, maman ! Comment le pourrais-je ? Où voudrais-tu que je la mette ? Ici ? Avec nous ? Tu crois vraiment que quelqu'un d'autre que nous pourrait survivre là-dedans ?

Sa voix à elle se faisait implorante.

— Essaie de te mettre à notre place, Éric. Juste cinq minutes.

— Pour rien au monde, maman. Pour rien au monde, je ne me mettrais à votre place. Je ne le supporterais pas.

— Pourquoi dis-tu ça ?

— Tu le sais très bien.

— Éric.

— Laisse-moi.

Puis son père entrait à son tour dans la chambre et un silence coupable s'installait, qu'il évacuait par un « ce doit être l'adolescence » rédhibitoire. L'embryon de discussion était terminé.

Darrieux jette un dernier regard sur le hall gris de l'immeuble et le quitte sans se retourner.

L'ombre est encore là.

Les cris aussi.

Il frissonne et presse le pas. Il n'a pas le courage d'affronter cela maintenant.

Les démons veillent toujours.

— Ce dîner était un régal, dit Catherine en s'essuyant les mains. Je ne te connaissais pas de tels talents de cuisinier.

— Tu as de la chance, voilà tout. Je n'ai presque rien bu aujourd'hui.

— Tu en rigoles, c'est déjà ça.

Clément et Eva, enfermés quelque part.

— Je prends ça très au sérieux, au contraire. Tout le monde me prend pour un alcoolique…

Elle le coupe aussitôt, un large sourire aux lèvres.

— Tu ES alcoolique, Éric. Il n'y a aucun doute là-dessus, crois-moi, j'en connais un rayon. D'ailleurs, tu es complètement bourré.

— Toi aussi.

— C'est vrai.

— Et après ? Ça ne me dérange pas, moi.

— Parle-moi de toi.

— Tu es belle.

Nausée.

— Personne n'est beau avec deux litres de gros rouge dans l'estomac.

— Tu n'es pas différente de moi.

Clément et Eva, enfermés quelque part, et il ne fait rien.

« Je ne vaux pas mieux que les autres. »

Un malaise s'installe.

— Pourquoi cherches-tu à changer de sujet ?

Rien, parce qu'il ne peut rien faire.

— Tu veux que je te parle de moi ? Que veux-tu que je te raconte ? Mon enfance ? Je ne m'en souviens pas ! Ma femme et mes deux filles ? Avec le boulot que je fais, j'en viens presque à douter de leur existence tellement leur fragilité et leur beauté sont irréelles. IRRÉELLES, tu comprends ? Y a pas de place pour elles, dans tout ce merdier. À la fin de chaque mission, j'en suis encore à me demander si je vais rentrer. Pourquoi crois-tu que je me sois barré de cette ville, il y a dix ans ? Toi, moi et tous ceux qui nous entourent, tout le monde ferme plus ou moins sa gueule. Par trouille, par névrose, par avarice, par nécessité ou par tout ce que tu veux. Ceux qui se piquent dans le secret des caves ou qui se biturent sur les bancs publics sont ceux qui gueulent le plus, mais personne ne les entend, et tu sais pourquoi ? Parce qu'ils ont une bouteille plantée dans le gosier et de la merde qui leur bloque les cordes vocales.

— Éric, je…

— Tais-toi et écoute-moi, bon sang ! Ouais, je suis bourré du matin au soir. Ouais, on est tous responsables. Un adolescent disparaît un jour. Le surlendemain, un deuxième, et alors ? Tu veux que je te dise la vérité ? Tout le monde s'en branle tant que ça n'empêche pas les petits commerces de tourner. Moi aussi, je m'en branle, ici même, à ne penser qu'à te sauter, alors qu'ils sont peut-être en train de crever la bouche ouverte à deux pas d'ici. Ils m'appellent à l'aide toutes les nuits, et moi, je bande en pensant à toi ! Je les entends crier mon nom et me supplier de les aider, mais je ne sais pas où ils sont, je ne sais même pas par où commencer à les chercher et je bande. Je leur raconte quoi, à mes gamines, quand je rentre ? Que grâce à moi, nous vivons dans le plus beau pays du monde ? Que leur père, c'est un putain d'enfoiré qui préfère se saouler et se taper des nanas plus jeunes pour oublier qu'il avait des idéaux quand il a connu leur mère ! Elles sont entourées de machines à détruire, mes gamines. L'école, d'abord, puis le marché du travail, ensuite. Et même leur père, c'est une putain de machine à détruire. Dans ces conditions, la mort est délicieuse, crois-moi. Et c'est ce que l'alcool me procure : une mort à petit feu. Une mort dont on n'a pas trop honte, dont on pourra dire : « Oui, mais il a quand même essayé. » Le problème n'est plus de vivre ou de survivre, mais de boire ou de ne pas trop boire. Selon l'humeur du jour. Tu vois, c'est pas plus compliqué que ça. C'est pas beau, c'est pas moche. Ça n'a juste aucun sens. Tu as beau essayer de le regarder sous des angles différents, la réalité est toujours la même. Incompréhensible.

Catherine ne dit plus rien.

— Alors, siffle ton verre et ressers-toi, parce qu'il n'y a rien de mieux pour passer le temps en ma compagnie, crois-moi.

L'ombre plane et les portes se ferment une par une.

— Fait chier !

Darrieux se sert un autre verre et le descend cul sec puis il fixe Catherine d'un regard dur.

— À toi.

Elle s'exécute.

— À moi.

Il vide un nouveau verre.

— À toi.

Elle s'exécute à nouveau et grimace.

Il crie.

— Tu vois ? C'est aussi simple que ça.

Elle lui tient tête et vide d'une main sûre le fond de la bouteille dans son verre.

— Éric ?

— Quoi !

Il en ouvre une nouvelle.

— Parle-moi encore de toi.

Plan large sur Grenoble et ses trois vallées.

Enfin, ce qu'il en reste depuis qu'un souffle puissant s'est déversé sur le béton et l'acier, ravageant tout sur son passage. Les trois tours sont tombées. Les ruines et les arbres se sont enflammés, le feu a gagné le cœur des hommes et leurs enfants ont cherché à les venger. Et ils se sont entretués. Les nécro-technologies ont eu raison de leur vanité. À présent, les cendres et la boue, en lieu et place des fiers Allobroges et de leur descendance arrogante.

Puis le regard se précipite à grande vitesse vers le sol encore fumant. Jadis, une ruelle.

Un corps.

Un rat se faufile entre les débris de moellons et les carcasses de voitures, sans tenir compte de sa présence. Un corps humain en décomposition, quoi de plus naturel, dans un univers de rats. Le contraire eût été surprenant.

Le rat n'a qu'un œil. Rouge. Et le Corps en décomposition a un visage.

Le corps d'Éric.

Œil rouge interrompt parfois sa course irrationnelle pour le renifler, mais sa présence ne le perturbe pas. Alors, le Corps attend. Jusqu'à ce qu'Œil rouge s'avance vers lui, s'arrête à quelques centimètres de lui et le regarde d'un air concupiscent.

Et que le Corps s'en aperçoive.

Une véritable décharge électrique semble alors animer le Corps. Ses bras et ses jambes se mettent à trembler avec frénésie. Son torse se convulse dans une série de craquements sinistres. Des veines éclatent sous l'intensité de l'effort. Des lambeaux de cœur desséchés claquent contre la cage thoracique. Un jet d'urine brunâtre gicle avec une violence inouïe à quelques centimètres au-dessus du museau du rongeur. Le processus de résurrection est en marche, insufflant toute l'énergie de la peur et la force de la haine par les plaies béantes du Corps.

Œil rouge, lui, ne bouge toujours pas, impassible. Il sait déjà ce qui va se passer.

Le Corps s'émeut, mais il ne se lève pas. Les membres s'agitent, mais ils ne soulèvent pas le Corps.

Le Corps était déjà mort avant.

Et l'on ne peut rien pour un Corps mort.

Darrieux se redresse en sueur dans son lit. Il se frotte les yeux. Son cauchemar l'a réveillé aussi efficacement qu'un seau d'eau glacée. Catherine est allongée à côté de lui. Un bras dénudé lui enserre la taille. Il imagine que ça devait arriver tôt ou tard et qu'il en avait envie.

La porte de sa chambre n'est pas complètement fermée et laisse entrevoir une partie du couloir.

Le voyant rouge du répondeur téléphonique clignote.

Darrieux ne souhaite pas réveiller Catherine. Il soulève la couverture pour se glisser hors du lit et dévoile un instant un sein lourd et rond. Les effets de l'alcool ne sont toujours pas dissipés. Éric secoue la tête et couvre la jeune femme. Ses gestes sont résignés. Derrière lui, le point rouge l'appelle.

Un nouveau message.

Il presse le bouton. Un grésillement suit. LA voix résonne dans le couloir. Il se retourne vers la chambre. Catherine dort à poings fermés.

« Aide-moi. »

Les intonations ont encore changé mais le message reste le même. Darrieux est quasiment certain qu'il s'agit de la même personne.

« Aide-moi, Éric. »

L'enfant a grandi. Son cri a pris de l'assurance et de la puissance. Pas la rage qu'il exprime. La voix a mué, mais la fêlure est intacte.

« Sors-moi de là. »

En arrière-plan, un air de musique lancinant couvre ses soupirs. Un coup d'œil en arrière : le corps de Catherine remue sous la couverture.

« Je ne peux compter que sur toi. »

La bande s'arrête brusquement. Par réflexe, Darrieux efface le message.

— Éric ?

Catherine est debout. Elle vient coller la chaleur de son ventre contre lui

— Tu frissonnes.

— Plus maintenant. Que fais-tu ?

Le voyant rouge est éteint. Il hésite.

— Rien.

La voix.

— Viens te coucher.

— J'arrive.

Il la connaît.

La radio de la cuisine le réveille. De la musique. Cette fois-ci, Catherine n'est plus là.

Un petit mot écrit à la va-vite repose sur la table.

« Éric.

Je file. Le boulot commence tôt pour moi. Repose-toi et évite de sortir aujourd'hui. Je ne pourrai pas passer à 11 h, mais je serai là en fin d'après-midi. Hier soir, c'était chouette. On a un peu trop bu, mais c'était sympa quand même.

Biz

Catherine »

Le soleil n'est pas encore levé. Le volume du poste est assourdissant. Catherine a dû oublier de l'éteindre en partant. Darrieux le baisse. Toujours le programme musical de la nuit.

Le téléphone sonne.

« Putain, mais qui m'appelle à cette heure-ci ? »

Il lance un café. Une chanson à la mode passe. Au septième coup, il finit par décrocher

— Inspecteur Éric Darrieux à l'appareil.
— Rosa. Qu'est-ce que tu foutais ?
À l'autre bout du combiné, la tension est palpable.
— Les gamins ont été retrouvés ?
— Aucun.
Darrieux est soulagé. Pas longtemps.
— Une nouvelle disparition ?
— Mélanie Clavèze. Treize ans.
— Disparue hier soir, entre le collège et son domicile, récitent les deux hommes en même temps.
— Tu étais au courant ?
— Non.
« Deux jours d'écart entre sa disparition et celle d'Eva Barth. »
Il poursuit.
— Simplement, dès que tu as prononcé son nom, j'ai su ce qui s'était passé. Enchaînement parfaitement logique des faits. Mélanie est la petite amie de Clément. Ce dernier disparaît, donc Mélanie disparaît.
« Deux jours d'écart entre la disparition d'Eva Barth et celle de Clément Sanchez. »
— J'ignorais ces détails.
— Tu n'as pas lu mon rapport ?
— Wojcik ne me l'a pas transmis.
— Je n'y suis pour rien.
— Quel lien avec Eva ?
— Ils sont dans le même bahut.
— Ça ne nous avance pas beaucoup.
— Je suis d'accord avec toi et pourtant c'est là que se trouve la solution. Qui a signalé la disparition ?
— La mère de la petite.
— À quelle heure ?
— Il y a cinq minutes.

— Dans ce cas, comment sait-elle que sa fille a disparu à sa sortie du collège ?

Sifflement agacé à l'autre bout du fil. Darrieux se sert un café. Par réflexe, il boit une gorgée qui lui brûle la lèvre inférieure et la langue. Il étouffe un juron.

— Personne ne l'a vue entrer dans l'immeuble, son cartable n'est pas dans sa chambre et la clef était toujours sous le paillasson. C'est une supposition, pas une certitude. Mais tout laisse à penser que la liste des disparus vient de s'allonger d'un nom.

— Son adresse ?

— Rue Henri-Dunant.

— Quartier des Eaux-Claires. Les trois enfants vivent dans le même quartier. Une similitude de plus. Il y a déjà quelqu'un sur place ?

— J'essaie de joindre Vax et Botta.

— J'y vais tout de suite.

Une intuition soudaine.

— Quel était le dernier cours de Mélanie Clavèze ?

— Géographie, pourquoi ?

Merde.

« Penser à appeler le proviseur pour vérifier qui est le prof d'anglais de Julie. »

— Une vague idée. Peut-être un troisième point commun entre les disparus. Rien d'important pour le moment. Un manteau beige et des baskets blanches dans les parages ?

— Aucun signalement allant dans ce sens pour l'instant, mais nous en saurons plus à l'ouverture des portes du collège, dans deux heures et demie.

Merde, merde, merde.

— On se tient au courant.

— J'ai la presse sur le cul, inspecteur. Alors, on passe à la vitesse supérieure, OK?

Rosa raccroche avant qu'il ait le temps de répondre. Il siffle son café, grimace et se sert un verre d'une bouteille oubliée la veille qui traîne à côté de l'évier. De la poire. Pas terrible pour l'estomac de bon matin. Le café ressort aussitôt, dans l'évier. Le deuxième verre passe mieux. Le troisième, tout seul. Darrieux avale un morceau de pain dessus et file se changer.

Pendant ce temps, le poste de radio diffuse un flash spécial annonçant la disparition d'un troisième enfant dans le quartier des Eaux-Claires. La voix de Rosa sonne faux quand il affirme au speaker que la piste de la fugue est toujours privilégiée. Le journaliste conclut néanmoins son annonce en listant les affaires de disparitions inexpliquées dans la région au cours des six derniers mois et faisant un parallèle audacieux avec une histoire de pédophilie vieille de quatre ans.

Deux minutes plus tard, Darrieux attrape son manteau, vérifie que son carnet est dans la poche intérieure avec un stylo et retrouve un paquet de Camel entamé et une boîte d'allumettes. La tentation de s'en griller une est forte, mais il résiste. L'envie resurgit dès qu'il se retrouve dans le froid. Cette fois-ci, il l'allume sans hésiter. La tête lui tourne. Ça fait longtemps qu'il ne s'est pas senti aussi bien et aussi mal à la fois. Un sentiment ambigu.

De nouveaux éléments s'emboîtent sous ses yeux mais il en manque encore pour pouvoir se faire une idée précise du tableau d'ensemble. La journée promet d'être chargée.

9

Hier soir, tu as fait l'amour à ta femme. Pendant l'acte, tu n'as cessé de penser à Christian et ça t'a mis extrêmement mal à l'aise. Heureusement, au moment du coït, tes pensées se sont embrouillées et tu l'as oublié quelques secondes, mais ses grands yeux bleus sont revenus te fixer dès que tu es sorti de son vagin et tu as eu la nausée. L'odeur de la peau de ta femme t'écœure depuis que Christian est là. Tout s'embrouille. L'as-tu jamais aimée ? Possible que non. Tu as dû descendre le voir pour te détendre. Tes questions se sont finalement envolées.

Tu te demandes s'il est encore possible de revenir en arrière.

Ton quotidien est vite devenu infernal. Entre les horaires de boulot et la vie de famille, c'est plus difficile à gérer que tu le pensais. Les gestes les plus banals deviennent de vraies épreuves de force et ta mauvaise humeur prendrait des allures de guerre civile si tu ne faisais pas gaffe à sourire comme si tout était normal. Bouffer, boire, chier, pisser, faire à manger pour le petit à midi, mettre des provisions de côté pour Christian, sortir le chien, regarder le chien pisser, rentrer le chien, bouffer, boire, chier, pisser, tout t'emmerde. Vas-tu tenir encore longtemps à ce rythme ?

Pourtant tu sais que c'était encore pire avant que tu n'aies un but. Tu veux revenir cinq jours en arrière pour revivre l'excitation des dernières heures avant l'enlèvement de Christian. Tu veux ressentir à nouveau la jouissance de la quête, de la découverte et du choix. Les meilleurs moments de ta vie.

La mort.

Hier soir, quand tu es remonté de la cave, ta femme t'a dévisagé d'un air bizarre. Se doute-t-elle de quelque chose ? Cette sale conne peut très bien avoir remarqué ton petit manège. La semaine dernière, elle t'a demandé d'un air bizarre pourquoi tu traînais si souvent devant le collège. Tu lui as répondu que tu avais décidé de changer de chemin pour rentrer du boulot, mais elle n'a pas eu l'air de te croire et elle est sortie de la pièce en marmonnant quelque chose que tu n'as pas compris. Tu te promets à toi-même de ne plus coucher avec elle et de refuser les avances de cette chienne lubrique.

Tu pourrais le tuer puis te tirer une balle après. Tu as toujours le fusil de chasse de ton père, dans le grenier, caché sur la plus haute étagère, derrière des cartons, pour pas que ton fils tombe dessus en fouinant. Tu te fais la promesse de l'utiliser si tu es repéré. Tu montes deux fois au grenier pour le nettoyer et vérifier s'il est en parfait état de marche, puis tu le remets à sa place, en prenant soin de ne pas faire de traces dans la poussière. La mort est une façon de revenir en arrière.

Ce matin, très tôt, un flic est passé.

Revenir en arrière de manière définitive, effacer toutes les traces. Faire comme s'il ne s'était rien passé.

Personne n'en saura rien si tu ne merdes pas. Mais tu as peut-être déjà merdé et ça t'angoisse parce que ce flic n'est peut-être pas passé par hasard. Ils t'observent, surveillent tes allées et venues, ceux de ta femme et de ton gosse. Ils te tendent probablement un piège avec leur air de ne pas y toucher et ça les fait bien marrer. Tu sais bien qu'ils se marrent à s'en faire péter le bide. Tu n'es pas dupe, alors tu ne touches plus au téléphone qui est peut-être sur écoute et tu continues d'aller au boulot comme si de rien n'était. Les soupçons n'ont jamais fait les preuves, de toute façon.

Mais le flic ne voulait rien de particulier. Juste te demander si tu n'avais pas vu ou entendu des trucs inhabituels. La routine, t'a-t-il dit avec l'air de s'en foutre complètement. Tu en as rajouté un peu, histoire de faire le mec qui s'inquiète pour son fils – ça fait toujours bien de s'inquiéter pour ses gosses, devant un flic –, et tu lui as demandé s'ils étaient sur une piste. Il t'a affirmé que non, mais il a aussi ajouté qu'il était un simple troufion, qu'on ne le tenait pas au courant de tout et qu'il se contentait de faire ce qu'on lui ordonnait de faire. Les inspecteurs, les lieutenants, les commissaires et les hauts gradés faisaient la stratégie et les mecs comme lui l'exécutaient.

Il est parti en te remerciant. Tu t'es dit que ce type était vraiment un abruti, qu'il avait de la merde dans les yeux et dans le nez pour ne pas voir à quel point tu transpirais et tu sentais la peur. Tu pensais qu'ils seraient plus malins que ça et tu te félicites de les avoir surestimés. Les précautions que tu as prises ne sont pas inutiles.

Tu évites ton fils. Tu crains son regard à table, pardessus la carafe d'eau mais il ne bouge pas et ne dit rien.

Toujours à la même place. Faire croire que tout est à la même place alors que ta vie est bouleversée.

Ton ventre te fait un mal de chien. Tu crois bien que tu as chopé la diarrhée. La bouffe de ta femme est vraiment infecte.

Ça fait déjà quatre jours.

Christian pleure sans arrêt et refuse de s'alimenter pour l'instant. Quand tu le caresses, il se laisse faire, mais tu sens de l'indifférence et tu préférerais qu'il résiste ou qu'il te supplie. Tu t'inquiètes pour lui. Tu as trouvé un système ingénieux pour te débarrasser de ses excréments. Tu fais croire à tes voisins que tu t'es mis à ramasser la merde de ton chien pour ne pas salir le trottoir de la rue. Le pire, c'est qu'ils te croient. Même ta femme, elle a gobé ça tout cru. Ça te fait marrer qu'ils soient tous aussi cons. Tu réalises aussi que l'organisation, c'est un sacré truc quand on cache un gamin. Tu ne dois négliger aucun détail. Tu n'avais pas pensé à tout ça quand tu traînais devant le collège à la recherche de Christian.

Ce soir, pour ne pas éveiller les soupçons, tu décides de ne pas aller lui rendre visite et d'aller boire un coup avec tes voisins. Mais l'envie est trop forte et quand ta femme t'annonce qu'elle sort avec des amies, tu changes de plan au dernier moment et tu descends.

Tu sais que ça ne durera pas longtemps.

Christian est là. Immobile, ouvrant des grands yeux clairs quand tu ouvres la porte et que tu enlèves son bâillon, un doigt posé sur tes lèvres.

Cette fois-ci, tu as du temps devant toi.

Tu souris.

Puis tu détaches la corde autour de ses poignets.

Deuxième partie

La cave

10

Quand Éric Darrieux débarque au domicile de la famille Clavèze, son premier sentiment est que la disparition de Mélanie a semé un vent de panique dans tout l'immeuble. En dépit de l'heure matinale, la cage d'escalier résonne des conciliabules de tout le voisinage. Les portes d'entrée entrouvertes laissent filtrer les commentaires les plus audacieux et quand l'inspecteur pénètre dans le petit appartement d'Édith et Luc Clavèze, au quatrième étage, il sait déjà qu'une voiture inconnue de couleur sombre a été repérée, en bas de l'immeuble, à l'heure où Mélanie était censée revenir du collège.

Le mari, un homme d'une quarantaine d'années et à la carrure de déménageur, lui ouvre la porte.

— Merci d'être venu si vite, sont les premiers mots qui sortent de sa bouche, alors qu'il s'efface pour laisser passer son visiteur. Ma femme est dans le salon, avec deux amies. Soyez délicat. La disparition de la petite l'a rendue hystérique et j'ai peur qu'elle fasse une nouvelle crise.

Darrieux le rassure d'un hochement de tête conciliant

et s'avance dans le couloir, pendant que l'homme referme derrière lui en reniflant bruyamment.

Édith Clavèze est assise entre deux femmes en robe de chambre qui lui tiennent chacune une épaule. Les cernes sous ses yeux assombrissent à peine un visage d'une beauté saisissante et Darrieux ne peut s'empêcher de la trouver extrêmement attirante. Sur ses genoux, reposent des photos de Mélanie qu'elle s'empresse de tendre à l'inspecteur dès qu'il entre dans la pièce.

— Nous ne comprenons pas ce qui a pu se passer, dit-elle d'une voix inaudible, entrecoupée de sanglots. Mélanie, c'est une petite fille si gentille, si douce, si calme. Jamais elle ne pourrait faire une fugue. Nous lui avons toujours donné tout ce dont elle avait besoin. Elle ne manque de rien. Je… je ne comprends pas.

L'effort de synthèse a dû être violent car la femme fond aussitôt en larmes dans les bras de l'une de ses voisines.

Attendant patiemment que l'atmosphère se calme, Darrieux jette un œil sur les photos. Mélanie Clavèze est le portrait de sa mère, en brune. Rien dans les sourires enjôleurs qu'elle adresse au photographe, probablement son père, ne laisse supposer qu'elle puisse un jour s'enfuir de l'appartement familial. Tous les clichés qu'il a dans les mains montrent une adolescente gaie, facétieuse et sûre d'elle. De prime abord, l'hypothèse de la fugue semble aussi improbable que dans les cas de Clément et d'Eva.

Darrieux pose les photos sur la table et se retourne vers le père, apparemment plus apte à répondre aux questions.

— Pouvez-vous me raconter ce qui s'est passé ?

— Oui, répond ce dernier avec un grelot dans la

voix. Quand Édith est rentrée du boulot, la petite n'était pas là. La clef était toujours à sa place, sous le paillasson, exactement à l'endroit où elle l'avait laissée à midi avant de retourner travailler.

— Elle en est certaine ?

— Oui, oui. C'est une sorte de jeu entre elle et Mélanie. Chacune a son code. Édith place la clef à droite et Julie, à gauche, ou l'inverse.

— Et vous ?

— J'ai ma propre clef.

— Et ensuite ?

— Eh bien, Édith est allée voir dans sa chambre. Tout était en place et son cartable n'était pas là. Elle est partie sonner chez la voisine chez qui la petite vient parfois quand elle en a marre d'être seule.

Luc Clavèze désigne du menton l'une des voisines sur le canapé.

— Cela arrive souvent ?

— Une ou deux fois par semaine, il me semble.

— Mais Mélanie n'y était pas.

— Non. Et elle ne l'avait pas vue ce soir-là.

— À quelle heure est rentrée votre femme ?

— Je vous dois une petite précision, inspecteur. En fait, Édith et moi ne vivons plus ensemble. Officiellement, nous sommes toujours mariés et nous continuons de nous voir pour le bien de la petite, mais je vis dans un studio, à deux pas d'ici, rue des Champs-Élysées.

— Pensez-vous qu'elle ait pu souffrir de cette… situation ?

— Franchement, non, mais là, du coup, avec les autres disparitions dans le collège de la petite, je me pose des questions.

Darrieux décide de le rassurer.

— Je tiens à vous dire que, statistiquement, il y a quand même de fortes chances pour qu'il s'agisse d'une fugue, sans aucun rapport avec les deux autres.

Luc Clavèze a l'air sceptique.

— Vous croyez vraiment ce que vous êtes en train de me dire ?

— C'est ce que les statistiques racontent, monsieur Clavèze.

— J'emmerde les statistiques, inspecteur, et je veux que ma fille revienne chez elle le plus vite possible !

Sa colère prend Darrieux au dépourvu. Les mains de Luc Clavèze tremblent et il serre les poings pour le cacher. Darrieux griffonne quelque chose sur son carnet, puis renouvelle sa question.

— Donc, à propos de votre ex-femme, quelle heure ?

— Elle est rentrée à 23 h 30.

— C'est rudement tard !

— Elle est infirmière et son service se termine à 23 heures. Mélanie a treize ans, ce n'est pas à proprement parler comme si elle était une enfant. Nous lui faisons totalement confiance.

— Votre femme, qu'a-t-elle fait ensuite ?

— Elle a frappé à deux ou trois portes, puis elle m'a appelé. Je lui ai conseillé de voir auprès des amies de la petite et je suis venu aussi vite que j'ai pu.

— Vous êtes arrivé vers quelle heure ?

— Il était 1 h 07 exactement.

— Qu'avez-vous fait ?

— J'ai fait le tour de tous les voisins de l'immeuble, je suis descendu à la cave, j'ai fouillé le parking. Pendant ce temps, Édith a appelé tous les camarades de classe de Mélanie qu'elle connaissait. Personne ne l'a vue. Elle a quitté le collège à 17 h 30, comme d'habitude, et après, plus rien, le trou noir.

Un silence lourd comme le plomb s'abat sur le salon, que seuls les sanglots de la mère et des deux voisines compatissantes viennent troubler. Darrieux décide d'abréger la conversation avant que le père ne craque lui aussi.

— J'ai entendu dire qu'une voiture avait été aperçue en bas de l'immeuble, en fin d'après-midi.

— Ah, ça… C'est un voisin qui raconte ça. Régis Blanc, troisième étage, porte de droite. Mais je serais vous, je n'écouterais pas trop ce qu'il dit. C'est un vieux fou qui déteste ma femme et qui serait prêt à n'importe quoi pour se faire remarquer.

— Bien, merci pour tous ces renseignements, monsieur Clavèze, je vais vous laisser. Mes collègues ne devraient pas tarder à arriver pour les questions d'usage, les relevés d'empreintes, la déclaration de disparition, etc. Ne vous inquiétez pas, nous faisons tout ce qui est en notre pouvoir pour retrouver votre fille. Mesdames.

Puis il sort, sous le regard inquisiteur des voisins de palier qu'il ne prend même pas la peine de saluer, convaincu que ses pressentiments sont malheureusement en train de se vérifier et que le pire est à venir.

Quand la porte de l'ascenseur s'ouvre au troisième étage, Régis Blanc est debout dans l'entrebâillement de sa porte et il semble à Darrieux qu'il l'attendait. De toute évidence, c'est un très vieil homme, mais rien ne laisse penser qu'il est sénile. Sa chemise rouge vif légèrement entrouverte et son bas de pyjama usé jusqu'à la corde lui donnent un air excentrique, pourtant,

Darrieux devine à son attitude qu'il a encore toute sa tête et qu'il entend bien le faire savoir.

— Z'êtes l'inspecteur chargé de l'enquête sur la petite ? demande-t-il d'une voix vive.

— C'est ça.

— Vous venez à propos de la voiture ?

— Vous êtes perspicace.

Le vieil homme semble goûter le compliment.

— Cette conne d'Édith Clavèze me croit pas. Elle me prend pour un fou. Tant pis pour elle, mais moi, je sais ce que j'ai vu.

— Et qu'avez-vous vu exactement ?

— Une Laguna noire, flambant neuve. J'ai même noté la plaque d'immatriculation. Tenez !

Il lui tend un bout de papier, sur lequel Darrieux parvient à déchiffrer une série de chiffres et de lettres. La voiture est immatriculée dans le département de l'Isère.

— Vous n'aviez jamais vu cette voiture auparavant ?

— Jamais.

— Bon, eh bien il ne me reste plus qu'à vous remercier et à vous quitter…

Le vieux se met carrément au milieu de la porte pour lui bloquer le passage, un sourire narquois aux lèvres.

— Attendez ! Ça ne vous intéresse pas de savoir où trouver cette voiture ?

Darrieux est intrigué par le manège du vieillard. Il décide de jouer le jeu.

— Je croyais que vous ne l'aviez jamais vue auparavant, cette voiture !

— Moi non, mais j'en connais un qui connaît toutes les Laguna de l'agglomération, surtout leurs plaques, si vous voyez ce que je veux dire.

Clignement de l'œil.

— Dites toujours.

— Jean-Jacques Pozzini, du garage du même nom, situé rue Marbœuf. Vous ne pouvez pas le rater.

— Merci du renseignement.

— Pas de quoi ! J'peux pas le saquer, ce salopard. Il m'a volé pendant cinq ans avec de l'huile pourrie. J'y ai laissé un moteur…

Darrieux lui fait un signe poli de la main et emprunte l'escalier pour échapper plus rapidement au baratin du vieillard.

— Hé ! Inutile de lui dire que vous venez d'ma part, hein. Y s'rait capable de venir s'venger !

« Si ça peut le faire parler, t'inquiète pas que je lui en parlerai ! »

Un vent violent et chargé d'humidité surprend Darrieux à la sortie de l'immeuble. La rue Marbœuf n'est pas très loin, mais il hésite à entrer dans un troquet pour se réchauffer le moral avant de poursuivre ses investigations.

Si ses souvenirs sont bons, le PMU situé face à la rue des Champs-Élysées est déjà ouvert à cette heure matinale. Son père l'y emmenait pendant les vacances quand il était môme. L'été de ses onze ans, son père connut une brève période de chômage et c'est lui qui le gardait pendant que sa mère travaillait. La plupart de ses journées se passaient entre le PMU et le bistrot Chez Jojo du cours de la Libération, où son père avait quantité d'amis. Rien de bien raisonnable, puisqu'il y a rencontré la bouteille et ses premières cuites mémorables, mais il se souvient de moments inoubliables à refaire le monde sur un bout de comptoir, auquel son père était plus souvent accroché que simplement accoudé.

Le bistrot est encore plus miteux que dans son souvenir, mais une dizaine de blancs secs sont déjà posés sur le zinc, attendant que leurs heureux propriétaires les sifflent avant d'en commander un petit-dernier-avant-d'aller-bosser.

Pour ne pas déroger à la coutume locale et en souvenir du bon vieux temps, Darrieux se fend d'un tonitruant :

— Vous me servirez la même chose que ces messieurs, patron.

Les habitués se retournent pour contempler le nouveau venu, croyant encore au miracle du petit matin, puis, visiblement déçus, retournent à leurs pronostics foireux. Darrieux en profite pour tirer les vers du nez du barman, en espérant quelques informations de première qualité sur le garagiste dont lui a parlé Régis Blanc et sur la santé mentale de ce dernier. Le barman lui confirme ce qu'il pensait et lui sert un deuxième verre sans lui demander son avis.

— Le vieux Blanc ? Un chic type, monsieur. Un peu râleur et revanchard, ça je vous l'accorde, mais un chic type quand même. Il m'a dépanné plusieurs fois par le passé, quand j'avais des ennuis d'argent. On ne vous dira pas du mal de cet homme-là, ici.

Darrieux sourit pour l'encourager, et lui montre son verre à nouveau vide. Docile, le patron débouche une troisième fois la bouteille.

— Par contre, je n'en dirai pas autant de ce vieux filou de Pozzini. Je n'aime pas dire du mal des gens, monsieur, vous me comprenez, mais ce garagiste-là, avec le peu de clients qu'il a et la manière dont il les traite, on se demande avec quoi il parvient encore à payer ses factures. Enfin, on se demande ! C'est une façon de parler, bien sûr, parce que personne du coin ne se le demande vraiment. À part les flics, peut-être !

Et le barman de partir d'un rire sonore qui réveille la moitié des habitués et qui provoque un vague sourire chez l'autre moitié. Darrieux en profite pour tendre un talbin de dix euros, après avoir présenté et vidé son verre une dernière fois.

Dehors, le vent n'a pas faibli et une bourrasque particulièrement vigoureuse manque de faire tomber Darrieux qui se rattrape in extremis à la porte du bistrot.

L'alcool sucré lui réchauffe le ventre et son instinct guide ses jambes malgré lui vers le 37 de la rue des Eaux-Claires. Un coup d'œil à sa montre : il n'est pas encore 7 heures et le garage Pozzini n'est certainement pas encore ouvert. Le barman lui a confié que le propriétaire n'était pas un lève-tôt.

Arrivé bas de l'immeuble, il avise une femme d'une trentaine d'années qui traîne un chien derrière elle, aussi chétif qu'elle est obèse. Il l'aborde en espérant que, vu l'heure, elle ne se barre pas en courant.

— Excusez-moi, mademoiselle !

La jeune femme tourne la tête dans sa direction, avec la grâce d'une baleine que l'on vient de réveiller et crie d'une voix suraiguë :

— Oui ?

Sans trop savoir pourquoi, l'un des premiers messages sur son répondeur lui revient à l'esprit :

« J'ai peur. »

— Vous habitez l'immeuble ?

« J'ai peur. La cave. »

— Oui, pourquoi ?

— Éric Darrieux. J'aurais juste besoin d'un petit renseignement. Peut-être pouvez-vous m'aider...

« J'ai peur. La cave. Il me regarde avec ses yeux noirs. J'ai froid. »

— Bien sûr, dites-moi.

Son minuscule chien tire sur la laisse comme un forcené. La jeune femme ne bouge pas d'un pouce.

« La cave. »

— Je cherche une cave à louer dans le secteur et on m'a dit qu'il y en aurait peut-être de disponibles dans cet immeuble. Sauriez-vous auprès de qui je pourrais me renseigner ?

— Franchement, je ne sais pas.

Malgré le vent et le blanc qui commence à lui monter à la tête, Darrieux tente son plus beau sourire.

— C'est vraiment très important pour moi...

— Peut-être du côté de mon ancienne propriétaire, Mme Achard. Quand je suis arrivée ici, il y a quatre ans, elle possédait quelques caves, je crois. Je ne sais pas si c'est toujours le cas, mais comme son fils a vendu l'appartement récemment, il est possible qu'elle cherche à se débarrasser de ses caves. À moins que ce ne soit déjà fait.

— Mme Achard, vous dites ?

— Oui, l'ancienne propriétaire ! répète-t-elle comme si elle le tenait pour sénile. Je viens juste de racheter, il y a deux semaines. C'est son fils qui s'est occupé de la transaction.

Après dix minutes de tergiversations avec la jeune obèse et un petit passage au garage Pozzini – pour découvrir que la Laguna a finalement bien été immatriculée chez lui, mais que la mémoire de Jean-Jacques

Pozzini est défaillante quant au nom de son heureux propriétaire –, Darrieux se retrouve à braver le froid, de l'autre côté de la voie ferrée, rue du Général-Ferrié, pour trouver le domicile de Mme Vve Simone Achard, éventuelle bailleuse de caves.

La vieille femme qu'il découvre, dans un appartement sombre et miteux, est tout sauf bavarde. Quatre-vingt ans et des poussières, Mme Veuve Achard tient plus du cadavre que du quatrième âge sonnant et trébuchant. Son visage émacié ne lui est pas inconnu, mais impossible de capter son regard. De plus, elle lui jure par le ciel et la terre qu'elle ne l'a jamais rencontré. Après cinq minutes à insister sur le pas de la porte, verrouillée par une chaîne qu'elle refuse de retirer, Darrieux obtient l'adresse de son fils qui le renseignerait certainement mieux qu'elle sur ces histoires de caves.

— Et qu'on me foute la paix avec cet appartement de la rue des Eaux-Claires ! Je croyais qu'il était vendu depuis belle lurette, vocifère-t-elle avant de lui claquer la porte au nez, manquant de lui coincer la main qu'il retire de justesse.

« Pas aimable, la bourgeoise ! »

Heureusement pour lui, le fils est plus loquace.

La quarantaine presque achevée et la chevelure arrogante, Grégory Achard est un homme plutôt grand – une tête de plus que Darrieux – et visiblement peu soucieux de son apparence. Ses habits sont posés sur lui comme s'il servait de portemanteau derrière la cabine d'essayage d'un grand magasin de prêt-à-porter. Pour intrigant qu'il soit, ce concept vestimentaire est un plus un défi lancé à Newton qu'un réel essai critique sur les rebuts de la grande distribution. Pour le dire autrement, Grégory ne ressemble à rien, et Darrieux se sent immédiatement bien en sa compagnie, en même temps que quelque chose d'indéfinissable le pousse à s'en méfier comme de la peste.

Ses yeux sombres le mettent mal à l'aise à l'instant où ils se posent sur lui en lui demandant ce qu'il désire.

— Je souhaiterais louer l'une de vos caves, au 37 de la rue des Eaux-Claires.

— Qui vous a donné mon adresse ?

— Votre mère.

— Ma mère ? Vous avez dû sacrément l'agacer pour qu'elle vous renvoie vers moi.

— Disons que je souhaite vraiment louer une de ces caves.

— Puis-je vous demander pour quelle raison ?

— Non.

Le ton de Darrieux est plus brusque qu'il ne le souhaitait.

— Mon père possédait des caves dans l'immeuble, dit Grégory Achard, sans tenir compte de la réponse. Du moins, il me semble m'en souvenir. Trois ou quatre, je crois. Mais ni ma mère ni moi n'y avions accès et, à moins que je ne me trompe, il s'en est débarrassé avant sa mort… Ou alors ma mère s'en est occupée, elle-même. Elle ne me tient pas au courant de ses affaires. Franchement, je n'en sais rien.

Darrieux n'est pas surpris par la remarque. La mère et le fils se renvoient la balle. Il ne serait pas étonné que les caves soient encore en leur possession, néanmoins, il juge préférable de ne pas brusquer son hôte. Ces détails n'ont peut-être aucune importance.

— Pourriez-vous m'indiquer quelqu'un qui pourrait me renseigner, dans ce cas ?

— Je dirais que non.

— À la mort de votre père, au règlement de la succession, vous avez bien dû voir passer un nom ou une adresse…

— Je ne…

— Écoutez, j'ai vraiment besoin de trouver une cave.

Achard fils fait mine de réfléchir. Darrieux note qu'il est troublé par son insistance et qu'il ne dit pas tout ce qu'il sait. Peut-être devrait-il expliquer la raison de sa présence et son enquête, mais il sent qu'il vaut mieux n'en rien faire.

— Vous n'auriez pas quelque chose à boire ? Je ne me sens pas dans mon assiette.

L'homme le toise d'un air méprisant. Néanmoins, il sort deux verres et une bouteille de digestif d'une commode et leur sert à boire sans lui proposer de s'asseoir. Darrieux s'appuie contre le mur du couloir, dont la tapisserie est à l'image de la tenue vestimentaire du propriétaire des lieux, pour vider sa dose et dévisager Achard.

— Nous nous sommes déjà rencontrés, non ?

— C'est possible. Grenoble est un gros village.

Darrieux n'est pas satisfait de la réponse. Il ne le montre pas.

— Et pour cette cave, alors ?

— Tout bien réfléchi…

« On y vient ! »

— Je crois avoir vu ma mère discuter, il y a très longtemps, plusieurs années sans doute, avec un boucher du boulevard Joseph-Vallier, dont la boutique est située pas très loin de l'église évangélique. Tout comme vous, il cherchait une cave, si mes souvenirs sont bons. À ce que je sache, il est toujours en activité.

— Si jamais il vous vient une autre idée, n'hésitez pas à me rappeler, fait Darrieux en griffonnant son numéro de mobile à la hâte sur la dernière feuille de son carnet et en la lui tendant.

En déboulant à nouveau dans le froid de la rue Léo-Lagrange, Darrieux commence à soupçonner le risque qu'il prend à se faire balader de propriétaire en locataire du quartier des Eaux-Claires, s'il ne se décide pas à hausser le ton de la voix de temps en temps.

Les mensonges joyeux des uns répondent au silence des autres. Le résultat est un puzzle géant de trois ou quatre mille habitants, sans compter les familles, les histoires personnelles et les gens de passage. À ce rythme-là, il risque d'en avoir pour cinq ans au bas mot, avec assez de matière pour soutenir une thèse de doctorat en ethnosociologie ou en psycho-urbanisme, mais toujours rien de décisif concernant la disparition des trois enfants. On fréquente les gens d'un même quartier pendant trente ans pour généralement ne découvrir les secrets de famille que sur le lit de mort ou après lecture du testament par le notaire. Or, il a la certitude que les histoires de quartier se règlent entre habitants d'un même quartier, ce qui le conduit à penser que Clément Sanchez, Eva Barth et Mélanie Clavèze ne sont pas loin.

Cachés quelque part entre le Drac et le cours de la Libération, de leur plein gré ou nom.

Son rôle à lui, c'est de croiser les trajectoires individuelles et de tirer de toutes ses forces sur chacun des fils qui dépassent de la mêlée.

Pour les retrouver.

« Il est déjà trop tard ! » lui souffle une voix caverneuse du plus profond de ses entrailles.

L'inspecteur Darrieux serre les poings.

Sa visite chez Michäel Jourdan, boucher à l'humour sordide, confirme le constat que, sans vraiment lui dissimuler la vérité, tout le quartier s'accorde sur une prudence qui ressemble à s'y méprendre à une série de mensonges plus ou moins concertés.

Après deux minutes de discussion de comptoir sur les bienfaits du tramway pour le petit commerce des grands boulevards grenoblois, le boucher avoue qu'il n'a jamais loué de cave à Simone Achard, ni même à son fils, mais qu'il a effectivement failli être le locataire de Charles, le père, au début des années soixante-dix, quand il s'est lancé dans la profession.

— Un brave type, Charles. Toujours le cœur sur la main. Un ami de mon père. Je cherchais un local assez grand, proche de mon commerce, pour entreposer mon matériel, et il m'a parlé d'une cave qu'il possédait qui ferait parfaitement l'affaire, selon lui, à un prix défiant toute concurrence, en raison des liens qui l'unissaient à mon père. Malheureusement pour lui, l'affaire ne s'est finalement pas conclue. Le lendemain de notre discussion, j'ai trouvé un garage à deux pas de mon magasin, ce qui fait que je n'ai même pas visité sa cave.

— Saviez-vous où elle se situait exactement?

— Non. Charles a mal pris mon refus, nous nous sommes brouillés et il ne m'a plus jamais adressé la parole. Fin de l'histoire.

— Vous connaissiez sa femme?

— Un peu. C'est une cliente. Aussi étonnant que cela puisse paraître, le lendemain de la mort de Charles, elle venait faire ses courses chez moi. Remarquez, je ne m'en plains pas.

— Bizarre, en effet…

Darrieux griffonne frénétiquement dans son carnet.

— Vous dites que Charles ne vous parlait pas.

— Non. Après la vie qu'il m'a faite, ça m'aurait foutu mal de lui servir ses steaks. Le commerce, c'est le commerce, mais bon, on a sa fierté tout de même.

Écœuré par la vue et l'odeur de la viande saignante, Darrieux ne s'attarde pas, après avoir rapidement remercié le boucher pour son aide. Il n'en sait toujours pas plus sur les propriétaires des caves du numéro 37, mais la manière dont toutes les personnes interrogées se passent la main laisse supposer que ceux qui les possèdent ne cherchent pas à s'en vanter, ce qui, en soi, est un indice intéressant. Personne ne ferait toute une histoire pour des caves sans intérêt, si celles-ci ne renfermaient pas quelque lourd secret. La question n'est donc plus de savoir à qui appartiennent ces caves, mais plutôt ce qu'elles renferment.

Tout en marchant à bonne allure en direction du commissariat pour aller faire son rapport, il sort son portable de sa poche et compose le numéro de Rosa pour le prévenir de son arrivée.

— Éric?

— Bonjour, commissaire. Vous attendiez mon coup de fil?

— Vos recherches avancent? coupe Rosa, sans répondre.

— Doucement, commissaire. Très doucement. Personne ne sait rien, mais les disparitions touchent tout le monde de très près. Le quartier est petit. J'ai du mal à croire que trois enfants puissent s'évaporer sans témoin.

— C'est aussi mon avis. Une piste?

Darrieux choisit de mentir pour se donner le temps de vérifier le bien-fondé des questions qu'il se pose.

— Aucune. Je me contente d'interroger l'entourage, les proches et les commerçants du quartier.

— Bon… Je te laisse, j'ai une conférence de presse. Tu me tiens au courant. Pas le temps de te voir ce matin.

Après avoir remis le portable à sa place, l'inspecteur décide néanmoins de pousser jusqu'au bar qui jouxte le commissariat, histoire de s'en jeter un derrière la cravate et de prendre le pouls de ses collègues, à l'heure de la pause syndicale.

Le bar des Trois Tours est finalement aussi vide qu'un 14 Juillet, à l'heure du défilé, et l'inspecteur est contraint de supporter pendant vingt minutes les ronflements inquiétants d'un ivrogne, assis à deux tables de la sienne. De nombreux flics ont été réquisitionnés pour la visite mensuelle du préfet, et ceux qui ne le sont pas ont reçu la consigne de ne pas approcher un comptoir en zinc à moins de cinq cents mètres, sauf dans le cas express où le préfet désirerait un café crème.

Heureusement, vers 11 heures, la majeure partie des troupes rentre au bercail, après avoir salué, la larme à l'œil, monsieur le préfet qui s'éloigne dans sa Citroën C6 de fonction avec chauffeur à l'avant et barbouze dans le coffre, les cœurs encore serrés de toutes ses belles promesses sécuritaires et républicaines inconciliables. Magie de l'instant et psychodrame du discours politique : ses collègues resteront convaincus de la nécessité de leur travail vingt-quatre heures de plus – en réalité, jusqu'à leur prochaine mission – et attendront avec impatience le mois suivant que les promesses se renouvellent et que le ministre de l'Intérieur les persuade à nouveau.

Soudain, alors qu'il est en train d'écluser son septième pastis, gracieusement offert par l'ivrogne qui a cessé de ronfler et qui s'est rapproché pour lui déclarer sa flamme, Darrieux se redresse sur sa chaise et se fait la remarque qu'un élément inhabituel a transformé l'atmosphère, sans parvenir à mettre le doigt dessus.

Il hume l'air quelques secondes, à la recherche de l'infime modification, mais bute sur le brouhaha de la clientèle. Son regard s'attarde ensuite sur chacun des habitués du bar, mais il connaît toutes les têtes présentes, au moins de vue, et il ne remarque rien d'anormal. Puis il tend l'oreille, et là, son cœur se met à battre à un rythme effréné.

La musique.

Darrieux connaît cette musique. Il est certain de l'avoir entendue quelque part, récemment.

« La voix de l'enfant. »

— Merde ! La musique sur mon répondeur pendant que l'enfant me parle ! gueule-t-il, manquant de faire tomber l'ivrogne de sa chaise.

Après la surprise, sa première réaction est la peur. Puis, le silence. Il sait que la musique provient de la chaîne stéréo du bar qui passe en boucle un disque ringard que le patron affectionne tout particulièrement au point d'être le seul de toute l'agglomération. Théoriquement, l'enfant qui laisse des messages sur son répondeur fixe appelle de ce bar. Or, cet enfant l'appelle à l'aide, ce qui signifie qu'il est prisonnier ou qu'il téléphone sous la contrainte. Impossible qu'il soit seul au milieu de la nuit. Un gosse ne passerait pas inaperçu chez le principal fournisseur de bière de la flicaille de Grenoble.

« Ou alors, le gosse d'un flic ? »

Il baisse la tête et se met à épier les moindres faits et gestes des habitués qui l'entourent. Si un gamin était passé par là, il s'en serait lui-même rendu compte, vu qu'il y termine la moitié de ses soirées. Un enregistrement, alors ? Un enregistrement diffusé par l'un des habitués du bar sur son propre répondeur téléphonique ? Ça n'a aucun sens. Qui pourrait bien lui faire un coup pareil ? Une blague de mauvais goût par les mecs de la BAC, peut-être… mais sur une affaire en cours, ça semble peu probable.

« Il t'observe. »

Vidant les verres qui se posent devant lui, Darrieux se sent progressivement partir.

« Il te suit. »

L'alcool lui monte à la tête et des pensées paranoïaques déferlent dans ses veines par vagues d'adrénaline successives. Il aimerait se concentrer. Il n'y parvient plus. Il se lève, titube jusqu'à la porte et traverse la rue en direction du parc, avant de s'effondrer sur un banc.

« Il veut savoir comment avance ton enquête sur lui. »

« Il sait qui je suis. »

11

Quand Oncle Val n'est pas là, j'entends des voix. Des voix d'enfants. De toutes petites voix qui ne me parviennent qu'en murmures inaudibles. Des petites filles de mon âge. Un peu plus jeunes sans doute. Pas très loin de moi. Quelques mètres. Peut-être un peu plus. Dans ma position, j'ai du mal à estimer les distances et encore moins à savoir si les voix viennent de plus haut, du niveau de la cave ou de plus bas. C'est difficile de se repérer quand on ne connaît pas les lieux. Je me concentre, je résiste à la peur, mais mes pensées finissent par se troubler.

Je ne suis pas seul.

J'aimerais les appeler, leur faire savoir que je suis là aussi, mais je n'ose pas essayer de retirer mon bâillon. Oncle Val le serre de moins en moins fort et les liens qui tiennent mes poignets sont plus souples, mais il m'a menacé des pires punitions si j'enfreignais la règle d'or.

Le silence absolu, notre secret.

La peur tétanise la moindre de mes initiatives et j'ai parfois honte de chercher à rompre notre secret. Oncle

Val fait ça pour mon bien, il me l'a dit et répété tellement de fois. Je le répète dès que le doute s'insinue. Oncle Val fait ça pour mon bien, Oncle Val fait ça pour mon bien, Oncle Val fait ça pour mon bien, Oncle Val…

Oncle Val me protège de ceux qui me veulent du mal. Il me dit :

— Je sais que c'est dur pour toi, mon petit Christian, mais tu dois rester là jusqu'à ce qu'ils t'oublient.

Une voix me crie : « Je ne veux pas qu'ils t'oublient ! »

Et Oncle Val revient à la charge.

— Te planquer pour qu'ils t'oublient complètement et ne puissent plus te faire de mal.

Je ne veux pas qu'ils m'oublient !

— Tant qu'ils penseront à toi, ils essaieront de te faire souffrir. Je dois te protéger. Le silence, c'est notre seule chance, à toi et à moi, mon beau Christian.

Ses paroles m'endorment et mon sommeil est peuplé de cauchemars où je faillis à notre secret, où ils me retrouvent et me torturent jusqu'à ce que je me réveille à nouveau dans ses bras, les yeux remplis de larmes.

Oncle Val me cajole.

— Tu es faible, Christian…

« Je ne suis pas faible. »

— … et je suis fort pour deux.

« Je ne suis pas faible. »

Alors il se rapproche de moi un peu plus près, et je m'effondre à nouveau.

12

Un violent coup sur l'épaule réveille Darrieux.

— **Hé, l'clodo, y s'tire de là et tout d'suite!** Y fout la trouille aux gosses du parc avec ses hurlements!

L'inspecteur se redresse et fait face à son interlocuteur surexcité.

— Y s'avise surtout pas de s'énerver, je le préviens, mon vieux! Les poulets, ils crèchent juste en face et je n'ai qu'à traverser pour qu'ils rappliquent aussitôt!

La bouche pâteuse, il se gratte le menton et s'aperçoit qu'il ne s'est pas rasé depuis lundi matin. Il lui faut moins d'une minute pour se rappeler la raison de sa présence sur ce banc public.

« Quelle merde! »

Déjà, ses idées sont plus claires.

— Quelle heure est-il?

— Mais y veut pas que j'lui fasse l'horloge parlante, non plus! Y s'croit où, ma parole!

Le gardien du parc tient un râteau à la main, de l'air de celui qui s'apprête à s'en servir s'il insiste. Darrieux hausse les épaules, se lève et réajuste son manteau. Les effets de l'alcool se sont presque tous dilués dans son sang et une migraine épouvantable est venue les remplacer. À en juger par son état, il doit être cinq ou six heures de l'après-midi.

« Dans ces cas-là, un seul remède ! » pense-t-il en quittant le parc.

Sa forme et ses esprits retrouvés en partie, Darrieux essaie de joindre Rosa. Le commissaire ne répond pas. Une sonnerie, cinq sonneries, dix sonneries, toutes dans le vide.

— Fait chier, marmonne-t-il en repliant le portable.

Il décide malgré tout d'aller voir au commissariat s'il ne le trouve pas, mais à quelques mètres de l'entrée principale, il aperçoit le commandant Jean-Pierre Wojcik et préfère filer avant que celui-ci ne l'aperçoive et n'engage la conversation. S'il existe bien quelqu'un qu'il préfère ne pas voir quand il est chargé au pastis, c'est bien ce connard. Tant pis ! Pas de rapport officiel aujourd'hui.

L'inspecteur hésite à rentrer chez lui. D'un côté, Catherine doit certainement l'y attendre, de l'autre, il retournerait bien rendre visite à Grégory Achard. La discussion avec le boucher s'étant soldée par une fin de non-recevoir, il se dit qu'il est temps de raccorder leurs pendules. Qui sait ? Le fils Achard aura peut-être une nouvelle version à lui proposer, quand il saura ce que Darrieux a appris – ou plus exactement, ce qu'il n'a pas appris.

« De toute façon, la cave et ce type sont mes seules pistes, pour le moment », conclut-il.

Catherine attendra.

Vingt minutes plus tard, Darrieux sonne une deuxième fois à la porte de Grégory Achard. Cette fois-ci, l'amabilité de ce dernier a diminué d'un cran.

— Vous! Qu'est-ce que vous voulez, encore?

Des bruits de pas se font entendre dans l'appartement derrière lui. Pourtant, personne ne se montre. L'inspecteur tord le cou par-dessus l'épaule de son interlocuteur, mais ne parvient pas à savoir s'il dérange un rendez-vous galant ou une discussion professionnelle.

« Je dois gagner du temps. »

— C'est-à-dire que j'ai discuté avec le boucher dont vous m'aviez parlé... Quel est son nom déjà? Michaël...

— Michaël Jourdan.

— C'est ça! Donc, je suis allé le voir sur vos conseils et il m'a dit ne jamais avoir loué de cave à votre père ni à votre mère.

— Et?

— Eh bien, je suis ennuyé, parce que j'ai cru comprendre que votre père vous avait légué ces caves. Le boucher pensait que vous pourriez me dépanner.

« Un petit mensonge au service de la bonne cause. »

— C'est quoi, ces conneries? Écoutez, mon vieux, si je vous dis que je n'ai aucune cave à vous louer, c'est que je n'en ai aucune. Alors, cessez de m'importuner, et allez voir ailleurs. Merci.

La porte claque au nez de Darrieux. Il a juste le temps de distinguer une silhouette dans le couloir, probablement alertée par le ton agressif du propriétaire des lieux. Un homme.

Grégory Achard lui cache quelque chose.

Elle est là, elle décroche. Darrieux est soulagé.

— Catherine?

— Bon sang, où es-tu, Éric?

— Je t'expliquerai.

— Tu devrais être chez toi, à attendre sagement ta piqûre quotidienne de morphine ! Si tu ne la prends pas, tu risques de faire une crise, tu le sais bien.

— Encore deux, trois trucs à faire et j'arrive. Tu m'attendras ?

Une brève hésitation à l'autre bout du fil, un raclement de gorge, le bruit des ongles qui tapotent nerveusement sur le combiné.

— Oui, naturellement.

C'est à son tour d'hésiter.

— Tu n'y es pas obligée.

— J'espère bien, putain.

Puis elle ajoute :

— J'ai apporté de quoi faire un bon repas.

— Excellent.

Darrieux raccroche et se dirige d'un pas décidé vers le numéro 37 de la rue des Eaux-Claires.

Encore.

C'est là-bas que ses pas l'ont guidé la première fois. Il doit y retourner jusqu'à ce qu'il trouve.

Encore, encore, encore.

Chercher, fouiner, jusqu'à ce qu'il trouve ce qui se passe ou a bien pu se passer à ce foutu numéro 37.

Des enfants jouent dans le parking privé, à l'arrière du bâtiment. Darrieux sent leur excitation rien qu'aux cris de joie qu'ils poussent et qui résonnent par la porte entrouverte du hall. Cette joie est surprenante, ici. Une voix de femme résonne.

— Éva, Jonathan, à table !

Les bruits de pas dans le hall succèdent aux hurlements de protestation. Puis les cris et le chahut cessent, comme si le souhait de Darrieux de voir cet endroit dépouillé de tout bonheur était exaucé. Le numéro 37 redevient ce qu'il a toujours été dans sa mémoire : un lieu de passage où le silence suit toujours le frottement des semelles dans le hall d'entrée et la cage d'escalier, où les voix chuchotent quand elles ne se taisent pas, et où les dialogues amoureux ne reprennent qu'une fois la porte de l'appartement refermée.

Darrieux pénètre dans le bâtiment.

Ses pas le conduisent spontanément dans le couloir mal éclairé qui mène aux caves. Une porte blindée a été installée pour en fermer l'entrée aux indésirables. De toute évidence, l'endroit sert aussi de garage à vélo. L'inspecteur renifle une odeur d'essence, peut-être un scooter ou une mobylette.

À droite de la porte, il aperçoit un petit soupirail fermé par une grille de métal. Encore une construction récente.

« Cet endroit est devenu une vraie forteresse ! »

En se hissant sur la pointe des pieds, il parvient à distinguer les roues arrière de quelques vélos et un petit scooter de couleur rouge. Un peu plus loin, les portes parfaitement alignées des caves de l'immeuble apparaissent dans la pénombre. Inaccessibles.

Une voix tonitruante le tire de ses observations. Un homme se tient à un mètre de lui. Ses vêtements sombres lui donnent un air menaçant et Darrieux recule par réflexe, manquant de tomber, en partie à cause de l'alcool qui circule toujours dans son sang et qui domine ses réflexes.

— Qu'est-ce que vous foutez là, vous ? Vous n'êtes pas de l'immeuble !

S'approchant un peu plus près, l'homme le renifle, comme un vulgaire animal.

— Vous avez bu, ma parole !

Darrieux parvient à expliquer qu'il s'est trompé de couloir, qu'il cherche l'escalier. L'homme le dévisage avec scepticisme.

— Qui venez-vous voir ?

Il se souvient de l'un des noms notés sur l'interphone.

— Violaine.

— Violaine qui ? Y a pas de Violaine, ici.

— Mais si, Violaine Pasquier. Elle habite au troisième étage.

— Ah ! la gamine qui a emménagé l'année dernière… Vous êtes son père ?

Darrieux manque de balancer « Va te faire voir, ça ne te regarde pas ! » à l'importun, mais se retient au dernier moment. Il se contente de secouer la tête et de revenir sur ses pas, à la recherche de l'escalier pour ne pas éveiller les soupçons du voisin indélicat. Il monte quelques marches, entend une porte claquer et suppose que l'individu qui l'a surpris devant les caves est rentré chez lui. Il attend encore quelques minutes, puis il sort tranquillement, comme s'il quittait une soirée chez de bons amis.

Un dernier coup d'œil en direction de la porte blindée. Il sait ce qu'il a à faire.

— Rosa ? C'est Darrieux. J'ai un petit service à vous demander.

Il perçoit l'agacement dans la voix à l'autre bout du fil.

— Dis toujours, Éric.

— J'ai besoin d'un mandat de perquisition pour l'affaire des enlèvements.

— Un suspect?

— Aucun pour le moment.

— Des traces d'enlèvement, dans ce cas?

— Non, mais…

— Alors pourquoi diable t'entêtes-tu à parler d'enlèvement? Ce sont des fugues, Éric, fous-toi bien ça dans le crâne! Y a pas de séquestration, pas de victime, pas de bourreau, ta fichue thèse de l'enlèvement, c'est rien que des conneries tant qu'on n'a rien de plus.

— Je veux juste fouiller quelques caves, plaide-t-il.

— Où?

— Rue des Eaux-Claires.

— C'est ça! s'énerve de plus belle le commissaire. Avec les gyrophares, les bandes jaunes et l'toutim! Pour que tout le quartier soit au courant et que je me retrouve avec le préfet et la presse sur le dos, sans même avoir un suspect en vue. T'as vraiment pas la tête sur les épaules, mon vieux. Trouve-moi des preuves et je te fournirai tous les mandats que tu veux. Pas avant.

— Vous ne m'avez même laissé le temps de vous expliquer pourquoi je…

— Cette discussion est close.

Darrieux comprend que les angles sont en train de s'arrondir autour de lui. Le cube de ses pensées devient boule. La boule s'ébranle et roule sur lui dans un couloir en tube interminable conçu pour qu'elle écrase tout sur son passage et d'où il ne peut s'échapper. Condamné à courir de plus en plus vite pour s'éloigner de la boule, il doit également accroître sa cadence réflexive. Plus il court, plus son cerveau demande d'oxygène. L'effort devient violent. Il déteste cette sensation plus que tout. Hurler est la dernière échappatoire.

Il hurle.

Puis il boit, avec une seule idée en tête : aller prendre sa dose de morphine et venir camper dans ce quartier jusqu'à ce que ses habitants se mettent à table.

— Je ne suis que de passage.

Elle gueule, ulcérée :

— Quoi ? C'est une blague, j'espère ?

Il est parfaitement serein.

« Bourré, mais serein. »

Cette pensée le fait sourire, ce qui a pour conséquence de provoquer l'ire de Catherine.

— Ça fait deux heures que je poireaute et tu arrives avec ta gueule violette pour m'annoncer que je ne suis bonne qu'à faire des piqûres et à réchauffer tes draps au cas où tu daignerais t'y arrêter quelques heures.

— Merde, c'est mon enquête.

— À quelle enquête fais-tu allusion ? Moi, je te parle de ta santé, Éric, et de ce que tu dois faire pour ne pas crever d'une cirrhose au cours des deux ans à venir.

Il éprouve des difficultés à articuler. La colère qu'il sent dans le ton de sa voix l'aide à ne pas s'emmêler.

— Allez, file-moi cette dose et qu'on en parle plus !

— Tu as vu dans quel état tu es !

Il hurle pour se faire entendre.

— J'ai besoin de cette dose !

Quand il hurle, il ne bégaie pas. Il est crédible.

— J'ai besoin de cette dose, maintenant !

Catherine lève les bras au ciel en signe de trêve.

— Je vais mettre ça sur le compte du manque et de l'ivresse.

— Faisons comme ça, alors.

— Je fais mon boulot et point barre.

Il acquiesce lentement. La tension retombe et il juge préférable de la laisser faire.

— Donne ton bras et ferme ta gueule!

Il s'exécute en fermant les yeux, sentant un début de nausée partir de son estomac.

— T'es vraiment le roi des cons, quand tu t'y mets, tu sais.

Il hoche la tête. Il sait. Bien sûr qu'il sait, il n'a jamais cherché à s'en cacher. La came ou le chagrin se dissimulent derrière des lunettes noires, mais ce qu'il prend, lui, détruit tellement son corps que ça se voit au premier coup d'œil. Pas besoin d'être expert médico-légal pour deviner le feu qui lui ronge le foie et la tête.

Mais il sait aussi que l'autodestruction n'est pas une fin en soi. Un jour, il arrêtera tout ce merdier parce qu'il trouvera pourquoi il en est arrivé là.

— Tu es malade.

« Et tu me soignes comme tu peux », pense-t-il en souriant, alors que la drogue produit lentement son effet dans ses veines.

Catherine pleure comme une enfant quand il referme la porte derrière lui. Un clignement de l'œil, c'est tout ce qu'il a pu lui donner avant de partir en titubant.

Il ignore pourtant qu'après son départ, elle a décroché son téléphone et composé un numéro. Au bout de trois sonneries, l'agent de garde a répondu.

— Commissariat de Grenoble, j'écoute.

Elle a soufflé.

— Allô ?

Elle a hésité.

— Allô ?.... Allô !

Puis elle a soupiré et a finalement reposé le combiné sur son socle, sans faire attention au voyant rouge qui clignotait à intervalles réguliers de soixante centièmes de seconde sur le répondeur.

L'ombre des arbres domestiqués l'accueille à bras ouverts et il s'y plonge avec délice, immunisé contre le froid qui les enveloppe, elle et lui. Assis au milieu de ce parc, rue des Eaux-Claires, Darrieux attend patiemment que quelque chose se passe. En partie dégrisé par le froid et parce qu'il a oublié de prendre une bouteille avec lui, il guette, à l'abri des regards indiscrets.

Des sons étranges et des voix monocordes l'ont harcelé de mille questions auxquelles son état de somnolence l'a empêché de répondre. Cette nuit est une nuit décisive pour Éric Darrieux, il le sait. L'alcool l'empêche de s'apitoyer sur son sort et le force à livrer son âme brute aux bras tentaculaires de ses angoisses. L'alcool lui ronge le corps et libère son esprit. Il se retrouve entièrement dans la solitude de l'ivresse. Pas de mensonge qu'il ne voie très distinctement. Pas de geste honteux qu'il ne juge avec impartialité. Il sent que les réponses sont à portée de la main. Il n'a qu'à s'avancer et il les touchera du doigt.

Bientôt.

Pas dans l'immédiat, il doit encore patienter.

Plus tard, il est possible qu'il se soit levé de son banc et qu'il ait cherché à se dégourdir les jambes dans les rues et les impasses environnantes. Il est également hautement probable qu'il n'y ait rencontré personne, à l'exception peut-être des éboueurs, tôt le matin, qui venaient enlever les ordures de ceux qui préfèrent ne pas les voir le jour et qui paient pour ça.

Entre deux assoupissements éthyliques, il aurait appelé Catherine pour s'excuser de son attitude impardonnable. Il l'a réveillée et tirée du plus profond et du plus chaud de sa couette – la sienne ; elle n'a pas quitté son appartement, espérant qu'il rentrerait se blottir contre elle. Sa voix douce l'a bercé, tandis qu'il s'allongeait sur le banc glacé pour l'écouter murmurer.

— Tu fais du bon travail, Éric.

— Je ne sais pas où je vais.

— Tu es dans la bonne direction, j'en suis sûre.

— Je… Tu crois que…

— Parle-moi, Éric. Parle-moi parce que tu en as la force. Ne t'arrête surtout pas.

Cette nuit, il a réglé des comptes avec sa conscience. Il n'a pas tracé deux colonnes, une pour le bien, l'autre le mal, parce qu'il en pressentait l'inutilité. Il s'est davantage concentré sur les traces et la mémoire, les objets et les mouvements. Au puzzle de son enquête, se sont mêlées des pièces tirées de sa propre histoire, qu'il n'a pas pu assembler. Pas encore. D'où il était, il a écarquillé les yeux et a vu avec discernement des dizaines de routes nouvelles s'ouvrir devant lui, bordées d'immenses tournesols tournés vers l'œil rouge.

Enfin, il jurerait que, sur les coups de 4 h 15 du matin, la silhouette longiligne de Grégory Achard s'était dessinée sur le trottoir d'en face.

En tout cas, elle lui ressemblait à s'y méprendre quand elle s'est arrêtée devant le numéro 37, a sorti une clef de la poche de son manteau et l'a introduite dans la serrure. La silhouette fantôme de Grégory Achard semblait flotter dans l'air quand elle a traversé le hall aux larges baies vitrées, successivement éclairée par des néons de mauvaise qualité et par les réverbères à lumière jaune de la rue.

Mais elle ne s'est pas envolée, Darrieux en est certain.

La silhouette a disparu de longues minutes, peut-être des heures. Mais elle a réapparu comme il s'y attendait. Elle a emprunté le même chemin qu'à son arrivée, mais cette fois-ci, elle portait un carton encombrant qui alourdissait sa démarche. Puis il l'a perdue de vue une seconde fois, incapable de bouger de son poste, pétrifié à l'idée qu'il ne se trompait pas.

Et pleinement rassuré de savoir où il pouvait la trouver, s'il décidait de la traquer.

Une pluie fine commence à tomber. À l'abri sous un arbre, il la contemple avec stupeur. Puis s'avance pour se laver.

13

Tu t'inquiètes et tu prends son pouls. Il ne bouge pas quand tu le secoues et ça fait bien dix minutes que tu as ouvert la porte de la cave. Tu retires la couverture humide et tu te penches sur sa poitrine. L'oreille collée à sa peau, tu soupires d'aise.

Il dort.

Il sourit en dormant.

Comme un bébé.

Ton bébé.

Tu chuchotes :

« Fais de beaux rêves. »

C'est la première fois que tu le surprends à dormir aussi profondément et, à présent, ton inquiétude passée te fait rire. D'un rire qui traverse la porte et les cloisons de la cave, qui se faufile dans les couloirs et te revient par le soupirail. D'un rire dément aux éclats tranchants comme des lames de rasoir. Ta joie est à l'échelle de ton soulagement. Tu bénis le ciel et la terre d'avoir mis Christian sous ta protection, puis la terre et le ciel. Et encore le ciel, et encore la terre.

Le ciel, la terre, le ciel, la terre.

Les erreurs passées te semblent lointaines et vaines. Tu oublies ta femme et ses regards inquisiteurs, ton fils et son air soupçonneux, tes voisins et ce qu'ils croient entendre la nuit ou le jour dans ta cave. Maintenant plus que jamais auparavant, tu es sûr de leur silence coupable. Qu'ils le veuillent ou non, ils te soutiennent, même s'ils ne comprennent pas un traître mot des vérités que tu leur assènes.

Tu sais cela du plus profond de tes entrailles et tu bénis Christian de te l'avoir révélé.

N'y tenant plus, tu le réveilles pour de bon et l'angoisse que tu lis dans ses yeux sitôt qu'il t'aperçoit transforme le miracle en cauchemar en une fraction de seconde.

Tu le frappes pour le punir. Tu le frappes du poing, du plat de la main, des pieds et à nouveau du poing. Il pleure comme ta femme. Il pleure comme ton fils. Il est comme eux et tu le maudis d'avoir brisé ton rêve.

Tu baisses ton pantalon, tu sors ton sexe dur, décidé à briser les siens, de rêves, ceux qui le faisaient sourire en dormant quelques instants plus tôt. Ta vengeance est terrible. Il a mal et tu veux qu'il ait plus mal encore, alors tu le frappes à nouveau. Il rampe dans un coin, se recroqueville et gémit. Tu attrapes ses jambes, tu tires dessus pour le ramener au centre de la cave et tu continues de plus belle.

Pourquoi fais-tu tout ça ?

Tu te prends la tête, te lamentes et t'empresses de sortir de là afin qu'il ne voie pas ta terreur. Tu sanglotes, accroupi contre la porte de la cave, ses gémissements dans ton dos, sa douleur dans ton ventre.

« Tout est de ta faute, Christian. »

Un bruit de clefs dans le couloir te tire brusquement de ton cauchemar. Tu te lèves et ton visage se transforme en un instant. Tes poings se desserrent, ton estomac se dénoue.

Tu as l'air détendu.

Tu es à nouveau le voisin aimable et courtois que tout le monde connaît bien dans l'immeuble.

Celui que l'on invite les jours de fête.

Pour le baptême du petit ou de la petite.

Tu ne lis aucun soupçon dans le regard de la femme que tu croises et que tu salues en demandant des nouvelles de sa mère, hospitalisée depuis deux jours pour une opération bénigne.

À leurs yeux, tu es innocent.

Dans leurs silences coupables, tu l'as toujours été.

14

À son réveil, l'inspecteur Darrieux est trempé de la tête aux pieds. La pluie a cessé, l'air est incroyablement doux. Une fine couche de neige tapisse les flancs des massifs montagneux qui cerclent la ville. Le parc baigne dans une lumière apaisante. Même sa migraine matinale est d'une incroyable légèreté.

Il s'étire et part se réfugier dans la laverie automatique située en face du collège pour faire sécher ses vêtements. En attendant que la machine termine sa tâche, il passe un coup de fil à Catherine pour lui demander si elle a bien dormi et si elle reviendra le voir. Une fois rassuré, il raccroche en murmurant des mots doux. Il l'imagine nue dans son lit, sourit au miroir en face de lui, et ne remarque même pas la bande d'adolescents qui se moquent de son caleçon et des bourrelets de graisse autour de sa taille, le nez collé à la vitrine de la laverie.

Une fois habillé de sec, il repart prendre son poste d'observation devant le numéro 37, deux croissants dans la poche et un double café dans l'estomac. Tenté un temps d'appeler Rosa pour lui demander si Grégory

Achard est fiché, il renonce afin d'éviter de se mettre le commissaire définitivement à dos, au cas où il n'aurait pas de casier, et de se voir interdit l'accès au quartier des Eaux-Claires, en général, et à l'affaire en particulier.

Il doit œuvrer dans l'ombre tant qu'il n'a rien de concret. Il fournira ses rapports quotidiens pour donner le change, mais ne fera rien qui puisse compromettre ses investigations. Cette sagesse l'étonne lui-même. Probablement l'un des effets néfastes d'un cerveau vide de vapeurs de whisky.

Une heure passe. Puis deux. Locataires et propriétaires composent la valse routinière des entrées et des sorties du numéro 37, sans que rien de particulier alerte l'inspecteur. La tentation d'un verre fait une brève apparition. Darrieux a prévu le coup et avale son premier croissant. Une troisième heure passe, puis une quatrième. Les premiers signes du manque battent le rappel des troupes. Darrieux anticipe et dévore son deuxième croissant.

Alors qu'il attaque sa septième heure d'observation et que ses tempes bourdonnent de manière alarmante, un homme qu'il n'a encore jamais vu dans les parages s'arrête devant le numéro 37, à quelques mètres en face de lui.

L'homme est jeune, une trentaine d'années au maximum, et ne porte qu'un simple tee-shirt gris comme si l'hiver ne l'affectait pas le moins du monde. Un sac à dos de montagne est jeté sur son dos et Darrieux l'aurait probablement pris pour un locataire comme les autres, s'il n'avait commis l'imprudence de jeter discrètement un coup d'œil à droite, puis à gauche avant de pénétrer dans l'immeuble.

À travers les baies vitrées, l'inspecteur voit nettement l'homme se diriger vers la porte blindée des caves.

Moins d'une minute plus tard, l'homme est déjà de retour et il ressort encore plus vite qu'il n'était entré. Sortant de l'ombre, une fois l'individu suffisamment éloigné, Darrieux le prend en filature. Trois cents mètres plus loin, il tourne à gauche et entre dans l'impasse où habite la vieille Cécilia. L'inspecteur s'avance prudemment et longe le mur droit de l'impasse, au cas où l'Italienne serait sur le pas de sa porte. Il ne marche pas longtemps et a juste le temps de s'enfoncer dans l'embrasure d'une porte cochère quand l'homme s'arrête devant un hangar et jette un coup d'œil par-dessus son épaule avant d'ouvrir la porte.

Quand il ressort, quelques minutes plus tard, le sac n'est plus le même et Darrieux est déjà planqué au bout de l'impasse pour ne pas se faire repérer. L'homme passe devant lui sans même soupçonner sa présence.

Sa filature le mène jusqu'à une maison modeste, dans laquelle l'homme entre sans sonner. Un chien aboie à l'intérieur. La porte s'ouvre et se referme sur lui. Darrieux s'approche prudemment et son cœur se met à battre avec frénésie quand il lit « Giovanni Marchelli » gravé en lettres d'or sur la boîte aux lettres.

Marchelli ! L'oncle de Clément Sanchez, le premier lien direct entre les caves du numéro 37 et l'un des enfants disparus. Presque un début de preuve.

Darrieux hésite à entrer dans la cour pour essayer de savoir ce qui se dit sous le toit de Marchelli, mais les aboiements du chien reprennent et il a juste le temps de se cacher derrière un panneau publicitaire, tandis que l'homme dévale l'escalier qui mène à la porte d'entrée et se précipite dans la rue. Le sac toujours sur son dos.

L'inspecteur inspire un grand bol d'air pour tromper la nervosité que provoquent l'envie d'alcool et l'excitation. Il compte jusqu'à quinze et se lance à sa poursuite.

Dès l'instant où l'homme s'engage dans la rue Marbœuf, Darrieux se dit que la coïncidence est trop belle, mais quand il voit l'inconnu entrer dans le garage Pozzini, il sait déjà que quel que soit le résultat de sa filature, il vient de lever un lièvre qu'il n'est pas près de laisser partir.

Jean-Jacques Pozzini en personne vient accueillir son visiteur impromptu.

« Et souriant, avec ça ! »

Darrieux donnerait cher pour savoir ce que les deux hommes se disent. Hésitant à entrer à son tour dans le garage pour interpeller les deux hommes et leur faire passer un interrogatoire en règle, il fait les comptes. Une voiture aperçue en bas de chez Mélanie Clavèze le soir de sa disparition et immatriculée chez Pozzini, un homme qui balade son sac à dos des caves du numéro 37 au garage de la rue Marbœuf, en passant par la maison de Marchelli, ça commence à faire !

« Cinq jours d'enquête et enfin une piste sérieuse ! » lâche-t-il intérieurement, quittant la rue Marbœuf pour rendre une petite visite à la vieille Cécilia, avant le retour du propriétaire du hangar.

— Éric ? s'exclame la septuagénaire obèse à son arrivée. Je ne t'attendais pas si tôt ! Deux visites dans la même semaine. Je t'ai manqué ou quoi ?

À nouveau surpris par l'odeur de moisissure, Darrieux fronce le nez en passant le pas de la porte.

— Hé oui, mon petit ! Je n'ai plus la force de me laver toute seule, ni de donner à cet appartement la toilette dont il a besoin. Il y a eu des fuites en décembre et si tu connais un bénévole qui soit doué en isolation et en peinture, je suis preneuse.

— Donne-moi un coup à boire, au lieu de radoter, s'exclame-t-il en réponse à sa proposition. J'ai besoin de ralentir le rythme de mes pensées…

— Le placard sous l'évier, fait-elle en désignant de la tête l'autre bout de la pièce. Tu sais où sont les verres…

Les trois doses qu'il absorbe en quelques instants, sous le regard réprobateur de la vieille Cécilia, lui remettent instantanément les idées en place.

— J'allais exploser, avoue-t-il en s'asseyant face à la porte.

Un silence gêné s'installe entre eux.

— Tu ne viens pas pour moi, Éric, alors pose tes questions, murmure-t-elle avec malice. Cécilia est vieille, mais elle a encore toute sa tête.

Darrieux s'apprête à protester, mais elle le coupe aussitôt.

— Je t'ai vu passer, tantôt. Tu avais l'air de t'intéresser de très près à cet imbécile de Pierre Roudier, je me trompe ?

Il acquiesce.

— Je sais à quoi tu penses. Ce gamin est un filou, mais il est pas bien méchant. Quelques mauvais coups par-ci, par-là, c'est tout. C'est un manar de la débrouille de quartier. Il se prétend garagiste. Je vois sa sale gueule depuis qu'il est minot, mais j'ai jamais vu de vrais gangsters dans le coin.

— Tu cherches à le défendre ?

— Moi ? Défendre ce vaurien ! Elle est bien bonne !

Un rire caverneux secoue la carcasse de la vieille

obèse, suivi d'une toux grasse qui met quelques minutes à s'éteindre.

— Je me moque du p'tit Roudier comme de mon dernier mari, pauvre Éric. Je veux juste te prévenir qu'il n'a pas inventé la poudre et je ne voudrais pas que tu perdes ton temps avec lui. Je ne le défends pas, je te protège.

Elle fait mine de quémander un baiser. Darrieux grimace et son rire résonne de plus belle.

— Je sais qu'il trafique avec cet escroc de Pozzini. Toujours fourré dans son garage, à n'importe quelle heure du jour et de la nuit. Sauf ces derniers jours, remarque. Les disparitions des gamins ont sérieusement dû calmer leurs magouilles, à ces deux-là.

Hilare, elle jette un coup d'œil à l'horloge accrochée au-dessus de son lit.

— D'ailleurs, le petit ne devrait pas tarder… Il a encore un sac à récupérer, non ?

Quelques minutes plus tard, en effet, Pierre Roudier rentre de sa petite promenade en sifflotant. Il ne voit la main se poser sur son épaule et le pousser à l'intérieur qu'une fois la porte du hangar déverrouillée. En face, la vieille Cécilia a fermé son rideau en signe de protestation, au grand amusement de Darrieux. L'Italienne croit sans doute qu'il souhaite tremper dans leurs combines et se faire un peu d'argent facile.

— Inspecteur Éric Darrieux, annonce-t-il en refermant la porte. Commissariat de Grenoble.

— Et merde ! Je savais bien que ça finirait par arriver.

— Tu l'as dit, Roudier.

À la mention de son nom, le jeune garagiste se rembrunit et opte pour la voie du silence. Maintenant qu'il est face à lui, Darrieux réalise qu'il a dû fêter ses vingt ans il n'y a pas très longtemps.

« Un gamin paniqué à l'idée de se faire gauler... »

— Fais voir ce qu'il y a dans ton sac, Pierre.

Le gamin ne goûte visiblement pas sa familiarité.

— Quel sac ? J'ai l'air d'avoir un sac, moi ?

Darrieux sent la moutarde lui monter au nez et décide de le secouer un peu.

— Me prends pas pour un con, gamin, et montre-moi le sac que tu es venu déposer ici tout à l'heure !

— Y a rien d'dans !

— Montre-le-moi quand même, ça me fait plaisir.

— Putain, tu fais chier...

— Tu ne me tutoies pas ! hurle Darrieux.

— Dans le coffre de la 106, là, juste derrière vous. C'est là qu'il est, le sac.

L'inspecteur recule et ouvre le coffre. Roudier a dit vrai, le premier sac est là, rempli de plaques d'immatriculation usagées. Il est un peu déçu. Il espérait mieux. Une fois de plus, la vieille avait raison. Du bricolage de quartier...

— Merde.

Le gamin a l'air étonné de la déception de l'inspecteur mais ne fait aucun commentaire.

— Tu as certainement entendu parler des disparitions, Pierre.

L'autre hoche la tête, dubitatif.

— Tu dois te demander quel est le rapport avec tes petites magouilles, n'est-ce pas ?

— Sauf votre respect, m'sieur l'inspecteur, je me demande rien du tout, moi.

— J'enquête sur les trois disparitions, poursuit-il

sans tenir compte de la remarque du garagiste. Les deux types avec qui tu trafiques, Marchelli et Pozzini, sont tous les deux liés aux victimes. Marchelli est l'oncle du petit Clément Sanchez et Pozzini a immatriculé une bagnole qui a été vue à proximité de l'immeuble de Julie, le soir de sa disparition.

— Hé, mais moi, j'ai rien à voir avec ces enlèvements, j'vous l'jure, m'sieur l'inspecteur! J'suis pas mêlé à ça.

— La petite Clavèze est pourtant mignonne, non? tente Darrieux, sans conviction.

— Oh la, c'est quoi ces conneries? Je marche pas dans vos combines, inspecteur! Je marche pas du tout. Vous déconnez, là. Cette gamine, elle a même pas l'âge d'avoir ses règles et vous voudriez que je... Vous ne pouvez pas me coller ça sur le dos, hein. De toute façon, j'ai des alibis pour chaque enlèvement, alors...

Darrieux saute sur l'occasion.

— Qui te parle d'enlèvement?

— Putain, c'est vous qui venez d'en parler à l'instant, merde! Vous... vous... vous essayez de me manipuler, mais j'tomberai pas dans l'panneau.

Le gosse commence à s'exciter.

— Admettons...

— Je veux qu'on va admettre, parce que moi, j'y suis pour rien dans cette histoire. Foutez-moi tous les petits trafics minables du coin sur le cul si ça vous chante, mais je refuse d'être mêlé à ça. Merde, alors!

— Calme-toi!

Darrieux le pousse vers un fauteuil en piteux état qui traîne dans l'angle gauche du hangar.

— Tu es calmé, maintenant?

Roudier acquiesce nerveusement.

— Parfait. Maintenant, parle-moi un peu du numéro 37 de la rue des Eaux-Claires. Tu planques ton matos là-bas ?

— Pas vraiment.

— Sois un peu plus explicite, s'il te plaît.

— Pas vraiment, ça veut dire que j'ai un petit local là-bas qui sert au vieux Pozz pour ses dépôts, et à moi pour les retraits.

— Une zone de transit pour vos petites affaires, c'est ça ?

— En quelque sorte, ouais.

— Et ce local, c'est quoi ?

— Comment ça, c'est quoi ?

— Putain arrête de me forcer à répéter chacune de mes questions, merde ! J'suis pas un bleu, alors me parle plus comme ça, sinon je t'embarque pour de bon.

Le gamin se frotte nerveusement les mains, semblant hésiter sur la marche à suivre.

— Tu étais en train de me parler de ton local, si je me souviens bien.

Avant de répondre, Pierre Roudier lève la tête et plante son regard dans celui de l'inspecteur pour le sonder sur le véritable motif de sa présence.

— Le local, en fait, c'est une cave. Et la cave, je la loue.

Il ne lâche pas Darrieux des yeux. Voyant que celui-ci ne tique pas, il poursuit.

— … et je la loue à un type qui habitait l'immeuble, **il y** a pas longtemps…

Le rythme cardiaque de Darrieux s'emballe. Le regard du gamin ne faiblit pas.

— Grégory Achard, finit-il par lâcher, de toute évidence soucieux de la réaction de l'inspecteur.

« Décidément ! »

— C'est tout ce que je voulais savoir.

La cage thoracique du gamin se relâche instantanément, comme si on lui avait retiré un poids de deux tonnes. Son soulagement fait plaisir à voir. Ses muscles se détendent un à un et Darrieux peut suivre, sur son corps, le cheminement de la sérénité retrouvée.

— Et je gagne quoi en échange des informations que je vous ai données ? s'enhardit-il, trop heureux de s'en tirer à si bon compte.

— Le droit de la fermer.

Darrieux tourne les talons et salue Cécilia de la main, trop curieuse pour se cacher derrière ses rideaux plus de deux minutes.

« Grégory Achard… Pourquoi m'a-t-il menti à propos de ces foutues caves ? Qu'est-ce qu'il peut bien magouiller ? Et qui était le type que j'ai entraperçu chez lui, dans le couloir, hier matin ? »

Des sentiments contradictoires virevoltent dans le cerveau de Darrieux. Bien sûr, le nom de l'ancien propriétaire du 37 de la rue des Eaux-Claires revient dans chacun des fils qu'il tire dans cette enquête, mais il ne s'agit peut-être que d'une simple coïncidence. Le quartier est petit, les histoires et les itinéraires individuels et familiaux se croisent forcément. L'inspecteur sait qu'il doit apprendre à se méfier du hasard quand il fait trop bien les choses.

D'un autre côté, les mensonges de sieur Achard s'imbriquent malgré eux avec les disparitions des trois adolescents. L'inquiétude palpable du petit Roudier quand il a prononcé le nom du propriétaire de sa cave laisse à penser que Grégory Achard est plus qu'un simple propriétaire. Pour ne pas alerter les soupçons du gamin, et donc de son bailleur, Darrieux a jugé préférable de ne pas poser plus de questions. Peut-être a-t-il mal interprété l'hésitation de Roudier, mais il parierait sa chemise qu'il y a quelque chose de louche derrière, et que ça ne se limite pas à un minable trafic de plaques d'immatriculation volées. Y a-t-il un lien direct avec Clément, Eva et Mélanie, là est la question.

Pressé d'en savoir plus, Darrieux rentre en vitesse chez lui prendre une douche, boire quelques verres et manger un morceau. Il téléphone au commissariat pour demander s'il existe une fiche sur Grégory Achard. En attendant qu'on le rappelle, il entreprend de noter tout ce qu'il sait déjà, y compris les détails les plus insignifiants. Une heure plus tard, un coup de fil de Brescia lui apprend que le casier de M. Achard est vierge comme les premières neiges hivernales.

— Pas même une petite contravention pour excès de vitesse ?!

— Non, mon pote. Ce type est propre comme un sou neuf. À côté de lui, nous sommes deux délinquants récidivistes !

Darrieux n'est pas réellement surpris. Il ne saurait pas dire pourquoi, mais il sentait que ça ne serait pas aussi simple. Il remercie Brescia puis raccroche.

Vers 2 heures du matin, il termine enfin son rapport, dont la rédaction a été considérablement ralentie par la bouteille de scotch qu'il a descendue entre-temps. Grégory Achard lui livrera tous ses secrets, qu'il le veuille ou non. Dès demain matin, Darrieux commencera ses recherches sur lui et son histoire. Il doit bien y avoir quelque chose à glaner dans ce fatras de mystères achardiens. Il suffit de trouver le bon bouton… et d'être là pour le presser quand ça sera nécessaire. Quoi qu'il en soit, c'est la seule piste à creuser pour le moment, alors…

Épuisé, Darrieux quitte son ordinateur et sa bouteille en titubant et ne remarque le voyant rouge sur le répondeur qu'en passant à côté. Toutes ses certitudes s'effondrent en une fraction de seconde.

« Non… »

Sans trop savoir pourquoi, il espérait que les messages cesseraient en même temps que son enquête avancerait. La voix le perturbe. Elle parasite ses pensées parce qu'elle n'a aucun lien rationnel avec son enquête. Ces messages ne devraient pas être là, enregistrés sur son répondeur.

« Ça n'a pas de sens. »

Pourtant l'ŒIL ROUGE est là.

L'œil rouge a un sens. Et derrière lui, la voix, presque inaudible.

L'œil rouge et la voix, unis pour lui dire quelque chose dont il ne parvient pas à trouver la signification.

« Aide-moi, s'il te plaît. »

Pas de musique, cette fois-ci. Juste le souffle de la bande magnétique. La voix a subi une légère inflexion vers les graves. Comme si elle muait.

« Ne me laisse pas tomber, Éric. »

Comme si elle vieillissait plus vite que la normale.

« Viens me chercher… je t'en supplie… »

L'alcool atteint son paroxysme. Darrieux s'affaisse lentement le long de la cloison, face au répondeur.

L'œil rouge et la voix lui murmurent quelque chose. Les sons se perdent dans les brumes liquides. Il remplit ses poumons d'une dernière bouffée d'oxygène.

Puis il coule.

15

L'ombre d'Oncle Val.

Je résiste.

Les mains d'Oncle Val.

Je résiste.

Les doigts d'Oncle Val.

Je résiste.

Sa voix qui m'empêche de respirer et qui brouille mes pensées contre mon cri silencieux qui se perd dans les nœuds de mon estomac. Ses mots me défigurent. Ses paroles mielleuses coulent en cascades acides sur le sommet de mon crâne et détruisent tout sur leur passage. Pouvoir les affronter. Je donnerais tout pour un miroir. Me rappeler qui je suis et qui j'étais. Mes nausées ne cessent pas. Ma diarrhée, non plus. Je baigne dans ma merde et dans ses mensonges. Je ne veux pas perdre la tête. Je lui donnerai mes bras, mes jambes, mon cul, tout ce que ce foutu tordu souhaite me prendre contre mon gré, mais je ne veux pas perdre la tête. Il dit qu'il est ma mère, mais je ne le crois pas. Il dit qu'il est mon père, mais je ne le crois toujours pas. Il dit qu'il est ma mère, mais je ne veux pas le croire.

Il dit qu'il est mon père, et je lui dis de se taire. Il dit qu'il est ma mère et je me tais, pour qu'il s'arrête. Il dit qu'il est mon père, je me tais toujours, mais il ne s'arrête pas. Il dit qu'il est ma mère et je m'effondre en pleurant dans ses bras, parce qu'il a probablement raison… La honte et le dégoût. La honte, surtout. Ce corps qui me fait honte.

Je résiste encore.

Il me demande de ramasser mes affaires. Je m'exécute. Il me bande les yeux. Nous sortons de la cave. Il me tire hors de la cave. Je ne veux pas. Il me traîne. Je m'accroche, il tire plus fort. Mon bras manque de s'arracher tant il tire fort dessus. De l'air froid. Je tremble des pieds à la tête. Un couloir. Ses pas qui résonnent, mes jambes qui traînent, le béton qui m'arrache les genoux. Un bruit de clef, suivi d'un grincement qui me vrille les tympans. Il me jette sur le sol. De la poussière, beaucoup de poussière qui me rentre dans le nez. Je suffoque. La porte claque. Il m'enlève le bandeau. Une autre cave. Plus grande que la précédente, plus sombre, plus froide. Ça ne change rien.

Je résiste.

Il sourit et se déshabille pour me réchauffer… ô maman, non, je ne peux pas!

Je résiste, je résiste, JE RÉSISTE. JE RÉSISTE. JE RÉSISTE. JE RÉSISTE. JE RÉSISTE. JE RÉSISTE. JE RÉSISTE. JE RÉSISTE. JE RÉSISTE. JE RÉSISTE. JE RÉSISTE.

JE RÉSISTE. JE RÉSISTE. JE RÉSISTE. JE RÉSISTE. JE RÉSISTE. JE RÉSISTE. JE RÉSISTE. JE RÉSISTE. JE RÉSISTE. JE RÉSISTE. J.E R.É.S.I.S.T.E…

J'écris ces mots en lettres de sang.

Un goût de lait chaud dans la bouche et l'odeur de ma propre peur comme seule compagne.

J'ai mal.

J'ai. Mal. Mais. Je. Résiste. Encore.

16

Darrieux ouvre un œil, puis les deux. Quelqu'un est assis à côté de lui et lui tient la main. Il se redresse sur son lit en hurlant.

Catherine le rassure.

— Calme-toi ! Ce n'est que moi, Catherine. Tu as dû faire un cauchemar.

— Qu'est-ce que tu fais là ? demande-t-il sèchement, la bouche pâteuse.

— J'ai terminé le boulot il y a un quart d'heure et j'ai eu envie de te rendre une petite visite avant d'aller me pieuter. Le café est prêt et si tu veux, je peux rester dormir là. Tu t'es couché tard ?

— Pas mal, ouais… mais j'ai plein de trucs à faire, aujourd'hui…

Il se lève et enfile son pantalon en velours brun.

— … mais tu peux rester autant que tu veux, ça ne me dérange absolument pas. Fais ici comme chez toi. Quelle heure est-il ?

— 6 heures, répond-elle d'une voix lasse.

— Alors j'ai le temps de prendre le café avec toi. Je prends une douche et je suis à toi.

— Tu veux que je te lave?

La main appuyée sur le chambranle de la porte, il la dévisage en fronçant les sourcils.

— Pourquoi t'intéresses-tu à moi?

— Je n'en ai pas la moindre idée. Peut-être que tu es plus attirant que l'image que tu te fais de toi.

— Putain, Catherine. Tu me proposes un café avec l'une des nanas les plus séduisantes des trois vallées, et moi, la seule chose qui me vient à l'esprit, c'est un bon verre de whisky et, pourquoi pas, un deuxième, un troisième et ceux qui suivront. J'ai rien d'un type normal et attirant comme tu dis. J'suis un putain d'égoïste, paranoïaque et névrosé, qui se réveille en hurlant quand une jolie femme lui tient la main. T'es jeune, t'as la vie devant toi, tu…

— Traduction?

— T'as rien à foutre d'autre qu'à traîner avec un blaireau comme moi, merde!

Elle esquisse un sourire.

— Alors, faut croire que je vaux pas mieux que toi parce que je ressens pas du tout les choses de cette façon.

— Pas ce sourire, bon sang! Ne me fais pas ce sourire-là!

— Joue pas à ce petit jeu-là avec moi, Éric. Me prends pas pour une imbécile prépubère.

— Alors c'est que t'es encore plus barrée que moi.

Elle se lève à son tour et vient se poster en face de lui avec arrogance, les mains fichées sur les hanches.

— On la prend cette douche ou pas?

Les pupilles dilatées sous l'effet de la morphine, Darrieux caresse nerveusement le mur du plat de la main gauche, tandis que la droite tient le combiné du téléphone.

— Le service du cadastre de la mairie de Grenoble vous demande de bien vouloir patienter. Nous allons donner suite à votre demande… nos horaires d'ouverture sont…

Trois minutes de Vivaldi – et sept rappels numériques sur les horaires d'ouverture des services municipaux – plus tard, une voix humaine se fait enfin entendre à l'autre bout du fil.

— Cadastre de Grenoble, j'écoute.

— Bonjour, je m'appelle Éric Darrieux, et je souhaiterais avoir des informations concernant un local, une cave plus précisément, que je voudrais acheter au 37, rue des Eaux-Claires. Malheureusement je ne connais pas le nom du propriétaire et je cherche à le joindre. Je…

— Désolée, rétorque la jeune femme, mais je ne peux rien pour vous. Il fait vous adresser au service foncier de la gestion immobilière de la ville de Grenoble, au troisième étage. Merci.

— Pourriez-vous me les pass…

La jeune femme a déjà raccroché.

« Merde. »

Après quelques coups de poing sur le mur, Darrieux finit par tomber sur le bon service. Il renouvelle son petit laïus, en y ajoutant cette fois sa profession et le nom du propriétaire, mais la réponse n'est guère plus concluante.

— Je suis vraiment désolée, inspecteur Darrieux, mais nous n'avons aucune cave ou local au nom de Grégory Achard, à l'adresse que vous m'avez indiquée. Auriez-vous une autre demande ?

Surpris, il met quelques secondes à réagir.

— Peut-être avez-vous mal regardé?

L'agacement de l'employée est presque palpable quand elle répond d'une voix incisive:

— Je ne me suis pas trompée, inspecteur. D'ailleurs, nous n'avons aucune cave, aucun local ou même aucun terrain immobilier à ce nom dans toute la ville. Je ne devrais pas vous le dire, mais comme vous êtes inspecteur, je suppose que vous avez le droit de connaître ce genre d'informations.

Darrieux explose.

— J'ai parlé à ce type pas plus tard qu'hier, madame. Il était devant moi en chair et en os, et sur sa boîte aux lettres, son nom, c'était Grégory Achard!

— Sans doute avez-vous mal lu ou confondu avec un voisin. Ça arrive ce genre de choses, vous savez...

— Non, je ne me trompe pas.

Darrieux n'y comprend plus rien. Son cerveau explore plusieurs pistes à toute allure.

— Peut-être la cave est-elle au nom de sa mère, Simone Achard?

Pourtant, si Roudier lui a affirmé que Grégory Achard le louait, c'est que ça doit être vrai, ou alors tout le monde ment!

«À moins que...»

Pris d'une soudaine intuition:

— ... ou de son père, Charles?

— Une minute, s'il vous plaît, je vérifie...

Tout tourne autour de ces caves et du mystère qui plane sur elles. La clef est là, quelque part sous ses yeux, mais il ne sait pas où regarder.

L'employée toussote au téléphone pour l'avertir de sa présence.

— Nous n'avons personne non plus à ces noms-là. Je suis vraiment désolée, inspecteur. Il doit y avoir erreur sur la personne, je ne vois que ça. Ou alors vous cherchez des fantômes !

Elle rit. Darrieux la remercie puis raccroche, perplexe. Quelque chose ne tourne pas rond. Les deux seules hypothèses rationnelles qui lui viennent instantanément à l'esprit ne tiennent pas la route.

Soit Grégory Achard est un fantôme, et l'employée du cadastre serait dans le vrai, autrement dit, il vit sous un nom d'emprunt. Dans ce cas, les services de police de la ville seraient forcément au courant. Ses parents sont grenoblois, il est lui-même né ici.

« Hypothèse caduque. »

Soit il bénéficie d'une couverture d'identité d'une telle efficacité qu'il ne serait connu d'aucun autre service administratif. Une taupe des Renseignements généraux ? Que viendrait-il faire à Grenoble ? Cela n'a pas de sens.

Pourtant les faits sont là. Il est connu de tout le monde, mais officiellement, il n'existe pas. Un détail cloche certainement, mais Darrieux n'arrive pas à mettre le doigt dessus. Ou alors c'est lui qui ne tourne pas rond.

Dans les deux heures qui suivent, l'inspecteur tente de joindre tous les services administratifs imaginables, afin de retracer l'histoire de Grégory Achard, de sa mère ou de son père. En pure perte. À midi, il n'est pas plus avancé. Ces gens-là n'existent apparemment dans la mémoire d'aucun ordinateur ou fichier informatique de la région. Aucune clinique n'a enregistré la naissance d'un bébé à ce nom au cours des cinquante ou même soixante dernières années. Aucune crèche ou école, aucun collège, lycée ou université. La caisse d'allocations familiales, l'ANPE ou les ASSEDIC n'en ont jamais entendu parler. À croire que l'employée de mairie était dans le secret.

Le panoptique foucaldien bat sérieusement de l'aile. Les humains se souviennent de Grégory Achard et de ses parents, les machines les ignorent. L'œil d'Orwell battu à plate couture sur son propre terrain. Si les adeptes du fichage généralisé français savaient ça, ils en hurleraient de rage.

Découragé, Darrieux finit par jeter l'éponge, après avoir poursuivi ses recherches tout l'après-midi. Il a beau tourner et retourner la question dans sa tête, il ne voit que les caves. La solution se trouve certainement à l'intérieur.

Il lui faut ce mandat de perquisition.

— Le commissaire Rosa n'est pas dans les locaux, lui dit la gardienne de la paix de faction à l'accueil, une jolie brune au buste moulé dans un uniforme bleu marine de toute évidence trop étroit pour elle.

— Tu sais quand il reviendra ?

Le ton sec de la jeune recrue contraste avec la finesse de son visage quand elle répond. Darrieux comprend qu'elle ne le connaît pas.

— Non, et je ne suis pas tenue de donner ces informations.

« Une nouvelle », pense-t-il avec condescendance.

Agacé et jugeant peu utile de hausser le ton de la voix pour faire entendre ses galons, Darrieux tourne les talons. Il décide d'aller attendre aux Trois Tours pour se désaltérer et téléphoner tranquillement à Rosa.

Deux ou trois verres plus tard, il réussit à avoir le commissaire au téléphone.

— Du nouveau, Éric ?

— Beaucoup d'éléments concordants, en tout cas. Je vous appelle pour renouveler ma demande de perquisition concernant les caves du 37, rue des Eaux-Claires.

— Décidément, c'est une lubie !

— Ces caves sont la clef de cette affaire, commissaire, j'en mettrais ma main à couper !

— Garde tes mains, tu en auras besoin…

Darrieux sent dans le ton de sa voix qu'il hésite à lui dire quelque chose. Rosa est peu loquace et il faut toujours lui arracher les mots de la bouche.

— C'est-à-dire ? Vous êtes sur une piste ?

— Disons qu'il est possible que tu n'avais pas complètement tort d'explorer l'hypothèse de l'enlèvement.

— Vous avez un suspect ?!

— Possible.

— Vous l'avez interpellé ?

— Pas encore.

— Son nom…

— Je ne préfère pas, Darrieux. Des fortes présomptions pèsent sur lui, mais aucune certitude.

— Grégory Achard ?

Quelques secondes s'écoulent avant qu'il ne réponde.

— Non.

— Qui, alors ?

— Quelqu'un de l'entourage.

— Un proche ?

— Quelque chose comme ça.

La seule question qui vaille la peine d'être posée.

— Vous avez retrouvé les gamins ?

— Non.

— Je vois.

— On en reparle plus tard, si tu veux bien.

Sans tenir compte de sa dernière phrase, Darrieux tente d'en savoir plus. Il sent la moutarde lui monter au nez. Le commissaire est en train de le mettre sur la sellette.

— Je suppose donc que vous ne m'accordez pas ma demande de perquisition.

— Tu supposes bien, Éric.

— Merde.

— Tu l'as dit.

Darrieux termine son whisky dans un claquement de langue qui n'échappe certainement pas à Rosa.

— Tu laisses tomber jusqu'à nouvel ordre. Je te recontacte dès qu'on a du nouveau.

« Merde, merde, merde ! »

Excédé par la désinvolture avec laquelle le commissaire brise son enquête, l'inspecteur fait signe au barman de lui resservir la même chose. L'intéressé s'exécute d'un air las, comme si la question ne le regardait pas.

« Rosa est un emmerdeur qui aspire aux lauriers de la gloire, comme Wojcik. Ne te laisse pas influencer par leurs décisions. Fie-toi à ton instinct. Tu sais que la clef de l'histoire se trouve quelque part dans ces caves, alors fais ce que tu as à faire. »

Clément, Eva et la petite Mélanie ont besoin de toi.

La chaîne stéréo du bar diffuse un air qui le met subitement mal à l'aise.

La voix sur le répondeur.

Darrieux se sent épié. Il jette un œil par-dessus son épaule, mais ne voit personne qui ne serait pas à sa place. Des pochtrons et des flics en fin de service, rien de plus, le couple habituel.

« Il faut que je sorte d'ici ! Cette enquête me rend complètement parano. »

Après avoir fouillé dans toutes ses poches, il finit par trouver un billet de vingt euros qu'il pose sur le comptoir. Le barman encaisse sans broncher et, constatant avec dépit que son client ne bouge pas, ni ne demande sa monnaie, il débouche une dernière fois sa bouteille et en vide le contenu dans le verre resté sur le zinc. Darrieux lui décoche son sourire des grands jours et vide sa dose.

Il a déjà tourné au coin de la rue quand une idée lui vient. Si la voie légale est fermée, il reste celle de l'initiative personnelle. Si ces caves ne renferment rien, il doit en avoir le cœur net.

« Après tout, qu'est-ce que ça coûte d'essayer ? »

Le froid accueille sa réponse dans un sifflement lugubre. Le vent du nord s'est à nouveau levé. La nuit promet d'être longue et glaciale.

Darrieux remonte son col et s'avance en direction de la place Victor-Hugo.

Quinze minutes plus tard, Pierre Roudier a la désagréable surprise de découvrir derrière la porte de son hangar un inspecteur qu'il escomptait ne jamais revoir.

— Salut Pierre !

— Merde, on a pas gardé les vaches ensemble, que je sache !

— T'as raison, mais j'ai l'étrange impression que ça va changer ce soir. J'ai un petit service à te demander.

— Et si je refuse ?

— Disons que tes petites affaires en prendraient un coup…

— Tu fais chier.

— Je t'autorise à me tutoyer, mais continue à m'appeler inspecteur, ça permet de garder un peu de distance…

Roudier consulte rapidement sa montre.

— Des rendez-vous urgents ?

— Ça prendra combien de temps, votre truc ?

— Une heure, à tout casser. On fracture trois, quatre portes de caves et on revient.

— Fais chier, répond le gamin, de plus en plus nerveux. Moi, les plans de ce genre avec les flics, c'est pas trop mon truc, si vous voyez ce que j'veux dire.

Darrieux esquisse un geste en direction du coffre de la voiture garée à deux pas de lui.

— Ça va, ça va. Vous vous en foutez, vous, parce que si on se fait gauler, c'est pas vous qui prendrez, hein !

— Tu as toujours ton jeu de clefs du numéro 37, rue des Eaux-Claires ?

— Oh merde, vous faites vraiment chier ! Faut vraiment que j'évite de me faire repérer dans ce quartier ! Putain, j'vous suis, mais après, vous m'oubliez, on est d'accord ?

Sans répondre, l'inspecteur fait demi-tour et lui fait signe de le suivre.

— Vous m'emmenez où ?

— On a quelques heures à tuer avant que tout soit calme.

Pendant que l'inspecteur remplit son gobelet pour la dixième fois et hume le parfum délicat de l'eau-de-vie maison de la vieille Cécilia, Pierre Roudier le dévisage d'un air torve. Il a refusé tous les verres que l'Italienne lui a proposés et cette dernière n'a pas caché son animosité. Même après qu'il lui eut exposé les soupçons qui planaient sur l'un des propriétaires de caves, le jeune homme s'est contenté de marmonner en retournant se poster devant la porte vitrée du studio. L'inspecteur et l'Italienne se sont alors lancés dans une discussion animée sur l'histoire du quartier et sur les pressions exercées par les agents immobiliers et les services municipaux pour pousser les loyers faibles et les petits propriétaires à aller voir ailleurs.

Trois heures plus tard, ils en sont encore à déblatérer sur la polémique suscitée par la construction illégale du stade de foot grenoblois et la destruction du parc Paul-Mistral, quand Darrieux s'aperçoit que l'heure tourne et qu'il est temps de passer aux choses sérieuses.

— Ne fais pas cette tête-là, Pierre. Dans moins d'une heure, tu n'entendras plus parler de moi. Je te donne une occasion unique de te comporter en bon citoyen de proximité, ça devrait te faire plaisir.

Roudier reste muet. La plaisanterie n'a pas l'air d'être à son goût. Darrieux vide le contenu de son verre, fait un clin d'œil à Cécilia qui hausse les épaules et lève les bras au ciel d'un air de lui demander de débarrasser le plancher.

— De toute façon, il est temps d'y aller. Dis merci à cette brave Cécilia qui doit être ravie de te savoir dehors dans moins de dix secondes.

Un léger grésil porté par un vent tourbillonnant les attend dans l'impasse. Insensible au froid, Roudier ne semble pas y prêter attention. Darrieux lui enjoint de presser le pas, excité à l'idée de mettre un terme aux doutes qui l'habitent depuis le début de l'enquête. Sur le trajet qui les mène au numéro 37, il ressasse les éléments convergents qui l'ont conduit sur cette piste, tentant de dégager des éléments de réponse. Depuis deux jours, il ne cesse de s'interroger sur le rôle que l'étrange Grégory Achard peut jouer dans cette affaire, persuadé que le suspect est l'arbre qui cache la forêt. Un mystère trop épais entoure cet homme.

De plus, le revirement de Rosa le perturbe. La veille encore, il défendait la thèse de la fugue, et voilà que Darrieux apprend que le commissaire envisage d'appréhender un inconnu pour enlèvement en l'écartant délibérément de la procédure. Pourquoi le mettre sur la touche ? Rosa essaie-t-il de signifier officieusement à Darrieux qu'il doit poursuivre ses investigations ? Y a-t-il des huiles menacées par l'enquête qui justifieraient le secret entourant l'arrestation de ce suspect tombé du ciel en quelques heures perturbées par les verres d'eau-de-vie, ses pensées s'embrouillent et des ombres se mêlent sournoisement aux questions.

Une tape sur l'épaule lui fait prendre conscience qu'ils sont arrivés à destination. Derrière eux, la rue des Eaux-Claires est parfaitement calme. La température continue de chuter et le grésil s'est intensifié sans que Darrieux s'en soit rendu compte. Après avoir vérifié que personne ne vient dans leur direction, Pierre Roudier introduit sa clef dans la porte et ouvre.

Les deux hommes entrent. Le hall leur offre un abri fragile qu'ils doivent se dépêcher de quitter s'ils ne veulent pas se faire repérer. Le jeune homme fait signe à l'inspecteur de le suivre dans le couloir qui mène à la porte blindée. Darrieux se frotte les mains pour les réchauffer et pour se donner une contenance. Il a un peu trop bu, ce soir, et a du mal à coordonner ses mouvements. Il jette des regards fréquents sur son cerbère pour vérifier que l'autre ne s'en est pas aperçu. Ce dernier a l'air plus préoccupé par leur intrusion nocturne que par l'état d'ébriété avancé de son compagnon, autant qu'il puisse en juger.

La porte blindée s'ouvre dans un grincement de gonds mal huilé. Roudier serre les dents et Darrieux s'empresse d'entrer pour découvrir deux rangées de sept portes à la peinture défraîchie, mal éclairées par un néon sur le point de rendre l'âme. Des numéros tracés gauchement à la craie rouge donnent à l'ensemble un air carcéral lugubre. Deux soupiraux creusés dans le béton à chaque extrémité du couloir laissent passer un courant d'air glacé et sifflant, semblable au couinement d'une bête paniquée, qui agace les oreilles de Darrieux. Ses jambes sont animées d'un léger tremblement auquel il essaie de ne pas penser.

— Laquelle est la vôtre? demande-t-il au jeune homme qui semble vouloir faire le guet.

Sans desserrer la mâchoire, celui-ci désigne la porte n°7.

— Parfait, nous forçons donc toutes les autres. Ferme donc cette porte blindée et surveille mes arrières!

Darrieux sort un pied-de-biche de la poche intérieure de son manteau et entreprend d'ouvrir méthodiquement les treize portes. Les dix premières caves ne révèlent absolument rien d'autre que le fatras habituel de déchets ménagers, de planches et de cartons sans intérêt. L'excitation cède progressivement le pas à la déception quand Darrieux arrive devant la onzième. Son pouls s'emballe alors qu'il découvre qu'elle possède trois serrures neuves de bonne qualité tandis que les autres ne sont fermées que par des cadenas bon marché.

— Viens me filer un coup de main ! ordonne-t-il.

L'inspecteur tend à Roudier une barre de fer récupérée dans la cave précédente et la glisse dans l'espace qu'il a dégagé au préalable entre la porte et le cadre en bois.

— Tu fais levier, et à mon signal, tu tires de toutes tes forces.

Le jeune homme saisit la barre sans un mot. Darrieux croit deviner une lueur de panique dans ses yeux.

— Tu connais le propriétaire de cette cave ?

— Fais chier.

— Si tu le dis.

Les deux hommes pèsent de tout leur poids sur leurs outils et la porte cède dans un craquement sinistre. Darrieux allume la lumière. Le local est étonnamment propre. Ses étagères sont pleines à craquer d'autoradios et de pièces détachées de voitures.

— Pozzini, je présume.

Pierre Roudier juge inutile de confirmer. L'inspecteur s'avance et passe la main dans les cartons entreposés dans le fond, puis derrière les étagères. Ses doigts tombent sur une boîte métallique. Il dégage la pile d'autoradios qui obstrue l'entrée de la cachette et tire la boîte qu'il pose sur ses genoux. À en juger par son poids, approximativement une dizaine de kilos, elle est pleine à craquer. Un coup d'œil en direction du jeune homme suffit à le persuader qu'il en connaît le contenu.

S'aidant du pied-de-biche comme levier, il force la serrure pour découvrir une dizaine de tablettes de haschisch pur d'un kilo chacune. Il pousse un sifflement admiratif mêlé de perplexité.

— Il y a de quoi nourrir un régiment d'étudiants pendant un an, avec ça ! Ce voleur de Pozzini verse dans le pétard marocain, maintenant ? Je suis franchement étonné. Son business de voitures volées ne lui rapporte plus assez ?

Roudier ne dit toujours rien. L'inspecteur le dévisage avec circonspection.

— La came automobile est à Pozzini, mais pas le haschisch, je me trompe ?

Le regard fuyant de son compagnon est éloquent.

— Grégory Achard, hasarde-t-il.

— Non.

Nouvelle déception.

— Qui alors ?

— Un flic.

— Merde.

Puis :

— Son nom !

Mutisme.

— Putain, tu vas me répondre, oui ou merde !

— Pozzini est le locataire. Le propriétaire, je connais pas son blaze, finit-il par cracher. Tout ce que je sais, c'est que je suis censé fermer ma gueule et que maintenant, je suis dans une merde noire à cause de vous.

— Tu es au courant du trafic, pourtant !

— Écoutez, je sais rien moi. Pozzini est un peu trop bavard, c'est uniquement pour ça que je connaissais la planque, mais ça s'arrête là, j'vous l'jure.

Le tremblement dans les jambes de Darrieux s'accentue. Roudier s'agite et ne cesse de jeter des coups d'œil angoissés en direction de la porte blindée. Difficile de douter de sa sincérité, vu le vent de panique qui le secoue depuis une minute.

— Bon… Je suppose que les deux dernières caves ne nous révéleront rien de plus.

Hochement de tête.

Six jours d'enquête pour dix kilos de shit et une petite magouille policière quand il s'attendait à tomber sur le musée des horreurs, c'est maigre.

Clément, Eva et Mélanie, toujours enfermés quelque part. Peut-être pire. Il le sent. Ses tremblements et son mal de ventre ne le trompent pas.

« Et si Rosa était dans le vrai ? »

Clément, Eva et Mélanie, enfermés quelque part. Les hurlements dans son crâne. Clément, Eva et Mélanie, enfermés quelque part. Pas loin d'ici. Clément qui gueule. Eva qui gueule. Mélanie qui gueule. Enfermés. Ces caves vides sont autant d'indices du véritable endroit ou il faudrait chercher.

La réponse fuse dans son cerveau instantanément.

« Non ! »

L'ombre de Grégory Achard plane toujours, mais pas au bon endroit. Il y a comme une tache dans le tableau. Un détail doit lui échapper ou alors il se plante depuis le début.

Lé côté intérieur de la porte.

Des traces de griffures sur le bas de la porte.

Éric Darrieux vacille sous l'effet du coup porté par sa découverte.

« Ils étaient là ! »

Pas celles d'un animal, il en est sûr.

« Au moins l'un d'entre eux était enfermé là ! »

La seule trace de leur passage. Et maintenant ailleurs.

« Ailleurs, mais où ? »

Son regard passe une dernière fois sur les étagères, puis il donne un coup de pied rageur dans la porte.

— On s'casse.

17

Ton fils t'a vu. Il ne l'a pas vu, LUI, mais tu as clairement lu le doute dans sa manière de te fuir à chaque fois qu'il te croise dans l'appartement depuis. Saloperie de fils de pute ! Tu enrages. Tu paniques.

Tu te pisses dessus tellement tu paniques.

Si tu apprends qu'il est allé tout raconter à sa mère, tu lui éclates sa sale petite gueule de fouineur. Qu'est-ce qu'il foutait dans ce couloir, derrière toi, à cette heure-là ? C'est elle qui l'a envoyé t'espionner ? Du coup, tu dois prendre les mesures qui s'imposent. Ça bouscule sérieusement tes plans, mais tu n'as pas le temps ni l'envie de te débarrasser de Christian maintenant, alors tu le déplaces temporairement. Tu te persuades que c'est la meilleure solution et tu te traites de trouillard, de sale pédé de trouillard de merde dont la seule réaction, c'est de se pisser dessus comme une tante.

Tu le déplaces, mais cette petite pute de Christian ne veut pas et il te force à le frapper et à le traîner. Tu ne veux pas, bien sûr, mais c'est lui qui t'y oblige par son entêtement stupide.

Tout est de sa faute.

Tu détestes lui donner des coups et lui faire ce que tu lui fais, mais tu n'as pas le choix parce qu'il le cherche. Il te pousse à bout et tu te contentes de réagir de manière adéquate à la situation bordélique dans laquelle il te met.

Malgré toi.

Tu sais que c'est mal.

Malgré toi.

Tu sais que ça lui fait du mal.

Malgré toi.

Alors ta rage décuple, tes forces décuplent, et tu le frappes jusqu'à lui faire rentrer dans le crâne que si vous êtes tous les deux dans cette situation, c'est uniquement par sa faute.

Il saigne un peu.

Malgré toi.

Tu l'enfermes et tu remontes. Ta femme t'attend sur le canapé. Elle a chialé.

— Qu'est-ce que tu trafiques encore à la cave ?

— Rien, tu réponds en te dirigeant vers la chambre.

Elle se lève et te barre le passage.

— Qu'est-ce tu fous tous les soirs et toutes les nuits dans cette putain de cave ?

Tu hausses les épaules et tu la pousses contre le mur. Elle trébuche et se cogne l'arrière du crâne contre la commode, puis elle se met à chialer. Tu te penches sur elle, tu l'attrapes par le pull et tu plantes tes yeux dans les siens.

Elle sait.

Elle ne sait rien.

Cette sale petite balance de gamin lui a raconté toutes les conneries qui lui passaient par la tête.

Tu vois qu'elle ne sait rien.

Elle sait.

Tu la relâches parce que tu es fatigué et que tu souhaites aller te reposer plus que tout au monde. Tu veux qu'elle te foute la paix alors, avant d'aller t'allonger, tu lui conseilles de bien la fermer.

Tu aimes Christian. C'est la seule chose qui te vienne à l'esprit pendant que tu t'endors du sommeil du juste.

18

— ... **Rebondissement dans l'affaire des disparus des Eaux-Claires. Notre envoyé spécial à Grenoble,** *Isère, Jean-Stéphane Marackian...*

« Cet imbécile de Rosa n'a pas su fermer sa gueule. »

De rage, Darrieux balance sa tasse de café de toutes ses forces en direction du lavabo.

— ... *livre sur place ses premières impressions : « C'est avec un émoi considérable que les familles des trois adolescents, disparus entre vendredi et mardi dernier, ont appris la nouvelle de l'arrestation de David Schweitzer, suspecté de leur enlèvement. Nous savons de sources sûres que David Schweitzer, un jeune homme d'une trentaine d'années, est inconnu des services de police et serait uniquement de passage dans la région. Personne ne connaît son visage, puisqu'il a été interpellé, tard dans la nuit, à son domicile, dont le commissaire responsable de l'enquête, Simon Rosa, a refusé de donner l'adresse par mesure de sécurité et pour éviter des opérations vengeresses de la part des proches des disparus. Nous restons toujours sans nouvelle de Clément Sanchez, 13 ans, Eva Barth, 11 ans, et Mélanie Clavèze, 13 ans. Histoire de quartier qui tourne mal, règlement de compte ou crime sexuel ? Toutes ces questions restent, pour le moment, sans réponse. Jean-Stéphane Marackian, pour France Info. » Sans transition, le dossier sur la facture pour les collectivités locales des émeutes en novembre dernier, en région parisienne, vient d'être rendu public et…*

La valse des prétendants au titre de l'arrestation du suspect n°1 peut commencer. Dans le rôle de l'outsider, le commissaire principal Simon Rosa, tête de file des forces de police de l'agglomération grenobloise. Meilleur second rôle : la presse nationale, qui s'est empressée de diligenter sur place ses plus fins limiers dans l'espoir de dégoter des photos de gosses crevés, de mères hystériques et d'un jeune assassin refusant de demander pardon aux familles. Plus c'est glauque, moins c'est blanc, plus ça se vend.

Clément qui gueule, et qui n'a toujours pas été retrouvé.

« Les disparus des Eaux-Claires, tu parles d'un titre accrocheur. Merde, mais cette ordure de Rosa ne respecte rien. La carrière, toujours cette putain de carrière, et les gamins qui ne sont toujours pas retrouvés ! »

Eva qui gueule, et qui n'a toujours pas été retrouvée.

Il faut espérer que l'affaire obtiendra les premières pages. Une question demeure, dans la tête de tous ces vautours : faut-il placer l'article sur le témoignage de la mère avant, ou après, l'interview du commissaire Rosa ? Lequel aura le plus d'impact sur les ventes ?

Mélanie qui gueule, et qui n'a toujours pas été retrouvée vivante.

Le quartier des Eaux-Claires risque d'être invivable après ce coup-là.

« Quelle bande d'abrutis ! »

Les rues vont grouiller de flics en civil et de journaleux en mal de scoop.

Darrieux finit par décrocher son téléphone. Il compose le numéro de Rosa, puis attend. Une sonnerie, deux sonneries, trois sonneries, un répondeur. Pas de message. Il recompose le numéro une deuxième fois, et refuse cette fois de laisser un message. À la troisième tentative, la voix mielleuse du commissaire répond :

— Commissaire principal Simon Rosa, je vous écoute.

« Pour un peu, on avait droit au curriculum vitae complet et aux médailles de guerre. »

— C'est Darrieux.

À présent, la voix est sèche.

— Je suis occupé.

— Écoutez-moi !

— Je n'ai pas le temps. Au revoir.

— Vous ne tenez pas le bon suspect ! Vous vous trompez d'homme, je suis sûr que…

Darrieux n'a pas le temps de terminer sa phrase, le commissaire lui a raccroché au nez. Il écume de rage et se retient de jeter son portable sur les restes de la tasse. La justice est en marche, main dans la main avec les fossoyeurs et les bourreaux. Les victimes ne sont qu'un foutu prétexte pour faire danser les masses et leurs cervelles présumées dégénérées.

« Au moins, j'ai les mains libres pour bosser, maintenant que les objectifs des caméras sont braqués sur les fenêtres du commissariat. »

Des griffures d'ongles sur le bas de la onzième porte.

À moins qu'ils n'aient bloqué le quartier.

Des ongles humains.

— Éric?

— Je ne t'ai jamais donné mon numéro de portable!

— J'ai les clefs de chez toi, tu te souviens. Je l'ai trouvé sur ton bureau. Les factures…

— Ah… Bon, je suis en plein boulot, là, Catherine, et je n'ai vraiment pas le temps.

« Tu es en train de lui faire le même coup que celui que Rosa t'a fait il y a cinq minutes! », se dit Darrieux, en faisant signe de la main au barman des Trois Tours de lui servir un autre verre.

— Tu es en pleine merde, oui!

— Écoute, le moment est mal choisi et…

— … et tu vas rappliquer vite fait chez toi, parce que moi, je suis là, et c'est l'heure de ta dose de morphine quotidienne! Je te donne une demi-heure, pas une seconde de plus, sinon, t'es pas près de me revoir.

— Catherine!

Darrieux gueule en vain dans le combiné. Elle a déjà raccroché.

Avec l'arrestation de cet imposteur de David Schweitzer, le temps s'accélère. Darrieux doit courir, mais ni sa capacité de réflexion et de synthèse, ni son estomac n'en sont capables. Courir après Rosa qui se croit au sommet de sa gloire, le sceptre *heka* de Sésostris dans une main, et sa queue dans l'autre. Courir après les informations que Rosa, toujours lui, transmet au compte-gouttes. Courir, enfin, après l'histoire, celle qui leur échappe encore à tous parce qu'ils refusent tout bonnement de la voir, et dont il n'a lui-même qu'une vue partielle.

« Les griffures d'ongles, les caves, Grégory Achard, les magouilles de Pozzini, les cris, l'œil rouge, la musique, la voix, les griffures d'ongles, les caves… »

Darrieux fait le décompte des indices récoltés au cours des dernières quarante-huit heures et tente d'en découvrir l'enchaînement. Identifier le maillon manquant. Tout part des caves. Son enquête part des caves, son intuition, Grégory Achard aussi. Si quelque chose lui a échappé, il doit en avoir le cœur net. Si les caves sont vides, d'autres doivent être pleines.

Soudain, c'est l'illumination.

« Il y a une autre cave au numéro 37 ! »

Une cave qu'il n'aurait pas vue ou une trappe dans une cave. Une porte masquée donnant sur un réduit. Le trafic de Pozzini ou les allers-retours des voisins ont dû alerter celui qui a enlevé les gamins et il les a déplacés pour ne pas être gêné. Le propriétaire de la cave n°11 n'était peut-être pas d'accord et a obligé le type en question à changer ses plans.

« Peut-être n'était-il même pas au courant ! »

Darrieux doit savoir. Trop d'éléments coïncident ou convergent dans cette direction. Sans terminer son verre, il sort des Trois Tours en courant. Un quart d'heure plus tard, essoufflé, il sonne à l'appartement de Grégory Achard qui ne répond pas. Il colle son oreille à la porte, mais n'entend rien. Hystérique, il dévale les escaliers et fonce rue du Général-Ferrié, chez la mère.

D'humeur exécrable, Simone Achard tente de refermer sa porte dès qu'elle l'aperçoit, mais la rage de Darrieux est telle qu'il se précipite sur la porte et fait sauter la chaîne de sûreté d'un coup d'épaule, envoyant au tapis l'octogénaire déroutée.

— Sortez de chez moi ! s'égosille-t-elle, toujours à terre.

Darrieux ne lui laisse pas le temps de répondre. Il

claque la porte derrière lui et s'agenouille aux côtés de la vieille dame pour poser ses questions.

— Parlez-moi de la cave !

— Quelle cave ? gémit-elle en se recroquevillant.

— La cave de votre mari !

Simone Achard est terrorisée.

« Pousser mon avantage. »

— J'ai fouillé toutes les caves et je ne l'ai pas trouvée. Pourtant, je sais qu'elle existe et vous le savez aussi !

— Quelle cave…

Il se rapproche encore et colle son visage à dix centimètres de celui de la vieille dame, transformant son cri en miel. Son haleine empeste le whisky, il le sait, et il voit dans le regard de la femme à terre qu'elle redoute les réactions d'un alcoolique.

— Répondez.

La voix plus douce encore, presque inaudible. Un sourire, même.

— Répondez… Parlez-moi de la cave de Charles.

— Je… je… De quelle cave parlez-vous ? réussit-elle à dire d'une voix affaiblie et perturbée.

— Vous savez ce que l'alcool provoque chez les hommes, n'est-ce pas ? Ne mentez pas, je le devine dans vos yeux. Vous savez que les hommes qui boivent sont capables de tout.

Elle secoue la tête.

— Parlez-moi de la cave de Charles, s'il vous plaît, Simone. Dites-moi ce que vous savez.

— Je… je suis trop vieille, je ne me souviens plus…

— Voulez-vous que nous parlions de Grégory ?

— Non !

Rouge de colère, Darrieux se redresse et frappe du poing de toutes ses forces à quelques centimètres de la tête de la vieille dame qui pousse un cri de stupeur. Sa voix explose quand il hurle :

— Parlez !

Simone Achard éclate en sanglots et un flot ininterrompu de larmes se déverse sur le tapis élimé du couloir. Darrieux se penche sur elle et la prend dans ses bras. Au bout de dix minutes, le rythme saccadé des pleurs de la femme cesse, aussi subitement qu'il a démarré. L'inspecteur repose délicatement sur le sol la tête qu'il tient entre les mains et recule un peu, attendant les mots.

Les mots de la délivrance.

— C'était une cave à l'écart des autres… Pas vraiment une cave, en fait. Un garage que mon mari avait aménagé pour y entreposer ses affaires personnelles, ses souvenirs de guerre, ce genre de chose. Je n'y suis jamais retournée depuis sa mort et tout a dû rester en place.

— Où se trouve-t-elle ?

Les mots peinent à sortir de sa bouche. Elle tente de se redresser, mais ses forces l'ont abandonnée dès qu'elle a commencé à parler.

— Dans le sous-sol… Les garages, vous savez…

— Quel numéro ?

— Je ne sais pas, je vous jure.

Elle supplie Darrieux, elle l'implore de ses deux mains.

— Quel numéro ? répète-t-il calmement.

— Trois.

La poitrine de la vieille dame se soulève péniblement. Son souffle est court. Au prix d'un effort de patience qu'il ne soupçonnait pas, Darrieux attend encore une minute avant de poser sa dernière question.

— Pourquoi parlez-vous au passé, madame Achard ?

— Pourquoi je parle au passé ? Comment ça ?... Mon mari est mort, monsieur. M... mon mari est mort et enterré depuis longtemps et cette cave a cessé d'exister pour moi depuis des années...

— Depuis des années, vous croyez ?

— Oui, je...

— Plus personne n'y a accès aujourd'hui ?

— Non, enfin si, mon fils naturellement, mais...

— Il n'a jamais voulu la vendre, n'est-ce pas !

— Non, en effet...

— Pourquoi ce refus, à votre avis ?

Elle comprend. Maintenant, et seulement maintenant, elle comprend.

Darrieux peut lire l'effroi dans ses yeux quand elle répète, comme pour se persuader qu'elle se trompe :

— ... mon fils...

— Merci, madame Achard. Merci beaucoup.

Il se relève et fixe un point, loin derrière elle, qui transperce le corps malade, le tapis et le plancher.

— Je vais m'en aller maintenant.

Un hurlement de terreur accompagne Darrieux quand il dévale l'escalier et débouche dans la rue. Il ne cesse de le suivre qu'une fois la voix agacée de Pierre Roudier parvenue jusqu'à lui, au moment où il frappe à la porte de son garage. Pour la troisième fois en deux jours.

— J'ai encore besoin de toi.

— Non, cette fois, j'arrête, inspecteur. Dénoncez-moi, appelez vos collègues de la brigade des stups ou du service des voitures volées, mais je ne marche plus.

Darrieux est trop pressé pour discuter. L'alcool qu'il a dans le sang exacerbe l'excitation de la découverte.

— Non, je ne peux pas attendre une autre solution. Donne-moi ton trousseau de clefs!

Le jeune homme secoue la tête, d'un air navré.

— C'est un ordre!

Darrieux le menace de son poing droit.

— Vous êtes complètement givré, mon vieux! Vous pétez les plombs, et moi, je ne veux pas être mêlé à vos magouilles de flic. Prenez-les, ces maudites clefs, gardez-les et que je ne vous revoie plus! Je dirai à Pozzini que je les ai perdues. De toute façon, au point où j'en suis. Quand il va découvrir la porte de la cave fracturée, si ce n'est pas déjà fait, il vaut mieux que je sois loin…

Les yeux brillants, l'inspecteur se saisit du jeu de clefs et, sans écouter la fin du discours du jeune homme, il se précipite au 37 de la rue des Eaux-Claires, manquant de glisser à deux reprises sur le sol verglacé.

Au-dessus de sa tête, des flocons de neige gros comme le poing se déversent sur les toits en un murmure ouaté. Les cris des enfants et de ceux qui les espèrent ne parviennent plus à percer le silence trompeur. Les esprits les plus éveillés sont dupés.

Bien sûr, Darrieux ne voit rien de tout cela. Il n'a qu'une seule chose en tête: l'histoire. L'histoire, avec un petit « h ». Celle qu'il doit reconstituer.

Pour pouvoir ensuite la raconter.

19

Je rentre de l'école, je vois ma mère qui me fait un signe de la main. Elle sourit, je cours vers elle. Il fait un temps magnifique. Je me sens léger, léger comme ce caillou que je trimballe toujours dans ma poche, poli à force d'être frotté à mes billes, lisse à force de caresses silencieuses du bout des doigts, brillant de mes prières secrètes pour le dieu des cailloux. L'image s'interrompt.

« Fiche le camp ! »

Une pièce. Une pièce sombre, dans laquelle je me cache. J'entends qu'on m'appelle, mais je ne réponds pas et je ris, je ris, je ris. Je ris tant et si bien que la lumière fuse de toutes parts. La pièce s'éclaire et en même temps les mains calleuses de mon père me soulèvent dans les airs : « Je t'ai trouvé. » J'ai le tournis, le plafond danse devant mes yeux, les mains me reposent et je vacille en riant. L'image s'interrompt.

« Laisse-moi tranquille. Pas cette fois-ci. Je n'en peux plus, s'il te plaît. S'il te plaît. »

J'ai soif. Terriblement soif. Il fait nuit et j'avance à tâtons dans le couloir qui mène à la cuisine. Tout le monde dort à poings fermés. Mes pieds glissent sur le carrelage blanc et gris moucheté de noir. Je n'ose pas faire de bruit. Les portes ouvertes du salon et de la salle de bain m'effraient un peu. Le noir, tout ce noir, évidemment, ça fait trop de noir pour un petit garçon qui a seulement soif. Je parviens pourtant à la cuisine, dont le volet ouvert laisse passer la lumière bleutée et pâle du réverbère de la rue.

Ensuite, la mécanique quotidienne reprend le dessus et je suis rassuré de retrouver le verre et le robinet, toujours à leur place. Leur même place. Le verre auquel je m'accroche pour m'affranchir du noir. Le robinet que j'agrippe pour oublier le noir. Le verre est immense. Je bois, je bois, je bois. Mon estomac se gonfle du plaisir de cette eau désaltérante. L'eau la plus désaltérante que j'aie jamais bue.

Finalement, il me faut affronter à nouveau le noir, quand l'envie d'aller pisser me retient. Je sais qu'une fois dans mon lit, à l'abri des monstres secrets du couloir, je n'oserai plus revenir, alors je me presse d'en finir, urinant dans les toilettes et certainement à côté aussi. Puis je cours, sans me soucier du bruit. Je cours, je prends mon élan et je saute. L'image s'interrompt.

« S'il te plaît. »

La chaleur m'assomme. Impossible de penser et de savoir ce que je dois faire. Je m'avance sous la treille à la recherche d'ombre. L'image s'interrompt.

« Tu n'existes pas, tu n'existes pas, tu n'existes pas ailleurs que dans mes cauchemars et je vais me réveiller. »

Le plus étonnant dans ce baiser, c'est qu'il ne m'était pas destiné. Enfin, je ne crois pas. La petite fille brune a de jolies couettes et moi, une raie impeccable. Des vers à soie, les roulades teintées et les gloussements doux d'un canari solitaire dans sa cage, le grand tableau vert sur lequel la date et la liste des exercices à faire sont tracés à la craie blanche. La petite fille brune esquisse un sourire gêné. Je ressens des picotements derrière les oreilles et sur les joues. L'image s'interrompt.

Je tends une poignée de feuilles de mûrier vers la caisse des vers à soie. La petite fille brune n'est plus là. L'image s'interrompt.

Les vers à soie translucides sortent de leur cocon. L'image s'interrompt.

Des papillons blancs plein la classe et une fenêtre ouverte par laquelle ils s'enfuient, portés par les cris stridents d'une vingtaine d'enfants. Je me tais. La petite fille brune donne un deuxième baiser à un garçon minuscule qui ne fait même pas attention à elle et qui s'éloigne en se moquant. Un picotement dans mon ventre. L'image s'interrompt.

« Tu n'existes pas et je te hais. »

Je me réveille sur un lit d'hôpital. Tout le monde rit et chante. Je sais lire. L'image s'interrompt.

« Tu n'existes pas. »

C'est la première fois que je ne termine pas un livre. L'impression s'interrompt.

« Tu n'existeras jamais ! »

Soir de Noël. Il n'y a pas de neige dehors et je suis profondément déçu. La chambre est immense. Des murs en pierres apparentes et un plancher aux teintes brunâtres. Je suis seul, les jambes qui pendent dans le vide. Un éclair luminescent transperce mon cerveau de part en part, dévastant tout sur son passage. La sensation disparaît instantanément. Les autres lits sont vides. Probablement tous à la messe, ce sont des choses qui se font un soir de Noël, je suppose.

Le vide, devant moi.

Étrangement, je ne ressens aucune inquiétude. Pas de loup, pas de cris. La solitude ne m'effraie pas. Je porte des chaussons pour ne pas avoir froid aux pieds. Des chaussons noirs à semelles blanches. C'est surprenant comme certains détails sont tenaces. Subitement, la température augmente et je sens que je transpire des pieds. Une telle chaleur, une nuit de Noël ? La température se stabilise, mais je décide quand même de retirer mes chaussons. L'angoisse et son cortège d'horreurs arrivent précisément à ce moment-là. Mes pieds ont disparu, ou plutôt ils se sont transformés en une cendre grise épaisse qui ne laisse aucun doute sur l'origine de leur combustion. Un nouvel éclair. L'image s'interrompt.

Je ferme les yeux, je compte jusqu'à dix et je les ouvre à nouveau. Mes pieds sont toujours calcinés et mes mollets se terminent par deux moignons sanguinolents. L'image s'interrompt.

« J'en fais la promesse. »

— Tu as soif, mon beau Christian ? Tu veux que je te serve un grand verre d'eau ?

Mû par un sombre pressentiment, je me retourne. Oncle Val est planté devant moi, qui me regarde, qui fixe mes pieds calcinés, et qui tient la petite fille brune dans ses bras, morte, le corps couvert de vers à soie et d'immenses papillons blancs.

— Bonne nuit, Christian.

Je hurle.

20

Éric Darrieux a juste le temps de s'enfoncer derrière une haie de buis couverte de neige, quand il aperçoit avec surprise la silhouette de Grégory Achard devant le numéro 37. L'homme pénètre dans le bâtiment, fait quelques pas dans le hall, puis il disparaît par une porte que l'inspecteur ne se souvient pas avoir empruntée.

La colère.

Il se précipite à la suite du suspect et s'introduit dans l'immeuble à son tour, perdant quelques précieuses secondes à trouver la bonne clef. Arrivé devant la deuxième porte, il doit à nouveau choisir une clef dans le trousseau.

Des escaliers.

Darrieux a le réflexe de maintenir la porte pour éviter qu'elle claque. Il prend soin de la fermer le plus délicatement possible, veillant à ce qu'aucun autre bruit que les battements de son cœur ne vienne troubler le silence. L'escalier s'enfonce dans l'obscurité et semble buter sur une nouvelle porte. Saturation émotionnelle.

Ses jambes tétanisées tremblent comme si un courant électrique les parcourait. Darrieux prend conscience qu'il n'est pas armé alors qu'il s'apprête à interpeller un homme habité par l'énergie et la peur du criminel. Que fait-il là ? Peut-être devrait-il prévenir Rosa ?

Il a soif.

Il descend.

Vingt-deux marches plus bas, le tremblement cesse subitement.

Il colle l'oreille à la porte qui lui fait face. Aucun son ne perce. Il baisse la poignée, lentement, laissant entrer un air vicié mêlant poussière et moisissure. Devant lui, une demi-douzaine de garages fermés, soigneusement alignés. Agenouillé devant le troisième en partant de la gauche, Grégory Achard pleure en silence, le dos agité de spasmes compulsifs.

Perturbé par la scène, Darrieux laisse la porte claquer derrière lui. Alerté par le bruit, l'homme tourne alors vers lui un visage émacié, presque implorant. Cela ne dure qu'une fraction de seconde. L'instant d'après, il n'est déjà plus que fureur et hargne. Il se relève d'un bond en arrière et il vient se planter devant l'inspecteur. Toute trace de chagrin a disparu de ses traits. Il serre les poings.

Darrieux décide d'ouvrir le bal.

— Qui êtes-vous ?

— Il me semble vous l'avoir déjà dit, non ?

— Je ne trouve trace de votre nom nulle part, à l'exception de votre boîte aux lettres !

— Vous n'avez peut-être pas les bons codes et les bons passe-droits.

— J'entre où je veux et quand je veux.

L'autre sourit.

Darrieux insiste, pour montrer à son interlocuteur

qu'il ne repartira pas sans avoir obtenu ce qu'il est venu chercher.

— Putain, vous êtes qui, merde ?

— Quelqu'un qui a gagné le droit au silence.

— Personne n'a ce droit-là, vous m'entendez ! Personne ! Surtout pas vous ! Maintenant, je veux les clefs du garage numéro trois.

— Vous êtes du genre tenace, vous !

— Donnez-moi ces clefs !

— Non.

— Ce garage est à vous, non ?

— Il était à mon père, répond-il en serrant les dents.

— Vous avez les clefs, alors ?

— Je ne les ai plus.

— Vous êtes en train de me dire que ce garage est fermé depuis la mort de votre père ?

— C'est exactement ça.

— Vous vous foutez de ma gueule ! Qu'est-ce que vous faites ici, dans ce cas ?

— Cela ne regarde que moi.

— Si ce garage ne sert à rien, dans ce cas, donnez-le-moi. Maintenant.

— Je n'ai pas de garage à vous louer, ni à vendre, ni même à donner. Ce garage est fermé et il le restera. Le reste ne vous concerne pas. Point final, monsieur… monsieur ? Putain, je ne connais même pas votre nom.

— Inspecteur Éric Darrieux.

Grégory Achard tressaille.

— Inspecteur Éric Darrieux, répète-t-il bêtement, le regard redevenu brusquement aussi vitreux qu'au moment où il l'a vu, à genoux devant la porte du garage n°3.

L'inspecteur profite de ce moment de flottement pour lui envoyer un violent uppercut du droit au menton. L'homme tombe à terre, ce qui rend Darrieux inexplicablement hystérique. Il se met à le rouer de coups, du pied d'abord, puis des poings, de toutes ses forces, de toute sa rage, de toute sa colère.

— Arrêtez !

Achard n'essaie pas d'éviter les coups de son assaillant. Il se laisse faire, comme si cela lui était égal. Pourtant, il a l'air plus costaud que Darrieux.

— Dis-moi où sont Clément, Eva et Mélanie !

— Je n'en sais rien, moi, merde ! hoquette-t-il.

Il se tasse sur lui-même, puis se relève brusquement et fonce tête baissée dans la cage thoracique de Darrieux qui continue de gueuler, le souffle coupé.

— Ils sont dans ton garage, c'est ça ! Donne-moi ces putains de clefs où je te fais la peau, espèce d'enfoiré de salopard de… de…

Darrieux reçoit deux coups au visage.

— Vous êtes complètement malade ! Putain, mais y a pas d'gosses dans mon garage, faut vous faire soigner, mon vieux !

— Qu'est-ce qui se passe, ici ! tonne une voix puissante derrière eux. Des ennuis, Grégory ?

Les deux hommes en sueur se retournent simultanément pour découvrir Jean-Jacques Pozzini et deux mastards, armés de battes de base-ball, à une dizaine de mètres d'eux. S'attaquer à un flic dans l'exercice de ses fonctions ! Ces types sont complètement fêlés. Darrieux jette un rapide coup d'œil sur ses côtés. Il ne voit aucune autre issue que celle par laquelle il est entré.

« Dans quoi t'es-tu encore fourré ? »

— Dites-leur de poser ces battes immédiatement, monsieur Pozzini ou vous en paierez les conséquences.

— De quoi tu parles, connard ? Ça fait deux jours que tu traînes autour de mes affaires. La porte de mon petit local a été fracturée et tu as mis plusieurs de mes amis dans une situation embarrassante ! Tu ne le sais sans doute pas, mais je suis connu dans le quartier. Je rends des petits services, les gens m'aiment bien. Certains locataires de cet immeuble m'ont signalé que tu rôdais un peu trop dans le coin, ces derniers temps. Tu déranges.

— Je suis flic, putain, les mecs. Vous êtes en train de faire une grosse boulette.

— Qu'est-ce qui nous prouve que tu dis vrai ? Tu sais, les flics du coin je les connais tous depuis leur plus jeune âge, à part les grosses huiles parachutées du ministère, évidemment. Et toi, ta tête, elle ne me revient pas du tout. Je connais bien l'inspecteur Vax, tu sais, celui qui enquête sur les disparus, depuis une semaine, mais toi, jamais vu ! T'as une plaque ?

« Merde. »

— C'est-à-dire que je ne l'ai pas sur moi, mais…

— Ok, donc à partir de maintenant, tu vas bien écouter ce que je vais dire. Tu vas prendre le petit escalier que tu vois derrière moi. Une fois en haut, tu sors de cet immeuble, puis tu quittes le quartier. Définitivement. Compris !

Ivre de rage, Darrieux acquiesce. Tête baissée, il avance en direction de la sortie. Il n'a pas atteint la cage d'escalier qu'il ressent une violente douleur dans le dos.

La première.

Il n'a pas le temps de se retourner qu'il est plaqué au sol, face contre terre et qu'une pluie de chocs puissants s'abat sur son corps imbibé d'alcool. La dernière chose qu'il voit avant de perdre connaissance, ce sont les yeux de Grégory Achard posés sur lui.

Aussi surprenant que cela puisse paraître, à ce moment précis, à la seconde où son corps basculait irrémédiablement dans l'oubli, il a eu la conviction qu'ils imploraient son pardon.

Son premier réflexe en se réveillant est de se protéger la tête avec les bras, ce qui provoque l'hilarité d'un groupe de jeunes, massés autour de lui. Un coup d'œil au ciel lui apprend que le jour n'est pas encore levé et que les jeunes qui se moquent gentiment de lui sont des fêtards ivres qui sortent de boîte de nuit.

— Putain, vous êtes pas joli à voir, m'sieur, braille l'un d'entre eux. Y a du sang partout sur vos fringues et votre manteau, là, il est tout déchiré…

— Je t'emmerde.

Sifflements admiratifs autour de lui. Darrieux grimace en essayant de déplacer ses jambes. Son dos le fait atrocement souffrir, mais à part quelques côtes fêlées et des contusions un peu partout, il ne semble rien avoir de cassé. Au prix d'un effort surhumain, il parvient à se lever. Il ne reconnaît pas l'endroit.

— Putain, je suis où, là ?

— Saint-Égrève, m'sieur !

— Merde.

Darrieux est debout sur un trottoir, en face d'une banque et d'une boulangerie. Dix ou vingt centimètres de neige recouvrent la chaussée.

— Vous savez où je peux acheter quelque chose à boire, les gars ? J'en ai vraiment besoin, si vous voyez ce que j'veux dire.

Le retour jusqu'à son appartement se fait dans la douleur. Pas après pas, rue après rue, les kilomètres ne défilent pas. Darrieux éprouve une étrange sensation de ralenti mêlé d'instabilité. Pendant qu'il marche, rampe et se noie dans le bitume, battes de base-ball, lampadaires et panneaux publicitaires s'entrecroisent jusqu'à ne composer qu'un seul et même mode narratif. Un récit brumeux dans lequel il est un antihéros indécent, nu comme un ver et gesticulant les fesses à l'air dans des positions obscènes, devant les regards outrés de dizaines de badauds prêts à lui jeter la première pierre. Il maudit le sol artificiel sur lequel il progresse lentement, le ciel qui masque les étoiles et les centaines de tours qui tentent de faire la jonction entre les deux. Rivalité pitoyable entre l'homme et la montagne.

« Où suis-je ? »

Des heures interminables à déambuler dans la neige, il ne reste rien. Une masse sombre vaguement familière, sa main qui trouve une clef dans sa poche, une porte qui s'ouvre.

Une porte.

Ouverte sur le non-monde qui constitue son univers depuis des jours, des mois et des années.

L'instrument de torture est posé sur la table, en face de lui. L'instrument de sa propre autotorture qui brille de mille reflets ambrés et argentés. Il le hait, jure par tous les diables de l'enfer et de la terre qu'il va le briser, maintenant, sans attendre. Il trouve une hache dans la caisse à outils, la brandit au-dessus de sa tête et frappe une première fois à côté de son *tripalium*.

« Tu oses me défier ? » hurle son ennemi invisible.

La rage de Darrieux décuple.

Il saisit la hache à deux mains, frappe de toutes ses forces et manque sa cible une deuxième fois. Un liquide chaud coule sur son menton. Des vibrations saccadées secouent les bras qui tiennent la hache. Un cri rauque s'échappe de sa gorge quand il lève l'arme une troisième fois et brise la bouteille en mille morceaux, défi lancé à Olergol et à ses sbires liquoreux. Le triple cri libérateur du supplicié, de l'esclave de la machine et de la femme en proie aux douleurs de l'enfantement. Le travail-torture contre le repos artificiel du silence. Châtiment *versus* illusion. La dépendance au prix de la liberté.

« Allez tous vous faire foutre ! »

Un bruit le force à se retourner, mais ses yeux ne distinguent plus que les contours des objets qui l'entourent.

Une voix.

Une femme.

Un sein chaud tendrement appuyé contre sa joue et des mains qui le caressent et le choient comme un enfant qui vient de naître. Après l'enfantement, le bain purificateur qui lave les impuretés. La femme panse les plaies du supplicié, le sommeil répare les fibres musculaires de l'esclave de la machine ; Darrieux s'enfonce inexorablement dans les limbes de l'inconscience.

De longues heures d'un sommeil agité.

Une éternité.

Puis la voix à nouveau.

— Éric ?

La voix d'une femme.

— Éric, tu vas bien ?

Il ouvre les yeux.

Catherine est penchée sur lui, et derrière elle l'œil rouge le fixe de son voyant lumineux.

— Quelle nuit ! chuchote-t-elle en se frottant les yeux.

— Je suis épuisé.

Darrieux se redresse et ne peut laisser s'échapper un cri de douleur.

— Que m'est-il arrivé ?

— C'est plutôt à toi de me le dire, non ?

— Je ne me souviens de rien.

Les griffures d'ongles sur le bas de la porte numéro onze, le garage n°3, Grégory Achard, Pozzini…

— Attends, si…

L'enquête, la porte du garage qui n'a pas pu être ouverte.

— Il faut que je retourne rue des Eaux-Claires !

— Je dois d'abord t'amener à l'hôpital. Tu es vraiment dans un sale état.

— Pas l'temps, il faut que je m'habille et que je file. Quelle heure est-il ?

— Quelque chose comme 11 heures du matin, mais je te préviens, tu n'iras nulle part tant que je ne t'y autorise pas.

Darrieux n'écoute pas et se lève, en grimaçant.

– Ils ont arrêté un suspect, dans l'affaire des enlèvements, mais ils se trompent sur toute la ligne, et je dois leur en apporter la preuve…

— Éric…

— Je sais où la trouver !

— Éric, recouche-toi, tu es incapable d'aller où que ce soit dans cet état et seul.

— Tu ne m'écoutes pas ! Ils ont arrêté un innocent ! Ce David Schweitzer n'a rien fait…

— Je sais. Les flics ont arrêté un type qui a avoué être le responsable des enlèvements des trois adolescents.

Il prétend les avoir tués et enterrés quelque part dans le massif de Belledonne, mais il refuse de dire où. Ils l'ont dit aux informations, ce matin. Mais les flics sont sceptiques. Ils pensent que c'est un mythomane. Apparemment, le type aurait des antécédents psychiatriques assez lourds… Mais quel rapport avec toi ?

— … il était juste là au mauvais endroit et au mauvais moment.

Darrieux sent qu'une aiguille se plante dans son dos. Catherine est derrière lui, silencieuse.

— Je suis désolée, Éric, mais tu en as vraiment besoin.

Une aiguille si fine qu'il doute qu'elle soit réellement fichée dans son corps. Un frisson traverse ses muscles douloureux aussi rapidement qu'une décharge électrique. Ses épaules s'affaissent en même temps que ses bras.

« Je veux juste les aider, Catherine. »

— Je ne peux pas te laisser te détruire comme ça, sans rien faire…

Il doit poursuivre son enquête. Clément, Eva et Julie ont besoin de lui. Il doit parvenir à le lui faire comprendre. Elle doit l'écouter ! Il ne doit pas s'endormir, il faut qu'il tienne, coûte que coûte…

« … les aider, avant qu'il ne soit trop tard. »

— Je ne peux pas… Je… je serai là à ton réveil.

Darrieux la dévisage avec stupeur.

« Pourquoi fait-elle ça ? »

Déjà, il n'a plus la force de lutter.

— Ah, j'oubliais ! Quelqu'un a essayé d'appeler pendant que je t'attendais. Je n'ai pas décroché. Il a voulu laisser un message sur ton répondeur, mais la bande était terminée ou alors l'enregistrement ne s'est pas mis en marche correctement. Par contre, j'ai entendu tout ce qu'il a dit. Un gamin, je crois…, avec une voix bizarre et une musique ringarde derrière lui. Il te demande de ne pas t'en faire pour lui, qu'il a trouvé le moyen de… mince, quel est le mot qu'il a employé, déjà ?… résister ! Oui, c'est ça, il a dit qu'il avait trouvé le moyen de résister. Il a beaucoup insisté là-dessus. Il l'a répété au moins une demi-douzaine de fois. Je crois qu'il pleurait.

21

Il t'en coûte plus que tu ne l'aurais cru. Tu le vis comme un véritable déchirement, mais elle doit savoir, à présent. Tu dois lui montrer Christian et lui prouver que tu n'es pas fou et que tes actes ont un sens. Tu veux partager avec elle le poids du secret. Le partager pour mieux le supporter.

Pour supporter les regards accusateurs de ton fils et les murmures des voisins dès que tu as le dos tourné.

Tu entres dans la chambre. Elle est allongée sur le lit, le visage tourné vers la fenêtre. Tu prononces son prénom et quand elle se redresse et te fait face, tu vois qu'elle a pleuré. Tétanisé par son mutisme et les traces humides sur ses joues, tu ne bouges pas. Elle s'avance mais tu ne bouges toujours pas, et soudain, elle éclate de rire. Un rire nerveux qui te fait mal et qui te transperce.

— Tu entends ce marteau-piqueur ?

Elle se met à rire de plus belle, comme si la seule évocation du bruit mécanique suffisait à déclencher son hilarité.

— Pourquoi ? Qu'ai-je raté pour ne pas me rendre compte de ce qui t'arrivait ?

Elle rit toujours, mais tu ne distingues plus très bien le rire des pleurs. Tu te décides à l'attraper par le bras et à la tirer dans le couloir, puis dans l'escalier et enfin, face à la porte du garage où Christian est enfermé. Son visage se tord et le rire se transforme en grimace de dégoût. Les larmes continuent à couler, comme si leur source était intarissable.

Elle va comprendre dès qu'elle vous verra ensemble, te dit une voix. Elle seule peut te comprendre. Elle seule peut te pardonner et t'aider à revenir en arrière.

Pressé d'en finir, tu ouvres la porte du garage et tu espères en même temps qu'il ne sera plus là, qu'il aura disparu, qu'IL n'a jamais existé ailleurs que dans ton imagination. Tu supplies le ciel de lui accorder le don d'invisibilité ou le pouvoir d'oubli.

« *Disparais, Christian ! Disparais et personne n'en saura jamais rien, je t'en fais la promesse.* »

Mais ton beau Christian est là, recroquevillé à l'endroit exact où tu l'as laissé quelques heures plus tôt, immobile. Les reflets bleutés sur sa peau te font mal. Tu dois détourner les yeux, maintenant qu'elle est là et tu le trouves laid. Tu te demandes comment tu as pu te persuader de la beauté de cette chose, roulée en boule à vos pieds.

Pendant que tu es là, prostré, elle s'avance et elle le voit. Tu comprends instantanément à l'expression paniquée de son visage qu'elle ne te pardonnera pas. Pas cette fois. Par pour ça.

Elle suffoque et tombe à genoux.

— C'est pas vrai !

Tu poses ta main sur son épaule mais elle la rejette violemment.

Elle répète, une main sur la bouche pour se retenir de crier :

— Dis-moi que ce n'est pas vrai !

Tu devines qu'elle ne va pas tarder à gueuler, alors tu la tires en arrière et tu fermes la porte pour qu'elle ne LE voie plus. Tu voudrais qu'elle te prenne dans ses bras, mais elle continue de gémir. Des voisins risquent de vous surprendre. Tu la ramènes dans sa chambre et elle se jette sur le lit en hurlant des insanités sur toi et ceux qui t'ont mis au monde. Tu sors en te bouchant les oreilles, mais tu l'entends encore déblatérer ses conneries. Alors, tu quittes l'immeuble et tu erres dans les rues à la recherche de réconfort. Personne ne te voit, personne ne t'entend ? Tu reviens à l'immeuble prendre ta voiture, et tu files à toute vitesse sur la route de Valence, manquant d'emboutir une Mercedes garée sur la bande d'arrêt d'urgence. Peu après la sortie de la voie rapide, un manteau neigeux opaque te barre la route, mais la grosse blonde aux jambes couvertes de varices est quand même là, fidèle à son poste, attendant patiemment qu'un routier ou un automobiliste ait besoin d'un peu de la chaleur de ses énormes mamelles.

L'image du corps recroquevillé de Christian reste imprimée sur tes pupilles quand tu éjacules dans la bouche de la grosse blonde.

Tu hésites à rentrer chez toi.

La grosse blonde te demande de ficher le camp pour ne pas lui faire louper des clients éventuels.

— Par un temps pareil ! tu lui dis, sincèrement étonné.

— Et alors ? beugle-t-elle. Tu es bien venu, toi !

Tu hésites parce que tu te sens bien avec elle. Tu n'as pas honte d'être là et elle ne te demande rien d'autre que ton argent. Elle doit avoir ton âge, tu penses. Peut-être même moins. La couche de maquillage qu'elle s'étale sur le museau est si épaisse que tu as du mal à faire un pronostic.

Tu lui demandes :

— Quel âge tu as ?

— Casse-toi au lieu d'être impoli ! répond-elle, irritée.

Tu n'apprécies pas le ton sur lequel elle te parle et le lui dis.

— Casse-toi ou j'appelle les flics !

Tu te marres. Elle feint de ne pas le remarquer et retourne dans sa voiture planquer le pognon que tu lui as filé. Sans trop savoir pourquoi, tu la suis, et là, elle se met à trembler et à avoir la trouille.

— Putain de merde, faut toujours que ça tombe sur moi, elle dit.

Tu ne sais pas trop pourquoi, mais sa réflexion te met les nerfs en pelote et tu menaces de la frapper si elle ne s'excuse pas tout de suite.

— Tu parles que je vais m'excuser !

Elle lève un objet noir en métal vers toi, mais tu es plus rapide qu'elle, et d'un mouvement brusque, tu attrapes son cou et tu te mets à serrer de tes deux mains. Sa gueule devient rouge, puis vire au violet. Tu te dis que ses varices vont toutes éclater si tu la serres comme ça encore longtemps. Tu te surprends à sourire à cette idée.

Les yeux exorbités, elle balance ses bras comme des moulinets dans ta direction, mais tu ne sens pas ses coups et tu continues à l'étrangler, comme un dément. Finalement, elle réussit à te filer un coup de genou dans les parties et tu hurles de douleur.

Quelques minutes plus tard, tu te relèves, les vêtements saupoudrés de neige. Tu crois que tu vas l'achever, mais toute ta rage s'est envolée et tu baisses les bras en signe de rémission. Tu ne bandes même plus.

Tu penses :

« J'aurais pu te tuer. »

Christian.

Tu as failli tuer cette vieille pute parce que tu pensais à Christian.

Elle siffle en évitant ton regard, le cou tuméfié et des sanglots dans la voix :

— Putain de merde, quel taré !

Puis elle s'enferme dans sa bagnole.

— À la prochaine, ma belle !

À ton retour à l'appartement, c'est l'enfer qui t'attend. Ta femme te saute dessus dès que tu entres. Elle crie et menace de te dénoncer.

— C'est la peur, tu lui dis. Rien d'autre.

Mais elle insiste et quand elle décroche le téléphone, tu lui arraches le combiné des mains et tu la cognes pour qu'elle ferme sa grande gueule.

— Ferme-la, tu vas réveiller le petit.

Troisième partie

Obsessions et vicissitudes de l'âme humaine

22

Il est 17 heures passées quand un coup de sonnette le tire du sommeil.

Du moins, c'est ce qu'indique le cadran du réveil.

Darrieux met quelques secondes à émerger et à faire le point. La sonnette continue de carillonner, se mêlant au bourdonnement entêtant d'un marteau-piqueur. Il jette un coup d'œil dans le lit. Premier constat lucide de la journée : Catherine est partie. Dieu lui est témoin qu'il n'a rien fait pour qu'elle reste !

Un homme gueule sur le palier.

— Monsieur Éric Darrieux, Police. Veuillez ouvrir cette porte ou nous serons contraints de l'enfoncer !

« Qu'est-ce qu'ils me veulent, ceux-là ? »

Incapable de se concentrer sur l'attitude à adopter, Darrieux hésite entre obéir à l'ordre qui lui est donné ou retourner sous la tiédeur moite des couvertures. Sa décision n'est toujours pas arrêtée quand un fracas assourdissant retentit dans le couloir d'entrée.

Apparemment le policier, ou présumé tel, a mis sa menace à exécution.

Tandis que des bruits de godillots martèlent le plancher du couloir, le regard de Darrieux se pose sur la table de nuit, sur laquelle trône une bouteille vide de Bowmore, dix ans d'âge – « moins classe qu'un Lagavulin ou un Talisker, mais bien meilleur marché ! » –, à côté d'une lampe de chevet, d'un préservatif inutilisé et d'un verre sale.

— Cette idée d'arrêter de fumer était vraiment une connerie…, soupire-t-il, alors que trois policiers en tenue des grands jours pénètrent dans la chambre, matraques et fusils à pompe en main, et qu'un quatrième, en civil, vient lui passer les menottes et lui lire ses droits.

Les coups discrets sur le dos et les jambes sentent la bavure policière. Les insultes homophobes et racistes – un non gradé a traité Darrieux de *sale Polak*, sous prétexte que son père l'a précédé de vingt-deux ans dans une maternité de Varsovie – ont un avant-goût de préjudice moral et d'atteinte à la liberté raciale.

Violences physiques **ET** verbales exercées contre un agent de la force publique dans l'exercice de ses fonctions *par d'autres agents de la force publique*, ça va chercher dans les combien ?

« Tu joues, tu gagnes. Tu rejoues, tu perds. On ne réussit pas à tous les coups… »

La 206 banalisée dans laquelle on le force à s'installer, tête baissée, solidement encadré par deux molosses qu'il n'a jamais vus, fonce à plus de cent kilomètres à l'heure dans les boulevards grenoblois. Aucun feu rouge, ni aucun piéton récalcitrant sur un passage clouté ne peuvent arrêter les cow-boys quand ils sont lancés. Le cynisme de ce métier est ce que Darrieux lui préfère : plus les citoyens commettent d'infractions, plus les flics ont le droit d'en commettre à leur tour, et plus les citoyens paient pour que les flics en commettent de nouvelles. Cette belle arithmétique policière porte les doux noms de logorrhée sécuritaire, impôts sur le revenu, taxes et amendes diverses. Napoléon serait fier de savoir ce que son code civil est devenu. Le ministre de l'Intérieur a les pouvoirs d'un dictateur nord-coréen sur les consommateurs de ce pays, et tout le monde crie au scandale quand un poulet gersois clamse d'une grippe et quand la vache devient folle.

Rien à boire.

Par contre, Darrieux ne s'explique toujours pas les menottes. Pour quelques caves forcées, il a connu Rosa plus magnanime. Demandé gentiment, il se serait déplacé lui-même. Ça sent la mise au pas ou le placard. Peut-être les deux.

Il n'est toujours pas remis de ses émotions éthyliques de la veille quand le véhicule haute sécurité entre dans le parking privé du commissariat. Derrière lui, les Trois Tours, et son cortège rutilant de pompes à bière et de whisky bon marché ; face à lui : la porte blindée habituellement réservée aux prisonniers de marque et aux politicards véreux.

La plaisanterie traîne en longueur.

— Où est Rosa ?

Pas de réponse. L'un des deux flics hausse les épaules et sourit à son collègue. Ils empruntent l'escalier B, celui qui mène aux cellules et au quartier des interrogatoires. Pas dans le bureau du commissaire.

Pas le bureau de Rosa.

Darrieux devine qu'il se passe quelque chose d'anormal.

— Pourquoi Rosa n'est-il pas là ?

Il arrête de gravir les marches, forçant les deux hommes à se retourner et à venir le chercher.

— Oh, bordel, les gars ! Vous pouvez m'expliquer ce que je fous avec des menottes comme un vulgaire malfrat ? Y a un truc que j'pige pas, là !

Le plus jeune l'attrape sèchement par les poignets et le force à avancer. Darrieux résiste mais il ne fait pas le poids. Le policier doit facilement taper dans les quatre-vingt-dix kilos. Il cède.

— Je crois que t'as besoin de dessoûler un peu, mon vieux.

— Je t'emmerde.

Sifflement admiratif de l'autre policier et petite claque sur le sommet du crâne.

— Cellule de dégrisement.

— Putain, mais vous me faites quoi, les gars ?

La porte du deuxième étage s'ouvre sur l'inspecteur Cyril Vax, manifestement tendu.

« Enfin un visage connu et bienveillant ! »

Darrieux souffle un peu.

— Ah, Cyril ! Tu peux m'expliquer ce que signifie cette mascarade ?

Il lève ses mains menottées à hauteur de visage.

— Serait-il possible de m'enlever ça ?

Le regard sombre, Vax secoue la tête puis se retourne vers les deux policiers.

— Mettez-moi ça en cellule ! Et aucun contact avec lui sans mon autorisation, compris ?

— Merde, Cyril ! Qu'est-ce qu'il se passe ? Réponds-moi ! C'est quoi ce cinéma pour deux portes de caves fracturées ? C'est juste une petite entorse au règlement. Y a vraiment pas d'quoi en faire tout un plat.

Un avertissement ou même un blâme auraient largement suffi !

À peine a-t-il terminé de parler que Vax se plante en face de lui, lui attrape le col de son pyjama et le plaque contre le mur.

— En cellule, j'ai dit. Immédiatement !

L'air vient brusquement à manquer dans les poumons de Darrieux. Les couleurs de la cage d'escalier virent au rouge.

Boire.

— Du calme, inspecteur ! dit l'un des policiers.

Les yeux brillants, Vax desserre son étreinte, le laisse glisser sur le sol, puis le relâche rageusement. Il va pour lui donner un coup de pied puis se ravise, sous le regard courroucé du policier.

À boire !

— Mais c'est des conneries, tout ça !

— Quoi ? hurle Vax, à nouveau sur lui.

Leurs visages se touchent presque.

— C'est que des conneries !

— Des quoi !

Un sourire à vous glacer le sang sur les lèvres, Vax tape du plat de la main sur le mur, quelques centimètres à droite de sa tête. Darrieux se met à bégayer. Tout devient confus. Le brouillard. Il croit s'entendre dire :

— J'ai soif.

Sans répondre, l'inspecteur retire sa main et la pose sur l'épaule de son prisonnier, avec lassitude.

— Cellule de dégrisement !

Impossible de se concentrer sur le fil des évènements.

Un verre, juste un verre.

Les aveux de David Schweitzer, la porte blindée de la cellule de dégrisement, les aveux de David Schweitzer, la porte blindée de la cellule de dégrisement, les aveux de…

« J'ai soif ! »

Mais quels aveux ? Et pourquoi cette porte blindée ?

— Donnez-moi à boire !

« Du calme, Éric ! Du calme ! Rosa va bientôt venir et tu vas pouvoir t'expliquer avec lui. Schweitzer les a menés en bateau, vous allez vous expliquer et tout va rentrer dans l'ordre. Tu reprendras ton enquête, Vax s'excusera et t'offrira un verre aux Trois Tours dans moins d'une demi-heure. »

Juste un petit verre pour se détendre.

— Simon Rosa va bientôt entrer par cette porte et me demander de le suivre dans son bureau, au cinquième étage.

« Je suis en train de rêver. »

Je dors depuis trop longtemps. La morphine de Catherine n'était pas de bonne qualité.

Darrieux s'allonge sur la couchette de la cellule pour tromper son impatience. La pièce pue le renfermé, le vomi séché et la pisse. Il se retourne contre le mur pour échapper à l'odeur, mais ce dernier sent encore plus fort, l'obligeant à se relever. L'envie d'alcool est de plus en plus présente. Le sang afflue en grosses quantités dans ses tempes et lui fait mal.

Il marmonne.

— J'ai soif !

Il crie :

— J'ai soif !

Les yeux révulsés, il hurle :

— J'ai soif!

Il gémit, à genoux sur le carrelage immonde.

— J'ai soif…

Personne ne vient lui rendre visite. Les heures défilent. Le manque devient folie. De toutes ses forces, il frappe des deux poings sur la porte blindée :

— J'ai soif! Apportez-moi à boire!

Clément, Eva et Mélanie.

Tout s'embrouille. Il s'allonge à nouveau sur la couchette. L'odeur pestilentielle le dérange moins. Il ferme les yeux, tremblant de tous ses membres.

Persuadé qu'il va se réveiller dans son lit.

Un bruit de clef le réveille.

Quelqu'un lui apporte à boire!

Cyril Vax et Séverine Botta entrent dans la cellule et referment la porte derrière eux.

« Merde. »

Encore dans ce foutu rêve!

À en juger par son silence, Vax semble s'être calmé, ce qui ne laisse rien de présager de bon.

Les tremblements de Darrieux ont cessé. Combien de temps a-t-il dormi ? Un quart d'heure, une heure, peut-être plus. Rasséréné, il s'assoit sur le bord de la couchette et attend que ses visiteurs engagent la conversation. S'il reste serein, tout malentendu devrait être dissipé. Dans moins d'une heure, il sera libéré.

Sorti de ce rêve absurde.

— Connaissez-vous un homme du nom de Grégory Achard ?

— Je l'ai rencontré à deux ou trois reprises dans le cadre de mon enquête. Dire que je le connais serait un bien grand mot. Ce type est un mystère. Je n'ai trouvé aucune trace de lui dans nos fichiers. Son nom n'est recensé nulle part. C'est comme s'il n'existait pas.

Sans tenir compte de sa remarque, Vax poursuit :

— Cet homme affirme que vous l'avez agressé, hier soir, au 37, rue des Eaux-Claires, est-ce vrai ?

— Achard est le suspect n°1 dans l'affaire de la disparition des trois adolescents.

— Nous reviendrons là-dessus plus tard, si vous le voulez bien. Pour le moment, pourriez-vous simplement répondre à mes questions ?

Darrieux acquiesce, tout en se demandant à quoi riment cet interrogatoire et le vouvoiement de Vax.

— Parfait. Je recommence. Les faits. Hier soir, aux alentours de minuit et quart, des témoins affirment vous avoir vu tabasser Grégory Achard au sous-sol de leur immeuble, 37, rue des Eaux-Claires. Évidemment, le type a porté plainte. Comme vous étiez ivre mort au moment où nous vous avons interpellé à votre domicile, on s'est dit que quelques heures en cellule de dégrisement vous feraient le plus grand bien.

— Et alors ?

— Vous imaginez bien qu'il ne s'agit pour nous que d'un prétexte pour vous garder.

Darrieux s'aperçoit que sa main gauche s'est légèrement remise à trembler.

— Putain, les gars, je bosse pour vous, merde ! Ce type est le suspect n°1 dans cette affaire, vous le savez aussi bien que moi. Rosa est au courant de mes soupçons, et vous avez certainement lu mes rapports !

— Quels rapports ?

— Comment ça, quels rapports ! Merde, ça veut dire quoi ces questions à la con ? Qui est ce type ? Un gars des Renseignements généraux, ou quoi ?

Les deux flics se regardent sans rien dire. Darrieux surprend Botta en train de sourire, ce qui a pour conséquence de l'énerver encore plus.

— Si ce type est un intouchable, il suffisait de m'avertir, mais cela ne changera rien à ma façon de travailler. Je bosse pour la justice de ce pays, pas pour les indics, les francs-maçons ou je ne sais quoi d'autre. Tout ce que je sais, c'est que Grégory Achard est mêlé de près ou de loin aux trois disparitions et que votre David Schweitzer, c'est du pipeau. Un gros mytho, si vous voulez mon avis. Je fais mon boulot, voilà tout ! Mes méthodes ne regardent que moi.

— Pas vraiment, monsieur Darrieux. Pas vraiment. Un taux d'alcoolémie de 2,6 grammes par litre de sang n'est pas vraiment ce qu'on pourrait appeler une méthode policière légale. Aux yeux de la loi, vous êtes un citoyen comme les autres, dans un état d'ébriété passible de sanction. Le fait que vous soyez... flic ne fait qu'aggraver votre cas.

— Allez tous vous faire foutre.

— Vous dépassez les bornes, monsieur Darrieux.

« Tout cela n'est qu'un mauvais rêve et je ne vais pas tarder à me réveiller. »

— Vous voulez m'évincer de l'affaire, c'est ça ?

— Quelle affaire, monsieur Darrieux ?

— Arrêtez de jouer aux cons, tous les deux ! Et puis arrêtez de me balancer du « Monsieur Darrieux » à toutes les sauces ! C'est quoi, cette technique d'interrogatoire de merde ? Tu me prends pour un imbécile, Cyril ! Je ne sais pas pourquoi on me retient, je ne sais pas ce que vous êtes en train de faire, mais je veux parler à Rosa. Et immédiatement !

Les deux policiers reculent dans le fond de la pièce et se mettent à parler à voix basse.

« Mais qui c'est, ce type à la fin ? »

Vax revient s'asseoir en face de lui. Darrieux sent qu'il hésite à parler.

— Quoi ?

Séverine Botta prend la parole.

— Monsieur Darrieux, on a un problème, vous et moi.

Darrieux hausse les épaules en secouant la tête.

— Je ne vois pas de quoi tu parles, Séverine.

— Notre problème commun, c'est que nous menons une enquête sur trois adolescents disparus à deux jours d'intervalle, qu'un suspect a été arrêté, David Schweitzer, et que ses aveux sont parsemés de zones d'ombre et de questions auxquelles nous n'avons aucune réponse. Notre problème commun, c'est que ce type n'est peut-être pas le coupable idéal. Notre problème commun, c'est que nous manquons d'indices et de preuves matérielles.

Le tremblement dans le bras gauche de Darrieux s'étend à l'ensemble de son corps. Il commence à deviner où le lieutenant Botta veut en venir. Vax manifeste également quelques signes de nervosité.

— ... des témoins de l'enquête et des habitants du quartier des Eaux-Claires affirment vous avoir vu rôder dans un état d'ébriété chaque jour un peu plus avancé, poser des questions, traîner dans des couloirs d'immeubles tard dans la nuit, fouiller des caves sans aucune autorisation légale.

— Je ne vois absolument pas où tu veux en venir.

« Putain si, je vois ! »

— Notre problème, c'est que quand on a aussi peu d'éléments, on finit par douter de tout et de tout le monde, en particulier de ceux qui agissent dans le secret le plus total. Les gens du coin s'inquiètent. Ils se méfient de nos méthodes et doutent de nos résultats. L'air du quartier est chargé de paranoïa, si vous voyez ce que je veux dire. Cette mauvaise publicité ne rend service à personne, ni à nous, ni aux victimes.

« Ces deux connards me soupçonnent de l'enlèvement des trois adolescents ! »

Un seul coup d'œil en direction de Cyril Vax suffit à le persuader de son intuition.

— Allez tous vous faire foutre, murmure-t-il.

Succédant aux tremblements, le besoin d'alcool surgit brutalement dans son cerveau, avec la force dévastatrice d'un tsunami.

Ses traits se déforment sous la violence de l'impact.

— *Catherine !*

Il a besoin d'elle.

— Bref, notre problème commun, c'est que vous êtes trop… comme dire ?… trop impliqué personnellement dans cette affaire…

Sa dose de morphine quotidienne lui manque cruellement. En quelques secondes, il ne parvient déjà plus à se concentrer et ses mains ne répondent plus aux appels incessants de son esprit.

Plus qu'une seule idée en tête.

— *Vous devez appeler Catherine ! Ma piqûre…*

Peu importe ce qu'ils racontent. Ce ne sont que des mensonges. Catherine pourra leur dire, elle…

— … nous commençons nous-mêmes à nous demander pourquoi… le standard du commissariat croule sous les appels anonymes…

La voix de Séverine Botta n'est plus qu'un vague

écho dénué de signification et les mots qu'elle prononce lui parviennent par bribes.

— … descriptions d'un type dans votre genre en train de traîner. Les gens ont peur, les esprits s'échauffent…

Sa tête enregistre, mais n'analyse plus rien.

Il chiale comme un gosse sur sa couchette.

— Ma piqûre, ma bouteille, un verre, s'il vous plaît, j'ai besoin d'un verre tout de suite ! Après, je vous expliquerai tout, et je vous écouterai, je vous le promets…

— … après ce qui s'est passé… notre boulot, c'est de calmer les esprits… On nous a juste demandé de procéder à certaines vérifications.

Le visage creusé par le manque, il lance sa tête de toutes ses forces contre le mur taché de pisse et de sperme à côté de la couchette.

— Donnez-moi à boire, hurle-t-il. Donnez-moi à boire où je me tue ! Catherine… Ma petite Catherine ! Rejoins-moi ! Ils veulent m'enlever l'affaire ! Ils veulent me voler mon affaire et me faire porter le chapeau. Ils ont peur que je découvre la vérité !

— Calmez-vous, monsieur Darrieux !

Il n'entend plus rien et ne voit plus rien. Du sang l'aveugle partiellement. Son propre sang !

— Catherine, j'ai peur… J'ai peur…, j'ai si peur…

Vax et Botta s'agitent. Des mains et des bras s'accrochent à lui. La porte s'ouvre. Un courant d'air. Le froid. D'autres mains et d'autres bras l'agrippent sans ménagement.

— Putain de merde, mais il est complètement barré ce mec ! Appelle le médecin !

Puis tout devient noir.

Œil rouge s'avance vers lui, toutes griffes dehors. Un sifflement rauque s'échappe entre ses dents acérées. Plus le rongeur approche, plus il grossit.

Le Corps s'agite.

Darrieux s'agite.

Le Corps-Darrieux s'agite en pure perte. Ses bras et ses jambes sont cloués au sol, comme le Christ sur la croix. Le sang qui suinte de son crâne attire Œil rouge.

Va-t'en !

— Va-t'en, saloperie ! Tu n'es qu'une défaillance de la mémoire, une mauvaise connexion. Tu n'as rien à faire là !

Œil rouge ricane et continue d'avancer.

— Le Corps est mort.

Œil rouge bave de plaisir. Son sexe énorme pend entre ses pattes arrière. Rouge et luisant. Dur. Une prothèse que le rongeur a volée à l'une de ses victimes précédentes ! Alors qu'Œil rouge n'est plus qu'à quelques centimètres de lui, Darrieux trouve encore la force de crier :

— Le Corps est mort et tu ne peux plus rien contre lui !

Au moment de l'atteindre, Œil rouge se redresse. Le Corps-Darrieux prend conscience de sa démesure.

— LE CORPS EST MORT !

Quand Darrieux ouvre les yeux, le regard doux de Catherine, penchée au-dessus de lui, brille d'inquiétude.

— Tout va bien, Éric. Je suis là, maintenant. Tout va bien.

Une seringue.

— Ils veulent m'accuser, Catherine. Ils disent que c'est moi qui les ai tués. Mais ce n'est pas vrai, n'est-ce pas! Tu étais là, avec moi, n'est-ce pas, tu vas le leur dire!

Une sensation de paix l'envahit.

— Tout va bien, Éric. Je suis là.

Les yeux de Catherine pleurent, pendant que sa main retire l'aiguille du bras de Darrieux.

— Tu es la seule sur qui je puisse compter. La seule.

— Je sais, Éric.

La chambre d'hôpital baigne dans un halo de lumière blanche. Par le hasard d'une porte entrouverte, un rayon de soleil inattendu éclaire le visage du commissaire Rosa, lui donnant un air angélique qui ne lui ressemble pas.

— Heureux que tu sortes aussi rapidement, Éric. Tu nous as filé une de ces trouilles, tout à l'heure.

— Une chute de tension, rien de plus. Il ne fallait pas vous inquiéter. Ça m'arrive souvent.

Un voile de gêne qui n'échappe pas à Darrieux passe devant les yeux de Rosa.

— Je suis vraiment désolé.

— De quoi? Des soupçons de Vax et de Botta à mon encontre?

— De ça aussi. La brigade est sur les nerfs. Schweitzer nous raconte tout ce que nous voulons entendre. On le garde parce que c'est la seule personne qui avoue, et aussi la seule qui n'a aucun alibi, les soirs des trois enlèvements, mais…

— … au fond, tu sais très bien que ce n'est pas lui.

— Il faut comprendre les familles et les voisins, Éric. Tout le monde a la trouille. Les gens craignent qu'il y ait d'autres disparitions. Son arrestation nous donne quelques jours de répit, avant le lynchage populaire de nos services, si jamais nous ne leur ramenons pas leurs enfants vivants. Si nous le relâchions, j'aurais toute la presse sur le dos.

« Assumer seul tout ce merdier, voilà bien quelque chose que tu n'es pas prêt à faire, pense Darrieux. D'autres têtes tomberaient avant la tienne. »

— Tu entretiens leur peur.

— J'entretiens le mystère qui entoure l'arrestation de Schweitzer, c'est tout ! coupe Rosa avec agacement.

— C'est dans la nature des gens d'imaginer le pire. La nature des flics, c'est de donner, au pire, un corps et une tête.

— Des habitants du quartier t'ont dénoncé, croyant bien faire. On a dû agir précipitamment. Tu bois tellement, Éric. Tu bois vraiment trop.

— Dans le doute, vous vous êtes dit « Et merde ! Pourquoi pas, après tout ! Ce con d'Éric traîne ses guêtres partout, il parle trop, fouine la nuit sans autorisation… »

— Et puis il y a toutes ces histoires internes. Je dois faire gaffe à tout. Botta m'a rapporté qu'elle avait découvert des trucs sur des flics en enquêtant dans le quartier des Eaux-Claires. Peut-être rien à voir avec les disparitions, mais il vaut mieux être prudent et suivre toutes les pistes…

— Des flics ?

— Écoute, je ne t'ai rien dit. Il n'y a rien de précis, de toute façon. Des rumeurs, des témoignages anonymes, de vagues recoupements, mais aucun nom. Tout ce que je sais, c'est que cette affaire de disparition a des racines beaucoup plus profondes que nous le croyions au début de l'enquête. Nous devons apprendre à nous méfier de tout le monde et à jouer sur tous les tableaux. Disons que tu représentes aujourd'hui ma porte de sortie, si jamais l'enquête officielle se casse la gueule où si l'on découvre des cadavres. Je compte vraiment sur toi. À partir de maintenant, par mesure de sécurité, je te demanderai juste de ne faire tes rapports qu'à moi, et à moi seul, est-ce d'accord?

Darrieux lève les yeux au plafond.

— Et sur le terrain?

— Tu dois être plus discret, c'est tout.

— J'y veillerai.

Rosa sourit.

— Tu ne penses pas un mot de ce que tu dis.

— Mais c'est ce que tu veux entendre officiellement, n'est-ce pas? Ce que tu marqueras dans ton rapport pour te couvrir, si jamais un supérieur venait à me taper sur les doigts.

— Tu connais la procédure…

— En tout cas, merci de m'avoir amené ici et d'avoir appelé Catherine Astier. Comment savais-tu qu'elle s'occupait de moi?

— Je sais beaucoup de choses, Éric. Tu serais surpris.

— Mais tu as mis ma parole en doute…

— Des témoins t'ont vu ivre mort aux Trois Tours, le soir de chaque enlèvement.

— Mon vice me lave de tout soupçon.

23

Aucune visite depuis hier.

Du moins, ce que je suppose être hier.

Un, deux, trois, quatre, cinq, six, sept, huit, neuf...

J'ai vu sa femme, j'ai croisé son regard, et j'ai compris que quelque chose ne tournait pas rond.

Un, deux, trois, quatre, cinq, six, sept, huit...

J'ai cru qu'elle venait me sauver, mais elle avait peur, ça se voyait.

Un, deux, trois, quatre, cinq, six, sept...

Depuis, je compte.

Un, deux, trois, quatre, cinq, six...

J'essaie de compter pour tuer le temps, mais ma mémoire ne fonctionne pas très bien et je perds le fil. Obligé de recommencer à zéro à chaque fois.

Un, deux, trois, quatre, cinq...

En espérant qu'elle revienne quand je parviendrai à mille.

Un, deux, trois, quatre...

Malgré la peur.

Un, deux, trois...

Malgré Oncle Val.

Un, deux…

C'est dur de compter quand on a peur.

Un…

Je me dis qu'à mille, je pourrai sortir.

Impossible de me souvenir ce qu'il y a après le chiffre un.

24

La tête lui tourne un peu, mais Darrieux se sent à nouveau d'attaque pour son enquête. Il fait signe au barman des Trois Tours de lui remettre un dernier petit stimulant intellectuel – au diable les conseils de ce foutu médecin, quelques heures plus tôt !

Après le désaveu à peine déguisé de Rosa et de toute la clique du commissariat, il ne lui reste plus que quelques relations, la vieille Cécilia et Raph, un indic avec qui il a fait connaissance au Notre Dame, un bar à concerts rock miteux qu'il affectionne tout particulièrement, pas tant par sa vue sur le musée de Grenoble, mais parce qu'il est le premier d'une longue série qui se termine cinq kilomètres plus loin, à la sortie de la ville.

Raph est une anomalie de la nature urbaine qui trimballe une maigreur épouvantable de troquet en troquet, depuis plus de trente ans, à Grenoble *intra muros* – ce qui le situe vingt-quatre heures sur vingt-quatre, selon sa propre conception de la géographie, dans un triangle compris entre La Piscine, boulevard Gambetta, le No Name, situé sur le campus universitaire de Saint-

Martin-d'Hères, et le Méditerranée, dernier bastion grenoblois des fumeurs de cigarettes, à l'entrée du pont de Catane. Mi-clochard, mi-salarié de l'institution policière, Raph vit des dons divers et variés que lui valent ses amitiés dans la biture publique, autrement dit, un bon quart de la ville. Toujours un renseignement à donner, en échange d'une bière ou deux. Darrieux compte parmi ses meilleurs clients.

Sauf cas de force majeure, le commissaire Rosa et les sbires à Pozzini ont interdit à Darrieux l'accès au quartier des Eaux-Claires. Le souvenir de sa dernière discussion avec le garagiste suffit à lui retirer toutes velléités de visites nocturnes impromptues. Il semble même avoir des appuis importants dans la police. L'ombre de Grégory Achard plane toujours. Darrieux ne s'explique pas son arrestation surprise autrement. Dans ce contexte vaseux, Raph semble être la personne appropriée à contacter.

Une voix nasillarde décroche au bout de la dixième sonnerie.

— Allô ?

— Bonjour, j'voudrais parler à Raph, s'il vous plaît.

— De la part de qui ?

— Darrieux.

— Connais pas.

— On s'en fout, j'veux juste parler à Raph.

— Z'êtes pas aimable, vous !

— C'est pas étudié pour.

— Y sait qui vous êtes ? coupe l'homme.

— Ouais.

— Darrieux, hein, c'est ça ? Bougez pas, j'vais le chercher.

Le type raccroche.

Pour patienter, Darrieux traverse la rue et s'installe sur un banc du parc. Toujours aucune nouvelle de Marie-Line. Ça vaut peut-être mieux. Son aventure avec Catherine n'est peut-être pas ce qu'il a fait de mieux en matière de serment marital, ces derniers temps.

Il est tiré de ses rêveries par la sonnerie du portable, qu'il manque de balancer à terre, par pur réflexe sanitaire, puis qu'il porte à son oreille, quand il se souvient qu'il attend un coup de fil important.

Un numéro qu'il ne connaît pas. Probablement une cabine téléphonique, à en juger par les quatre derniers chiffres.

— C'est Raph.

— Hé, mon vieux ! Ça fait un moment que je n'ai pas eu de tes nouvelles.

— T'as essayé de m'joindre, tout à l'heure, à c'qu'on m'a dit.

— C'était qui, au téléphone, tout à l'heure ?

— Laisse tomber, j'préfère pas en parler.

— Tu verses dans l'rose, maintenant.

— Non, c'est mon frangin.

— Merde.

— Tu l'as dit. Tu veux quoi ?

— J'ai entendu dire qu'il y avait du rififi dans la maison poulaga, tu sais quelque chose là-dessus ?

— Tu me demandes de faire une enquête sur tes collègues ?

Darrieux le rassure :

— Non, je ne te demande pas de couper le cordon nourricier. Je veux juste des infos sur des types qui auraient peut-être des liens contre-nature avec des collègues à moi. Rien de précis. Peut-être un lien avec la disparition des trois gamins, quartier des Eaux-Claires.

— Je me rencarde et je te rappelle.

— Retrouve-moi plutôt au comptoir de l'O'Callaghan. On parlera tout ça autour d'une pinte.

— Ça marche. Disons, 21 heures.

— Salut.

L'horloge du portable indique 18 heures. Restent trois heures à tuer. Darrieux jette un coup d'œil de l'autre côté de la rue : les Trois Tours lui tendent les bras. Quelques verres de whisky supplémentaires viendront peut-être à bout du malaise que lui inspirent cette affaire et l'attitude du commissaire Rosa.

Les prochains jours s'annoncent plutôt chargés et ses recherches n'ont pas fini de le ronger. Y a des bleds, comme ça, qu'on aspire à quitter, mais qui vous prennent aux tripes et qui vous sucent la substantifique moelle jusqu'à ce que les pissenlits vous bouffent par la racine. Le béton et les fumées des usines renferment de l'humain, et l'humain, ça se respecte, quelle que soit la forme qu'il prend.

L'essentiel, c'est de faire un peu de ménage avant de partir pour de bon.

Le reste…

« Eh bien le reste, j'en fais ce que j'en veux ! conclut Darrieux avant de retourner prendre sa place devant le comptoir et de commander un whisky et un paquet de Camel. Dès que cette affaire est bouclée, quoi qu'il arrive, je démissionne. J'ai assez donné dans le salariat et dans la merde sécuritaire en barre. »

— T'avais pas arrêté de fumer, Éric ? demande le barman sans lever la tête.

— Je t'emmerde.

L'O'Callaghan est plein à craquer d'étudiants de toutes nationalités. La clope au bec, Darrieux accuse une heure de retard au compteur et un taux d'alcoolémie record.

Raph est déjà confortablement installé aux côtés d'un type d'une cinquantaine d'années accroché à sa pinte de Guinness et le regard aussi vitreux que le miroir embué et cradingue en face de lui.

— Putain, ça fait du bien de se remettre à fumer ! lâche-t-il en attrapant un tabouret, pendant que Raph fait signe au barman de remettre trois verres.

— C'est ce que j'me dis à chaque fois que j'en allume une. Ça me fait rudement plaisir de te voir. Je te présente Jeremy, un Irlandais dont j'ai fait la connaissance il y a une heure. Il n'a ouvert la bouche qu'une fois pour me dire son nom, mais il a une bonne descente et c'est un vrai plaisir de philosopher avec lui. Jeremy, voici Éric Darrieux, le mec dont je t'ai parlé.

À ces mots, l'intéressé attrape son verre et le siffle d'une traite, sans un mot et sans même se tourner vers Darrieux. Sûrement sa manière à lui de signifier le plaisir que lui procure sa présence.

— Je vois que tu as l'air en pleine forme.

— Merci, je viens de faire le plein aux Trois Tours. T'as des infos pour moi ?

— Possible. Des trucs vagues. Peut-être aucun rapport avec ce qui t'intéresse.

— Je ferai le tri.

— Quand j'ai balancé à mes deux ou trois contacts l'affaire des disparus des Eaux-Claires, les réactions ont été mitigées. Les mecs n'ont pas été très bavards, mais on ne peut pas dire qu'ils ne savaient rien.

— C'est-à-dire ?

— C'est-à-dire qu'à chaque fois que j'ai abordé la question, les réponses ont immédiatement viré au bégaiement et à l'amnésie.

— Et en creusant un peu ?

— C'est là que ça devient intéressant. C'est comme si j'avais mis le pied dans une fourmilière géante. Apparemment, depuis environ un mois, les flics de ta maison auraient tendance à mettre leur nez plus que de coutume dans les repères à SDF et à Rroms. Des trucs pas nets. Apparemment, les habitants des Eaux-Claires ne seraient pas les seuls à pleurer leurs disparus. Sauf qu'évidemment, ça fait beaucoup moins de bruit quand il s'agit de ces gens-là.

— Tu veux dire qu'il y aurait eu des disparitions ?

— Des tentes brûlées, des squats rasés au bulldozer en toute discrétion par des employés municipaux et sous haute protection des flics, et, dans la pagaille que ça provoque, quelques jeunes n'auraient plus donné signe de vie.

— Ça se passe où ?

— Entre Fontaine et le quartier Ampère.

— Y a pas mal de projets immobiliers de grande envergure, dans le coin, il me semble. Les anciennes usines Cémoi doivent être détruites pour laisser la place à des appartements et à un centre commercial, je crois.

— Possible, mais les flics font du zèle.

— Je vais aller jeter un coup d'œil.

— Bonne pêche.

— Parle-moi des tentes brûlées.

— À ce qu'y s'dit, quatre tentes de SDF auraient été brûlées dans la nuit de la Saint-Sylvestre, vers Fontaine, pendant que monsieur et madame Tout-lemonde réveillonnaient tranquillement devant leur flûte de champagne. Un chauffeur de taxi aurait donné l'alerte à des responsables de la mission sans domicile fixe qui maraudaient dans le coin, à cause du froid. Des SDF confirmeraient avoir vu deux personnes lancer des produits inflammables sur les tentes. Probablement des flics. Le chauffeur aurait formellement identifié l'une des deux personnes. Bien sûr, au commissariat, on lui a dit qu'il avait dû mal voir. La préfecture n'a pas confirmé. Le chauffeur avait un peu trop d'alcool dans le sang, et sa licence a été retirée. Fin de l'histoire. Pas de flics, ni de pompiers pour éteindre le feu. Les gens du coin ont dû faire avec les moyens du bord.

— Pas de victimes ?

— Non, mais un bordel sans nom le lendemain, quand les CRS ont débarqué pour déloger tout le monde.

— La bonne vieille logique du prétexte politique.

— Les officiels ont déclaré que des sacs-poubelle avaient été brûlés, ce qui mettait en danger les installations et la sécurité du quartier. Selon la préfecture, l'origine du feu serait une rixe entre les occupants de ces tentes, des SDF polonais. Il n'y a eu aucun dépôt de plainte, mais la police judiciaire a été saisie d'une enquête.

— Bizarre, je n'en ai pas entendu parler.

— Évidemment, on pourrait s'étonner que des tentes brûlent et que le campement soit ensuite viré à grands coups de pied au cul au moment où des riverains se plaignent et où les politiques locaux ont quelques vues sur les terrains concernés…

— On pourrait, mais comme on est bien élevés.

— … surtout que le même manège est en train de se reproduire rue Ampère, dans les anciennes usines Cémoi, où les SDF se sont réfugiés, partageant leur toit avec des Rroms roumains.

Darrieux s'allume une nouvelle cigarette. Ses yeux brillent de colère.

— Officiellement, bien sûr, les SDF ont mystérieusement disparu de la région.

— Reste le problème des Rroms.

— Tu l'as dit.

— Quoi d'autre?

— Des histoires de drogue bizarres.

— Comment ça, bizarres?

— Chais pas. C'est le terme que mes contacts ont employé, sans m'en dire plus. D'après c'que j'ai compris, il s'agit pas des trucs habituels. Ça n'a peut-être aucun rapport avec ce que tu cherches. Je t'informe, c'est tout.

— Tout ce qui est « bizarre » m'intéresse. Cette affaire est bizarre. Mon supérieur est bizarre. L'attitude des habitants du quartier est bizarre. Alors je ne sais pas encore quel lien je dois faire entre les informations que tu me donnes, mais il y a une forte probabilité pour que ce lien existe.

— Tu bois quelque chose d'autre?

— Non, répond Darrieux en posant un billet à côté de son verre. Reprends ce que tu veux et offre un coup à ton ami Jeremy de ma part. Quand il émergera, tu lui diras que je suis heureux d'avoir fait sa connaissance.

— 'Lut Éric. Ça m'a fait plaisir de discuter le bout d'gras avec toi.

— Oublie pas de boire à ma santé.

— Pas de souci, fait Raph avant d'éclater de rire. Si t'as besoin de moi, tu sais où me trouver.

« Quelque part dans le Triangle, pense Darrieux en poussant la porte de l'O'Callaghan. Quelque part dans le triangle, au cœur des trois vallées. Comme tout le monde, dans cette fichue cuvette. »

Collées contre le Drac, une rivière tortueuse et chargée d'une boue noire de jais, les ruines des anciennes usines Cémoi s'étalent sur plus de trente mille mètres carrés, presque sous les yeux des habitants high-tech du quartier des affaires de Grenoble. Les bâtiments administratifs qui tenaient encore debout ont été réquisitionnés il y a plusieurs années pour loger « généreusement » des associations culturelles. Les hangars et la cour principale sont devenus un vaste champ de ruines sur lesquelles fleurissent les tags, les slogans anarchistes et les seringues.

Pourtant, au milieu de tout ce fatras, quelques âmes humaines ont réussi à bâtir un semblant de vie collective, nichées dans l'un des plus grands hangars, au creux d'un improbable abri temporaire.

Darrieux escalade un muret et avance dans le noir, une pierre à la main, au cas où un chien déboulerait pour défendre le territoire de ses maîtres. Il gèle. Le sol crisse sous ses pas. Les flammes de trois feux de camp surgissent derrière un tas de gravats. Des poêles, des matelas et des tentes sont disposés autour, à la recherche de chaleur.

Un chien aboie.

— Qui va là ? demande quelqu'un derrière lui.

Darrieux se retourne. Un homme édenté d'une

trentaine d'années se tient face à lui, un chien en laisse à une main et un bâton dans l'autre.

— Police.

Le chien tire sur sa laisse et vient renifler le pantalon maculé de bière de Darrieux.

— Quel genre de flic ?

La voix est méfiante, mais le bâton a disparu.

— Le genre qui ouvre ses yeux et qui ferme sa gueule.

— Z'êtes armé ?

— Non.

— Désolé pour l'bâton et la grosse voix, mon vieux, mais y a beaucoup d'passage, ces temps-ci, et pas mal d'emmerdes en perspective avec des flics déguisés en Manouches. On est obligés d'faire gaffe.

— Vous voulez parler des tentes brûlées de Fontaine ?

— J'veux parler d'rien du tout en particulier. Vos enculés d'potes, y veulent nous foutre dehors, et tous les moyens sont bons.

— Vous étiez à Fontaine, le 31 décembre dernier ?

— Moi, non. Mais le grand type maigre que vous voyez là-bas, le Polak, avec ses deux chiens, y était, lui.

Avant que Darrieux puisse poser une autre question, le type a déjà tourné les talons, signifiant brutalement la fin de leur entretien. L'inspecteur se dirige vers le premier groupe de SDF, celui que l'édenté lui a désigné avant de disparaître dans les ruines.

Son arrivée fait taire les conversations.

— Bonjour, je m'appelle Éric Darrieux. J'enquête sur les disparus du quartier des Eaux-Claires.

Silence.

— Putain, ça m'ferait mal, tiens, qu'les flics s'intéressent à ça! marmonne une voix sur sa droite.

Le Polak, un joint entre les lèvres.

Darrieux se plante en face de lui. Les autres en profitent pour se faire la belle.

— Pourquoi dis-tu ça?

— Parce que vous êtes bien trop occupés à nous expulser hors de cette ville, voilà pourquoi!

Le type sourit, visiblement peu soucieux de la manière dont Darrieux pourrait interpréter ses propos.

— Vous puez la bière et le whisky à dix kilomètres mon vieux! remarque le Polak.

— Fais gaffe, ton joint est en train de s'éteindre, lance Darrieux.

— Un partout.

— Tu étais dans le campement de Fontaine qui a cramé, il paraît. Tu peux m'en parler?

L'autre ne bronche pas.

— Tu peux répondre. Tu te doutes bien que si j'étais là pour t'expulser, je serais bien au chaud dans un gilet pare-balles, à l'abri derrière une vingtaine de CRS armés jusqu'aux dents.

Le Polak acquiesce.

— Quel est ton nom?

— On m'appelle le Polak.

« Original. »

— T'as pas une tête de Polonais.

— C'est juste un surnom. J'ai traîné quelque temps avec une bande de Polonais qui ont été virés depuis.

— Je suis fils d'ouvriers polonais.

Le type hausse les épaules.

— Super.

— Va pour le Polak. Parle-moi de cette nuit-là.

— Y a pas grand-chose à dire. Deux types cagoulés ont débarqué sur le coup des 3 heures du matin et ont foutu le feu à quatre tentes. Tout le monde dormait. Je vous laisse imaginer les conséquences. À mon avis, ils comptaient toutes se les faire, mais un chauffeur de taxi qui passait par là s'est mis à klaxonner et à gueuler « Au feu ! », du coup les types se sont barrés. Y a eu des brûlures, mais pas de victimes. Sans le chauffeur, la moitié d'entre nous y passaient. Le chauffeur nous a raconté ensuite qu'il connaissait l'un des types, qu'il l'avait déjà vu devant le commissariat à deux reprises. Ces deux fois-là, le type avait un uniforme.

— À quoi ressemblaient les deux types ?

— Pas eu le temps de voir grand-chose. Des jeunes, sûrement. Costauds et rapides. On n'a pas pu les rattraper en tout cas. Putains d'enfoirés ! J'ai perdu tout ce que j'avais dans l'incendie.

— Et le lendemain, les CRS et les bulldozers arrivaient pour tout nettoyer.

— Ouais, les nouvelles méthodes au Kärcher !

Darrieux commence à comprendre les allusions de Rosa aux ripoux qui séviraient dans ses services. Le commissaire est certainement au courant de tout ça, mais il ne peut rien réprouver officiellement, sauf à prendre une retraite anticipée.

— Vous avez dû venir vous réfugier ici.

— On restera pas longtemps, de toute façon. Faut s'attendre à voir débarquer les flics dans les jours qui viennent. Peut-être même cette nuit.

— Qu'est-ce qui te fait penser ça ?

— Y a des mecs bizarres qui traînent dans le coin. Des Manouches, soi-disant, qui ne ressemblent pas plus à des Manouches que toi et moi. Y cherchent des gamins et ils fourguent des pilules.

— Des adolescents ?

Clément, Eva et Mélanie.

— C'est c'qu'y disent, mais j'y crois pas. Ils essaient juste d'écouler leur came.

— Tu les as vus, ces gamins ?

Le Polak le dévisage comme s'il venait de proférer la pire des horreurs.

— Non, répond-il sèchement. Jamais.

Darrieux comprend qu'il n'obtiendra rien de plus sur ce sujet.

— Et cette came, c'est quoi ?

— Vous croyez que j'ai les moyens de m'offrir ce genre de trucs, moi ? C'est que des prétextes et ils le savent bien, ces mecs. Leur merde, ils la destinent plutôt aux gamins des beaux quartiers qui s'trémoussent en boîte sur de la musique de débiles. Ça pue la flicaille pourrie, tout ça. Ils ont besoin d'un nouveau prétexte pour nous virer, et comme la méthode du feu de tentes a déjà été expérimentée, ils jouent la carte du trafic de drogue. Moi, j'marche pas dans ces combines foireuses. Y m'choperont jamais, ces connards.

— Le problème, c'est que tous tes potes ne se méfient pas autant que toi, je me trompe ?

— C'est des vicieux, ces flics. Moi, j'commence à être vieux, mais les plus jeunes, y s'font avoir à l'idée de l'argent de poche que ça leur fera. De la came gratos, ça fait rêver, forcément.

— Pourquoi tu me dis tout ça ?

— Parce que t'as pas l'air d'un flic, mon pote et que, bourré comme t'es, t'auras tout oublié demain, dit-il en éclatant de rire. T'as la tête d'un mec qui s'attaque à un truc qui l'dépasse et qui va pas tarder à s'en apercevoir. Si t'es vraiment flic, tu seras bientôt dans la merde jusqu'au coup, c'est le Polak qui te l'dit ! Et moi, je suis clean, j'ai rien à me reprocher. J'ai un contrat de travail, je bosse au ramassage d'ordures, et mes papiers sont en règle. Personne peut rien contre moi. Tu veux boire un coup ?

Perdu dans ses pensées, Darrieux secoue la tête.

Des adolescents disparus, des tentes qui brûlent, un propriétaire et des caves fantômes, des flics soupçonnés de vendre des cachetons à des gosses et des projets immobiliers à plusieurs millions d'euros ; chaque jour apporte son lot de ramifications supplémentaires à cette maudite affaire. Si seulement il tenait un fil rouge, quelque chose qui le mette sur la voie d'une explication plausible. Pourtant tous les éléments sont déjà là, sous ses yeux, il le sait. Impossible d'y mettre de l'ordre.

« Putain de whisky ! »

Le Polak l'attrape brusquement par le bras.

— Tiens, regarde là-bas. Le type en bleu, avec un bonnet gris, tu le vois ? C'est lui ! L'un des mecs dont je t'ai parlé.

Darrieux tourne la tête.

Cyril Vax se tient à trente mètres de lui, habillé en Manouche.

L'un des plus mauvais déguisements qu'il ait jamais vus.

« Qu'est-ce qu'il fout ici, celui-là ? » se demande Darrieux en reculant pour se cacher derrière une plaque de tôle.

Le voilà, le lien manquant ! L'inspecteur Cyril Vax, responsable de l'enquête sur les trois disparus, converti à la revente de drogue pour mineurs dans un squat de sans domicile fixe et de Rroms roumains. Cela pourrait même expliquer sa nuit au trou. Son enquête devient gênante.

Le Polak, lui, ne bouge pas d'un pouce.

— Je suis chez moi, ici. J'ai pas à m'planquer quand un connard de flic pointe son nez.

Darrieux lui fait signe de se rapprocher.

— T'avais raison, le Polak. Ce type-là, c'est bien un flic. Et je te conseille de t'en méfier comme de la peste. Tu le vois traîner dans le coin depuis longtemps ?

— Une semaine, à tout casser.

— Putain, ça concorde !

— Qu'est-ce qui concorde ?

La disparition des gamins et l'implication de l'inspecteur Cyril Vax, spécialisé dans la répression des trafics de stupéfiants. Darrieux comprend mieux pourquoi, à présent.

— Rien. Laisse tomber.

— Pourquoi tu te caches ? C'est un de tes collègues, non ?

« Plus maintenant. »

Rosa l'a prévenu. Il doit se méfier de tout le monde, y compris dans sa propre maison. Pris d'un doute, il se met à regarder le Polak de travers. Et si c'était un indic, lui aussi ? Mieux vaut être prudent.

Sans un mot pour le Polak, Darrieux se faufile près du mur d'enceinte du hangar afin de se rapprocher de Vax. Un coup d'œil aux alentours suffit à le persuader que l'inspecteur est seul. Il ne se méfie pas. Des sachets plastique passent de main en main. Vax est le seul à parler. Les trois autres SDF l'écoutent en hochant la tête de temps en temps. La discussion dure moins de dix minutes, puis les mains se serrent et les hommes se séparent.

Darrieux attend quelques minutes pour être certain que Vax ne reviendra pas, puis il s'approche de l'un des types à qui il a fourgué sa marchandise.

— Hé toi !

L'intéressé sourit béatement, un sachet plastique rempli de pilules ouvert entre les mains. Il ne doit pas avoir seize ans. Darrieux sait qu'il lui reste peu de temps avant que la drogue ne fasse son effet. Dans moins d'une minute, le gamin plongera dans un trou noir sans fond.

Il se saisit prestement du sachet. Le gamin ne bronche même pas.

— Tu as pris de cette merde, n'est-ce pas ?

Le gamin agite la tête.

— Tu en prends depuis longtemps ?

Pas de réponse.

— Y a d'autres jeunes comme toi qui en prennent ?

— B… bien sûr !

— Clément Sanchez, Eva Barth, Mélanie Clavèze, ces noms te disent-ils quelque chose ?

Pas de réponse. Darrieux répète.

— Clément Sanchez, Eva Barth, Mélanie Clavèze ?

— N… n… non !

« Putain, ça agit vite, cette saloperie, pense-t-il. Il est déjà dans les vapes ! »

— Tu es sûr ?

— N… n… non !

« Merde, merde, merde ! Il les a vus ou pas ? »

Darrieux l'attrape par les épaules et le secoue, mais le môme le dévisage comme s'il était fou, les yeux exorbités.

— Tu sais où est parti le type qui t'en a donné ?

— L… l… les r… rrrrroms… Cémoi…

Le gamin s'effondre dans ses bras.

« J'espère au moins que ton monde est meilleur que celui dans lequel je vis en ce moment ! »

Il dépose doucement son fardeau sur le sol, puis se précipite à la suite de Vax, espérant que ce dernier ne s'est pas déjà fait la malle. Le jeune drogué lui a parlé d'un squat de Rroms. Probablement le même que Raph a évoqué, à l'autre bout des anciennes usines. Les Rroms roumains et les SDF ne partagent pas le même territoire de leur plein gré. Chacun de son côté, séparés par un fossé aussi large que des siècles d'histoire de persécutions.

Le deuxième hangar qu'il traverse en courant est entièrement vide. Idem pour le troisième et le quatrième. Darrieux souffle comme un bœuf. Impossible de se souvenir la dernière fois qu'il a fait du sport. Çà et là, des traces de campements sauvages subsistent, mais rien de récent.

Il ne retrouve la trace de l'inspecteur qu'à l'extrémité sud du dernier hangar, dans une zone d'ombre. Il a juste le temps de se cacher derrière un pilier en béton, quand il s'aperçoit que l'inspecteur n'est plus seul, à présent, et que la discussion a l'air mouvementée. Darrieux reconnaît cinq agents de la brigade anticriminalité, habillés en civil. Au risque de se faire repérer, il avance encore de quelques mètres, protégé par l'obscurité.

Vax et les types de la BAC sont en train de tabasser trois Rroms.

À coups de barres de fer.

Le sang.

Darrieux étouffe un cri.

Tremblant de peur mêlée de colère, il sent le sang lui monter à la tête. S'il intervient, il y a de fortes chances qu'il ne puisse pas savoir ce que Vax et ses acolytes font ici et que l'inspecteur se méfie de lui. Pire, il n'est pas exclu qu'ils se retournent contre lui. Il serre les poings et tend l'oreille.

— ... dis-moi où ils sont passés ou je demande à mes amis de remettre ça ! hurle Vax à l'intention du plus âgé des Rroms.

— Je pas savoir, gémit le type, recroquevillé sur le sol pour se protéger la tête et les côtes.

« De qui parle-t-il ? se demande Darrieux. Les trois disparus ? Les autres adolescents dont Raph lui a parlé une heure plus tôt ? »

— Tu le sais, espèce d'enfoiré !

Vax est hystérique.

— Tu le sais et tu vas me le dire, sinon, tes deux fils y passent. Qui va se soucier du sort de trois Tziganes comme vous, hein ? Personne n'en a rien à foutre !

L'un des deux fils relève la tête et plante son regard sur Vax, forçant ce dernier à se tourner vers lui pour lui faire face. Les yeux du jeune Rrom lancent des éclairs. À vingt mètres de distance, Darrieux y lit la haine et l'impuissance.

— Qu'est-ce que tu me veux, toi ? crache Vax avec mépris.

— Je te hais, sale enculé de fils de pute, et je te maudis, toi et tous les tiens jusque dans leur tombe !

Le coup part spontanément. Dans un craquement sinistre, la tête du jeune homme semble se détacher du reste de son corps, au moment de l'impact avec la barre de fer que Vax tient encore entre les mains. Son père se précipite sur l'inspecteur, les poings en avant, mais il est intercepté avant d'avoir pu l'atteindre. Profitant de la diversion, le dernier gamin n'a que le temps de sauter sur la droite et de se mettre à courir dans la direction de Darrieux. Deux agents partent à sa poursuite, mais un cri de Vax les stoppe presque immédiatement dans leur élan.

— Laissez tomber ! Il ne dira rien de toute façon. Il va juste aller se cacher. Ce gamin doit connaître les ruines comme sa poche. Dans le noir, on ne le retrouverait pas.

À ses pieds, le vieux Rrom gît inanimé, à deux mètres de son fils, dont le corps est agité de soubresauts.

— On se tire !

Les policiers à peine sortis du bâtiment, Darrieux se précipite sur les deux hommes. Le vieux est juste sonné, mais le pouls du gamin ne bat pas très fort. L'inspecteur sort son portable de sa poche et compose le numéro du service médical d'urgence, avant de se précipiter à la suite des six hommes.

Rue Ampère.

Les cinq types de la BAC s'installent au volant d'une Mégane grise, et Vax part à pied de son côté. Le cœur de Darrieux bat à plus de cent quatre-vingts pulsations à la minute, quand il s'engage derrière lui. Avec la ferme intention de ne pas le lâcher et d'obtenir des réponses aux dizaines de questions qui défilent devant ses yeux.

L'alcool reflue lentement vers son cerveau. La colère cède progressivement le pas à la peur.

L'œil rouge de la peur, l'odeur rance de la sueur.

« Il doit y avoir une explication ! martèle-t-il rageusement en avançant à la suite de l'inspecteur Vax. Des flics n'agissent pas ainsi sans des raisons solides, ou alors cette ville est vraiment fichue ! »

Les cris des enfants.

Boulevard Joseph-Vallier.

La tête du jeune Rrom s'élève au-dessus de sa tête dans une gerbe de sang rouge vif.

Boulevard du Maréchal-Foch. Le rythme cardiaque de Darrieux s'accélère encore. À deux reprises, il doit s'enfoncer dans des portes cochères, pour éviter de se faire surprendre par Vax qui ne cesse de se retourner.

Les cris des enfants et la tête du jeune Rrom.

Rue Léo-Lagrange. Darrieux s'arrête, pétrifié, incapable de faire un mètre de plus. Tout est lié. Les éléments s'emboîtent parfaitement.

Œil rouge se marre.

L'inspecteur Vax vient de pénétrer dans l'immeuble de Grégory Achard.

25

Tu as été malade comme un chien, cette nuit, et tu n'as quasiment pas fermé l'œil. Heureusement, tu n'attaques le boulot qu'en début d'après-midi – huit heures à passer devant cette foutue machine, et quand tu seras de retour, tout le monde dormira ou fera semblant de dormir.

L'appartement est vide. Ton gosse, au collège, et ta femme, en train de jacasser avec une voisine, tu files au grenier chercher le fusil de chasse de ta salope de père, puis tu le poses sur la table de la cuisine.

Ça serait si simple.

L'arme brille comme un sou neuf. Tu l'as déjà astiquée à deux reprises. Des sales pensées te traversent l'esprit, mais tu ne les chasses pas. Tu descends voir Christian et tu le trouves laid. Tu remontes planquer le fusil au fond d'un placard et tu sors en ville acheter une boîte de cartouches. Le vendeur te parle de chasse, mais il voit bien à ta tête que ça ne t'intéresse pas et que tu y connais que dalle. Du coup, il te regarde bizarrement et ça t'agace. Tu te dépêches de payer avant qu'il ne te demande un permis de chasse, mais il veut quand même une pièce d'identité. L'adresse indiquée n'est plus la bonne depuis longtemps, mais il ne semble pas s'en apercevoir.

Tu te dis :

« On ne vend pas des armes en posant trop de questions. »

Pour ne pas éveiller ses soupçons, tu lui demandes le prix des cannes à pêche, les plus grosses, celles qui valent plusieurs centaines d'euros. Le commerçant a l'œil qui brille et tu te barres finalement avec des cartouches à gros gibier, avec la promesse de revenir au printemps t'équiper en matériel de pêche.

Simple et rapide, pas de souffrance.

« Mon beau Christian. »

De retour chez toi, tu sors les cartouches de ta poche, tu en prélèves deux et tu les enfiles dans le fusil. Tu reposes le tout sur la table, tu l'observes et tu te sers une bonne rasade de calva. L'alcool te brûle le gosier, mais la sensation n'est pas désagréable et te remet les idées en place. Tu attrapes le fusil, le plies en deux et le fourres dans un gros sac. Quand tu ouvres la porte du garage, Christian te dévisage avec des yeux rougis d'avoir trop chialé. Tu tires le fusil du sac, et il ne voit plus que ça. Il se met à pousser des gémissements ridicules. Tu dois le frapper pour qu'il s'arrête. Il se pisse dessus. L'odeur de son urine t'excite encore plus. Tu fermes la porte, poses le fusil en haut d'une étagère et te tournes vers lui. Tu descends ta braguette et te masturbes. La jouissance est décevante. Tu reprends l'arme, tu la ranges et tu remontes la planquer au grenier. Tu restes quelques minutes debout sous les toits, à réfléchir. Tu parles à voix haute. Tu te dis :

— Ma femme, d'abord.

Tu sais que tu ne supporterais pas son regard après avoir tiré sur le gamin.

« Cette sale pute a gagné le droit de passer en premier. »

Tu t'aperçois que tu salives abondamment.

Tu déglutis.

— Mon fils.

Le moment n'est pas encore venu et tu n'es pas complètement décidé, mais tu sens que tu serais prêt à le faire, si tu n'avais pas le choix.

« Puis Christian. »

Impossible de prononcer le nom de Christian à voix haute.

« Ensuite, je me mets le canon du fusil dans la bouche et je presse la gâchette. »

Tu frissonnes un peu, mais tu te dis que c'est faisable et que tu n'hésiteras pas. Le seul problème, c'est le corps de Christian. Ça t'emmerde qu'il reste dans le garage et qu'il soit découvert. L'idée t'agace quelques instants, puis tu penses à creuser un trou dans la cave où tu l'as enfermé au début, là où personne n'ira le chercher. Le sol du garage est couvert d'une dalle en béton, alors que celui de la cave est fait de terre battue. Avec un peu de bol, tu devrais pouvoir éviter les fondations de l'immeuble.

Tu enterres Christian, puis tu te dessoudes.

Tous tes problèmes sont résolus en quatre coups de fusil.

Tu notes mentalement qu'il ne faudra pas que tu oublies de recharger l'arme, qui ne peut contenir que deux cartouches. Une fois encore, tu te félicites de penser à tous les détails.

L'avenir te paraît moins sombre. Tu sais qu'il existe une porte de sortie, ça te soulage. Tu redescends à l'appartement et tu t'affales devant la télé en attendant que ta femme et ton fils rentrent. Tu tombes sur un jeu télévisé dont les participants te font marrer. Tu te sers un autre calva pour profiter du spectacle.

« Quelle bande d'abrutis ! C'est ça vos perspectives d'avenir : gagner deux mille euros en faisant les guignols devant des dizaines de milliers de téléspectateurs ? »

En faisant honte à leurs familles, à leur femme, à leur mari, à leurs gosses. À tout le monde. Tu ricanes parce que tu ne tomberas jamais dans le panneau. Tu es au-dessus du lot. Il n'y a qu'à les voir se dandiner sur leurs tabourets à tenter désespérément de répondre à des questions aussi débiles qu'eux, tout en se faisant insulter par un type plein aux as.

La porte d'entrée s'ouvre, ta femme entre et elle se plante à deux mètres sur ta droite, les sacs de courses dans chaque main.

En silence.

Tu aboies :

— C'est ça, fais ce que tu as toujours fait depuis le début !

Elle te dévisage d'un œil mauvais.

— Quoi ? crache-t-elle.

— Continue à remplir ton frigo et ton ventre. Fais comme s'il se passait rien !

Elle ne bouge pas. Juste ses paupières qui se ferment et s'ouvrent nerveusement, ses sacs plastique soudés à chaque extrémité de ses bras.

Tu ricanes.

— Tu ne me dénonceras pas.

Elle serre les poings sur les anses des sacs.

— Tu en es incapable.

Les publicités qui défilent à présent sur l'écran de télé t'agacent. Tu attrapes la télécommande et tu éteins, sans quitter ta femme des yeux.

— Et tu sais pourquoi ?

Clignement de paupières.

— Parce que tu es lâche. Tu devrais me dénoncer aux flics ou me tuer, ou encore te barrer d'ici avec ton gosse pour le protéger. Tu devrais avoir la trouille. Une putain de trouille bleue à chier dans ton froc ! Tu sais bien comment ça va se finir, merde ! Mais toi, tout ce que tu trouves à faire, c'est aller faire les courses comme si de rien n'était.

Tu éclates de rire.

Un sac plastique tombe sur le carrelage.

— Tu es *avec* moi.

Le deuxième sac rejoint le premier et ta femme se bouche les oreilles pour ne pas entendre ce qu'elle sait déjà.

— De ton plein gré…

26

La rue Léo-Lagrange est déserte à cette heure avancée de la nuit. Tremblant de froid et d'excitation, l'inspecteur Darrieux fixe la porte d'entrée de l'immeuble de Grégory Achard, s'attendant à voir sortir Cyril Vax d'un moment à l'autre, seul ou en compagnie de l'homme-fantôme. Le lien entre le trafic des anciennes usines Cémoi et l'affaire des Eaux-Claires est maintenant évident. Reste à en connaître la nature exacte. Toutes ses intuitions se sont révélées exactes, jusqu'à présent, mais il n'existe toujours aucune preuve formelle que ces hommes soient directement mêlés aux trois disparitions.

Le trafic de drogue suffirait à faire arrêter Vax, et probablement Grégory Achard, mais Darrieux piétinera tant qu'il ne saura pas avec exactitude le rôle que jouent Clément, Eva et Mélanie dans cette histoire. Sans les corps des adolescents, l'implication de Vax permettrait tout juste un peu de ménage dans les effectifs du commissariat, et ses supérieurs feraient tout pour étouffer l'affaire, au nom de la sécurité nationale et sous prétexte de ne pas éclabousser le blason des forces de police, déjà malmené depuis les émeutes des banlieues en novembre dernier.

Il lui faut des preuves matérielles.

Il doit trouver la preuve que Vax et Achard savent où sont les enfants et qu'ils connaissent les coupables, dans le cas improbable où ils ne seraient pas directement liés à leur disparition.

Éric Darrieux doit encore patienter et il enrage. Sans le soutien total de Rosa, il est bloqué. Maintenant qu'il sait que des flics sont impliqués, il marche sur des œufs. En parler au commissaire reviendrait à l'impliquer, et dans ces conditions, il sait qu'il n'obtiendra rien d'autre qu'une relégation sur une autre affaire ou quelques semaines de vacances aux frais du contribuable. Sans compter que si ses soupçons se répandent dans la maison, les représailles risquent d'être sévères. Solidarité corporatiste, ils appellent ça.

« Tu parles ! »

Il risque d'y laisser la peau, oui ! Une bavure de plus ou de moins. Les mecs de la BAC ne l'apprécient déjà pas, mais s'ils découvrent qu'il a de quoi les faire tomber, ils n'hésiteront pas à lui faire payer sa trahison très cher. En pleine période de haine antiflic, il est plus facile de justifier le cadavre d'un inspecteur de police, a fortiori si celui-ci est porté sur la bouteille, qu'un trafic de stupéfiants à l'échelle d'une brigade de police entière.

Et puis, Rosa est peut-être mêlé à tout ça, même indirectement. On ne réchappe pas d'un truc pareil, quand ça éclate au grand jour. Ses supérieurs ne toléreraient pas qu'il ait fermé les yeux. On parlera de négligence et il sera nettoyé au même titre qu'un simple troufion affecté à la surveillance de la maison de fonction du préfet.

Une fois de plus, il doit agir seul.

La porte de l'immeuble s'ouvre. Cyril Vax s'est changé. Il arbore maintenant la panoplie parfaite du flic en civil, jeans et blouson de cuir ample pour dissimuler son arme de service. Grégory Achard l'accompagne, habillé comme s'il s'apprêtait à sortir avec des amis. De toute évidence, il est au courant pour le déguisement de Tzigane de l'inspecteur et les magouilles de la rue Ampère.

« Quel merdier ! ne peut s'empêcher de penser Darrieux en filant les deux hommes qui se dirigent vers l'avenue Gambetta, discutant comme deux vieilles connaissances. Comment peut-on se montrer aussi insouciant, après avoir frappé deux gamins et leur père à coups de barres de fer et les avoir laissés pour morts ? »

Le froid du boulevard Foch lui coupe la respiration. Des voitures remplies de gosses qui rient aux éclats attendent au carrefour, vitres baissées et musique à fond. Il serre les mâchoires.

« Tu paieras pour ça, Cyril, je te le garantis. Mais avant, tu me diras de gré ou de force où tu planques les gamins ! »

Quelques minutes plus tard, les deux hommes entrent dans une maison à deux étages. Des lumières s'allument au premier. La silhouette de Vax apparaît à la fenêtre. Un verre et une bouteille se découpent en ombres chinoises.

Darrieux s'avance discrètement devant le portail et jette un œil à la boîte aux lettres. La maison appartient à l'inspecteur. Inutile de faire le planton et de se geler les pieds. Les deux hommes ne sont pas prêts de sortir et l'appartement de Grégory Achard est vide.

C'est peut-être le moment de forcer un peu le destin.

Il a juste le temps de passer chez lui récupérer un pied-de-biche et des gants.

La porte de l'appartement a cédé plus facilement qu'il ne le pensait. Un seul verrou était tiré. À quoi bon se barricader chez soi, quand on a des flics véreux comme amis!

Darrieux remet la porte en place et descend quelques marches, afin de s'assurer que personne ne l'a entendu et qu'il ne risque pas de se faire surprendre par un voisin trop zélé. Une fois rassuré, il s'introduit dans le hall d'entrée et met la chaîne de sécurité. Le cas échéant, il a toujours le moyen de s'enfuir par le balcon.

Premier constat: l'appartement est beaucoup plus grand qu'il ne le pensait. Grégory Achard se paie le luxe d'un six ou sept pièces en pleine période d'envolée des prix de l'immobilier. De fait, le mobilier est de qualité et les murs sont tapissés de breloques artistiques témoignant de l'intérêt du propriétaire pour les objets de valeur et les jolies choses. Par contre, aucune photo de famille n'est exposée, ni sur les murs, ni sur la cheminée du salon, ni sur les meubles.

« Le moins que l'on puisse dire, c'est que ce gars-là n'est pas très attaché à ses géniteurs! »

Autre point intéressant, la penderie. Elle semble divisée en deux parties bien distinctes. D'un côté les classiques de l'homme d'affaire quadragénaire, costumes Armani, cravates de circonstance et sweat-shirts Lacoste. De l'autre, l'intégrale du vieux beau en mal de sensations fortes, sorte de mauvaise copie des fringues que portent les étudiants branchés quand ils sont de sortie. Un beau cas de schizophrénie consumériste. Ou de commerçant habile. Cadre supérieur le jour, noceur à la mode la nuit.

Les chambres à coucher ne révèlent rien d'utile pour son enquête. Il retrouve le déguisement de Vax roulé en boule, dans le fond de la penderie de la troisième chambre. Tenté de l'embarquer comme preuve à charge, il juge pourtant préférable de le laisser à sa place pour laisser croire au propriétaire des lieux que la porte forcée n'est que la trace d'un banal cambriolage. Il dégotte quelques billets dans le bureau de Grégory Achard, qu'il met dans sa poche, en prenant soin de vider le contenu des trois tiroirs sur le tapis persan.

C'est en renversant le troisième qu'il découvre une boîte en métal de la forme d'un coffre bancaire, de trente centimètres de largeur, dix d'épaisseur, pour cinquante de longueur, maintenue sur la paroi intérieure du bureau par deux sangles en cuir. Un cadenas pend, inutile ; le coffre est ouvert. Son propriétaire vient probablement de s'en servir et aura jugé inutile de le refermer, ce qui signifie qu'il compte revenir rapidement. Darrieux jette un œil à sa montre : il est 1 heure du matin. Il ne lui reste probablement plus beaucoup de temps avant qu'Achard ne rapplique.

Fébrile, il sort le coffre de sa cachette, le pose à plat sur le sol et soulève le couvercle.

Darrieux sourit, ses soupçons se confirment. Il a devant lui de quoi fournir la moitié du parc étudiant en substances illicites de première qualité au cours des prochains jours. Métamphétamines, cocaïne, benzodiazépines, phencyclidine, méthadone, LSD, cannabis et barbituriques, un bel échantillon représentatif d'à peu près tout ce qui s'achète et se vend sous le manteau en ce moment. Plus précisément, tout ce que la brigade des stupéfiants recherche activement.

Ou dit autrement, tout ce qu'elle possède de « commercialisable » dans ses frigos, suite au travail de ses enquêteurs.

L'inspecteur Cyril Vax se sert dans les caisses du commissariat et fourgue le tout à son ami Grégory Achard, moyennant une participation aux bénéfices, certainement. La combine est on ne peut plus simple, une fois que l'on dispose des complicités nécessaires à l'intérieur du commissariat. Or, les clefs du bloc à stupéfiants sont la propriété exclusive du commissaire principal. À moins qu'une copie ne soit en circulation, ce qui n'est pas exclu, cela signifierait que Simon Rosa est dans le coup. Au lieu de le réjouir, la trouvaille plonge Darrieux dans une profonde perplexité. Si Rosa est impliqué, ça équivaut à rendre nul l'ensemble des conclusions de son enquête.

Tout en continuant de sortir et à étaler à ses pieds, un par un, les sachets plastique, il secoue la tête d'un air dubitatif. Le commissaire Rosa est un carriériste, mais il est intègre. Il y a forcément une copie des clefs des frigos de stupéfiants. Ou alors, cela signifie que des types comme Vax ou Achard disposent de moyens de pression suffisamment puissants pour le faire chanter. Lesquels ?

Soudain, l'attention de Darrieux est accaparée par une poignée de petits sachets plastifiés contenant des pilules identiques à celles qu'il a retrouvées dans la main du jeune SDF, quelques heures plus tôt, ainsi que trois tubes de Rohypnol, un tranquillisant dix fois plus puissant que le Valium. Il va pour les mettre dans la poche de sa veste quand un déclic se produit dans sa tête.

Comment trois adolescents peuvent-ils disparaître contre leur gré, sans que personne remarque rien ou *sans qu'aucun membre de l'entourage proche les entende appeler à l'aide* ?

La réponse est tellement évidente qu'il se maudit de ne pas l'avoir devinée dès le début.

Les gosses sont drogués.

Les pilules qu'il a devant les yeux sont des acides GHB, appelés aussi « drogue du violeur » ! De même que le Rohypnol, la cocaïne ou les amphétamines, des traces d'acide GHB ou gama-hydroxy-quelque chose ont été retrouvées dans les urines ou le sang de nombreuses victimes de viol, au cours des deux dernières années, notamment à cause d'une série de plaintes déposées à l'occasion des fêtes de Bayonne, malheureusement aussi célèbres pour leurs courses de vaches, leurs tournois de pelote basque et les grandes quantités d'alcool qui y sont absorbées, que pour leurs agressions sexuelles de fin de nuit.

Selon ce qu'on en sait, des pervers profitent de la confusion générée par la foule pour droguer des jeunes femmes à leur insu, en mettant le produit dans un verre de bière, par exemple, puis attendent patiemment que leur victime se retrouve seule. Une fois que la drogue a fait effet, la victime est dans un tel état de confusion et d'amnésie, que le violeur peut abuser d'elle en toute impunité, à peu près certain qu'elle se laissera faire et qu'elle ne se souviendra de rien. Les séquelles physiologiques ou psychiques de ces abus sont telles que les jeunes femmes ne s'en remettent pratiquement jamais. Le pire, c'est que la plupart d'entre elles ne sauront probablement jamais pourquoi elles se retrouvent dans cet état. Quant à leurs bourreaux, quatre-vingt-dix pour cent d'entre eux ne sont même pas inquiétés par une enquête. D'ailleurs, comment le seraient-ils, quand certains responsables politiques eux-mêmes dénoncent ces jeunes « femmes qui dansent en string devant leurs copains » et qui ne récoltent, finalement, que ce qu'elles méritent ?

Nausée.

« Sans parler des effets que cela peut avoir sur des adolescents de onze ou treize ans. »

Clément, Eva et Mélanie ont-ils été victimes du GHB ? Cela a-t-il un rapport avec les jeunes sans domicile fixe disparus aux alentours des anciennes usines Cémoi, dont lui a parlé Raph en début de soirée ? Les gamins sont-ils encore en vie ? Si c'est le cas, pourquoi ne se sont-ils toujours pas manifestés ?

Vu sous cet angle, le contenu du coffre de Grégory Achard prend une tout autre signification. La revente de drogue n'est plus l'objectif principal, et le profit ne constitue pas un motif, mais une couverture.

— Mais qu'est-ce qui se passe avec ces gosses, merde ? marmonne Darrieux, serrant les dents et frappant de ses poings un ennemi invisible.

Alors qu'il s'apprête à tout remettre en place, à effacer les traces de son passage et à quitter les lieux, les paroles d'une chanson pop du milieu des années quatre-vingt lui reviennent à l'esprit :

« Salut John !
As-tu lu le *Standard*, il y a environ quatre heures ?
Ils ont repêché une fille dans la Tamise
Cheveux blonds, les yeux bleus
Elle disait qu'elle voulait devenir actrice

Ou quelque chose comme ça
Personne ne sait d'où elle venait, ni où elle allait
Le truc marrant c'est qu'elle souriait
Elle souriait ? Quel gâchis ! »

Comme un chien enragé, il retourne en courant faire le guet devant le domicile de l'inspecteur Vax, priant pour que les deux hommes soient encore là.

Coup de chance, c'est le cas, et moins de vingt minutes après son retour, Grégory Achard sort seul de la maison et se dirige vers le centre-ville. Maintenant qu'il a une idée plus précise de ce qu'il trafique, Darrieux meurt d'envie de lui rentrer dedans et de le faire avouer à coups de pied et de poings, mais il sait aussi qu'entrer chez un suspect par effraction ne constitue pas une preuve, mais un délit, et qu'il doit encore en savoir plus.

Ne pas tout foutre en l'air.

Pas maintenant.

Pas avant d'avoir retrouvé les enfants.

S'il existe encore une petite chance que les enfants soient retrouvés – et retrouvés en vie ! –, Darrieux ne doit pas la laisser passer pour satisfaire une vengeance toute personnelle.

« Clément, Eva et Mélanie ont besoin de toi ! », se dit-il pendant que, de plus en plus travaillé par une envie de whisky, il file Grégory Achard.

Une nuit aussi longue que la mort commence pour lui, déambulation nocturne de bars en boîtes de nuit, où Achard a apparemment ses entrées, mais où Darrieux se fait refouler à l'entrée une fois sur deux, à cause de son accoutrement.

Jamais plus de cinq minutes dans un bar, le temps

de repérer les jeunes gens qui y sont, leurs manies, leur destination et les groupes qu'ils fréquentent, avec la discrétion de celui qui a les poches pleines d'entrées gratuites.

Pas plus d'un quart d'heure par discothèque, le temps qu'il faut pour se faire une idée de l'état de la chair fraîche qui boit et se trémousse.

Darrieux découvre un professionnel maniaco-obsessionnel du commence de la jeunesse et de la défloraison. Chaque fille esseulée est une cible potentielle, chaque jeune homme en proie aux affres de l'alcool, prêt à vomir ses tripes d'un instant à l'autre, chaque étudiant lâché par le groupe, chaque âme perdue ou chaque corps à la dérive peuvent faire l'affaire, pourvu qu'ils soient repérés au bon moment et qu'il n'y ait pas un parent ou un ami qui les attendent ou les surveillent, et viennent les récupérer au moment où Achard s'y attend le moins.

Il voit Grégory Achard jeter un œil dans les coins, faire un tour rapide aux toilettes, s'approcher d'un jeune homme seul, puis faire brusquement demi-tour, après en avoir aperçu un deuxième, caché derrière un pilier ou couché sur une banquette. Masculin ou féminin, peu importe. Seul compte l'ébriété, la solitude ou le désespoir.

Avec anxiété, Darrieux assiste, impuissant, au ballet des petits sachets qui entrent et sortent des poches, au gré des rencontres de l'homme qu'il suit.

Ne pas intervenir!

Tant que les petites pilules ne se montrent pas, Darrieux se promet de ne pas bouger de son siège ou du bar, où les whiskies le renforcent dans sa volonté d'attendre son heure. Il se souvient des heures interminables passées à planquer dans le froid ou sous un soleil de plomb, à l'époque où il bossait sur une grosse affaire de trafic d'organes humains pour milliardaires européens. Il se rappelle l'été 1998, où son chef l'a forcé à rester coincé dans une voiture banalisée, six semaines, vingt-quatre heures sur vingt-quatre , six jours sur sept, à relever les moindres faits et gestes d'un type soupçonné d'être l'organisateur d'un réseau local d'esclavage de sans-papiers sénégalais et ivoiriens – en vain, ils n'ont jamais rien pu prouver, le type était bien trop malin pour eux.

Grégory Achard n'aime pas les adultes, comprend Darrieux au bout de deux heures de filature. Il les tolère, il cohabite avec eux, mais il ne les aime pas. Ses yeux ne brillent que pour la jeunesse qui, comme il est plutôt bel homme, le lui rend assez bien. Surtout les jeunes hommes.

Quand Darrieux aperçoit Achard mettre la main à la poche, après vingt minutes de discussion et de tournées de rhum-Coca avec un jeune homosexuel, visiblement déjà sous amphétamines, il se redresse nerveusement et se tient prêt. Il ne sait pas encore comment intervenir, car il ne doit pas se faire remarquer, mais il doit rester aux aguets. C'est la cinquième boîte de nuit dans laquelle ils entrent. La plus miteuse aussi, probablement. Il est 4 h 30 du matin passé et le vigile n'a même pas demandé de pièce d'identité à l'inspecteur. Darrieux est parfaitement lucide, mais ses réflexes sont incertains.

Comme par miracle, les petites pilules du *bonheur unilatéral* tombent dans le verre au moment où le môme est tourné vers la piste de danse.

« Sale ordure ! » murmure Darrieux, dont la colère se noie dans l'orage musical techno de l'endroit.

Qui peut bien se rendre compte du manège de cet homme, quand les trois quarts des personnes sont saoules de bruit ou d'alcool de mauvaise qualité et à une heure où les videurs sont pressés de rentrer se coucher et de foutre à la porte les petits branleurs qui ne tiennent plus debout?

Les pilules tombent dans le verre, puis le verre dans la gorge du gosse.

Achard sourit.

Les méninges de Darrieux carburent à deux cents à l'heure pour éviter le pire, sans se faire remarquer. Déjà, les yeux du gamin se révulsent. Achard lui tend la main. Le gamin hésite. Il chancelle.

Puis il cède.

— Faut pas te gêner, surtout!

Surpris, Darrieux fait un bond de côté, se protégeant la tête du bras gauche par réflexe. Il pousse un soupir de soulagement. Ce n'est que le videur de la boîte de nuit.

Il baisse son bras et sourit.

— Merci... Je m'étais assoupi, je suis désolé. Je pensais rester éveillé... Ça fait quelque temps que je ne dors pas très bien.

— Pas de problème, mais il va falloir filer, maintenant. Je ferme les portes dans dix minutes et mon boss n'aimerait pas savoir que je planque des alcoolos allongés dans son fauteuil en cuir, les pieds sur son bureau.

— Il n'y a plus personne dehors, vous en êtes sûr?

— Pas de souci, tout ce joli monde est rentré se coucher.

Puis, comme s'il devinait les pensées de Darrieux:

— J'ai payé moi-même le taxi qui ramenait le

jeune blond à l'adresse qui était indiquée sur sa carte d'étudiant... Le chauffeur a un peu rechigné, vu l'état d'ébriété du gamin, mais il a fini par céder. Tu me dois douze euros. Je me suis servi sur ce que le mec t'a pris.

Le videur farfouille dans sa veste et en sort une demi-douzaine de billets de vingt que Darrieux accepte sans rien ajouter.

— Vous m'offrez un verre au bar ?

Le videur regarde sa montre.

— Ouais... Cinq minutes, pas plus. Comme ça tu me raconteras pourquoi tu en veux à notre aimable clientèle fortunée...

— Ça marche.

La discussion a duré un peu moins d'une heure. Darrieux s'est pris de sympathie pour le videur, Pascal, et ils ont échangé quelques mots sur Grégory Achard, en terminant une bouteille à moitié vide laissée par un groupe d'étudiants. L'inspecteur a appris qu'Achard passait souvent dans cette boîte, en fin de soirée, pour lever des jeunes clients, et Pascal voyait ça d'un mauvais œil, sans trop oser s'en mêler. Après tout, le meilleur moyen de garder un boulot, quand on était noir et officiellement pas vraiment en règle vis-à-vis de l'administration française, c'était de fermer sa gueule. Si sa mémoire était bonne, la première venue d'Achard remontait à fin décembre.

« Fin décembre, pensa-t-il. Il y a un mois. Ça correspond peu ou prou au moment où les magouilles policières commencent dans les anciennes usines Cémoi. Ça ne peut pas être un hasard ! »

Encore une fois, les éléments se recoupaient parfaitement, ce qui renforçait Darrieux dans sa conviction que Grégory Achard était l'homme à abattre, dans cette histoire.

Darrieux s'est bien gardé de parler de son enquête, mais a abordé le plus innocemment possible, la question de la drogue. Pascal était bavard, mais il y avait des limites, et les trafics de stupéfiants faisaient partie de ces limites. La conversation a dérivé sur le triste sort réservé par l'État français à ceux qu'il appelait les sans-papiers. L'alcool aidant, ils s'étaient quittés en se promettant de se revoir prochainement.

Une demi-heure plus tard, Darrieux arrive au pied de son immeuble, partagé entre le plaisir d'être bientôt dans son lit et la déception d'avoir perdu Achard de vue.

« Bah, de toute façon, il était hors de question de sacrifier un gamin pour prendre ce salaud en flagrant délit ! » pense-t-il en cherchant ses clefs.

Le jeune homosexuel l'a échappé belle, en tout cas. Dieu seul sait ce qu'il subirait en ce moment même si Darrieux n'était pas intervenu. Quand il a réalisé qu'Achard allait l'entraîner à l'extérieur aussi facilement que s'il s'était agi d'un ami de longue date, il s'est précipité sur le videur le plus proche et a inventé une histoire sans queue ni tête pour l'en empêcher.

— Le type, là-bas, a-t-il crié en désignant Grégory Achard, il m'a frappé à plusieurs reprises dans vos toilettes et il m'a volé plus deux cents euros. Et maintenant, il s'en prend à ce pauvre gamin qui ne tient même plus sur ses jambes. Regardez ce qu'il m'a fait !

Darrieux lui a montré les traces de coups laissés sur son nez et son arcade sourcilière par les deux molosses de Jean-Jacques Pozzini.

— Vous avez de l'éther ou quelque chose comme ça ? Je crois bien que ce connard m'a pété le nez.

Sans chercher à comprendre, le videur a interpellé une serveuse qui devait bien mesurer dans les un mètre quatre-vingt-cinq. Une géante, perchée sur des talons qui lui donnaient vingt centimètres de plus.

— Sonia ! Emmène monsieur dans le bureau. Il y a une trousse à pharmacie. Occupe-toi de lui et revient le plus vite possible, y a du boulot ce soir.

Les alcooliques, ça se bichonne…

La fille a haussé les épaules avec nonchalance, elle a toisé Darrieux et l'a guidé vers une porte sur laquelle était marqué « Privé. Ne pas entrer ». Puis elle l'a poussé dans une pièce qui devait être le bureau du patron de la boîte, à en juger par les nombreuses photos épinglées sur les murs d'un gros type aux bras couverts de gourmettes en or massif, bras dessus, bras dessous avec des vedettes locales. Pascal a foncé sur Achard, l'a empoigné, et l'a balancé dans le sas d'entrée, où il a insisté avec toute la force de persuasion de ses muscles saillants pour qu'il rende l'argent volé, avant de le jeter dehors et de rentrer s'occuper du gamin. Darrieux est resté planqué dans le bureau une bonne heure, avant que le videur ne vienne le réveiller. La géante l'avait complètement oublié.

« Pourvu qu'Achard n'ait pas repéré mon manège, soupire-t-il en entrant chez lui. Sinon, je risque d'avoir les sbires à Pozzini ou Cyril Vax sur le dos dans peu de temps. »

Dans le couloir de son appartement, la lumière rouge du répondeur clignote.

Geste mécanique, mâchoire crispée et poing serré dans la poche. Il appuie sur le bouton.

La voix d'un adolescent.
Puis :
« Aide-moi. »
Rien d'autre, cette fois-ci.

27

Ce matin, je reçois la visite d'un rat.

Aussi inattendu qu'effrayant. Il s'est probablement faufilé à travers une fissure dans l'encadrement de la porte. Sur le coup, je ne sais pas de quoi il s'agit. Je somnole, quand j'entends un couinement, à quelques centimètres de mon oreille. Instinctivement, je recule, buttant contre une étagère et manquant de me fendre le crâne.

Un animal !

Effrayé par ma présence, il s'enfuit presque aussitôt. J'entends un bruit en provenance de la porte.

— Reste !

Va-t-il revenir me voir ?

Après son départ, je tente de retirer le bandeau qui m'aveugle en frottant mon visage sur le mur. Au bout de dix minutes d'efforts, je réussis à dégager un œil. Je tremble. Je sais que c'est possible, mais je n'ai jamais osé. Oncle Val n'aimera pas, mais je brûle d'envie de revoir l'animal, quel qu'il soit. Un insecte ? Un lézard ? Un rongeur ? Je frissonne, entre excitation et angoisse. Mon œil s'habitue rapidement à la pénombre. À mon grand étonnement, la luminosité de la cave est suffisante pour que je me repère, en dépit de l'épaisse couche d'isolants qu'Oncle Val a installée pour que personne ne puisse m'entendre ou me parler. Je me tortille et je rampe pour m'installer en face de la porte, en espérant que mon visiteur revienne.

— Aide-moi !

Deux heures plus tard, un grattement dans l'angle, puis un museau apparaît. Un rat. Je devine plus que je ne vois réellement sa fourrure pelée et sa longue queue. Je ne distingue pas ses yeux. Contre-jour. La bête est curieuse. Ma présence ne l'effraie plus. Elle s'avance en reniflant vers une pile de cartons dont elle entreprend de faire le tour. Je me tords le cou, mais elle disparaît de ma vue quelques instants. Elle réapparaît sur ma droite. Plus près. Elle est énorme. Je ne suis pas rassuré. Je ne vois toujours pas ses yeux. Je me demande si elle n'est pas venue pour moi.

Soudain, je réalise que le rat n'est peut-être pas là par hasard.

Un flash : Oncle Val…

L'incertitude se transforme en inquiétude. Paranoïa. Je ne vois plus le rat mais Oncle Val qui a pris l'apparence d'un rat. Panique sourde, angoisse muette. Je regrette d'avoir retiré une partie du bandeau. Punition. Peur que mon œil serve de repas, qu'il morde dedans à pleines dents. Le rat semble me dévisager d'un air torve. Je vois ses griffes. Sa queue immobile. Son ombre menaçante. J'hésite à crier. Pour qui ? Personne ne m'entendrait. Je ne crie pas, mais je sens des sueurs froides me couler dans le dos. Ma peau me démange. Le rat avance encore. Il est vraiment très gros. Un espion d'Oncle Val. Il se méfie mais je crois qu'il a compris que je ne pouvais pas bouger. Il couine. Un bruit de mastication.

Il grossit.

— *Impossible!*

Il s'approche lentement. Il prend son temps, comme Oncle Val. J'ai l'impression qu'il lui suffirait d'ouvrir la mâchoire pour m'arracher la moitié du visage. Je prends conscience qu'il s'apprête à le faire. Il va le faire!

— *Non!*

Je murmure:

— J'ai peur.

Je veux crier, mais je murmure encore:

— J'ai peur.

Le bâillon m'empêche de crier, mais le seul fait de formuler mon angoisse semble faire reculer l'animal. Il reprend sa taille normale. Je me force à articuler une dernière fois:

— J'ai peur.

Puis je me mets à gesticuler dans tous les sens comme un forcené dans sa camisole. Comme si j'étais libre de mes mouvements. Hystérie. Je me vois donner un coup de pied au rat, l'envoyer voler à travers la pièce et l'écraser comme s'il s'agissait d'une vulgaire araignée.

Quand je reprends conscience, le rat est tapi dans l'obscurité, près de la sortie. Il me tourne le dos. Il feint de m'ignorer. Par ce geste de mépris, il me signifie: tu n'existes pas, tu es l'autre, l'intrus, l'étranger dans MON territoire.

Il ne m'aidera pas.

Au bout d'un laps de temps qui me paraît durer une éternité, le rat se redresse brusquement sur ses pattes et se dirige vers sa sortie. Avant de disparaître dans la fissure, il se retourne et je vois enfin ses yeux.

Une cicatrice traverse son museau du sommet du crâne jusqu'aux babines, il n'a qu'un œil. Qui me fixe et me transperce.

Un œil rouge.

28

Impossible de sombrer dans le sommeil. Un savant mélange d'alcool et de café aide Darrieux à tenir jusqu'aux premières lueurs de l'aube, dans un état proche de la crise d'épilepsie. Assis sur son canapé, un mégot et un verre à la main, il élabore son plan d'enquête pour la journée. Minutieusement.

Visite de Catherine, peu avant 7 h 30.

Un désir violent, dès qu'il la voit. La serrer, se blottir contre elle, chialer comme un gosse.

— Je m'inquiétais. Impossible de te joindre par téléphone depuis hier.

Rien à faire de Catherine et de son inquiétude. Il n'est pas son chien malade.

— Où avais-tu disparu ?

Grommellement quasi inaudible en guise de réponse.

— Pas le temps de répondre… trop occupé… merci d'être passée…

Le désir retombe comme il est venu. Envie d'être seul, qu'elle lui foute la paix. Pas de leçons de morale, pas aujourd'hui. Mais elle ne semble pas vouloir partir. Elle lui tend le journal, insiste pour qu'il lise un article qui parle des aveux de David Schweitzer, du soulagement des familles.

— L'enquête est terminée, Éric. Tu dois te reposer. Tout est fini. Le coupable est sous les verrous.

Mais Darrieux sait que ce n'est pas vrai. Le mec du journal est un imposteur. Rosa est un putain d'imposteur. Ils racontent tous n'importe quoi pour se couvrir et dissimuler leur incompétence. Tout ça, c'est du flan pour faire passer la pilule aux familles, aux électeurs et aux contribuables. Il n'est pas dupe, veut crier sa rage et leur impuissance. Il se tait, pas loin de craquer. Elle croit qu'il acquiesce et se penche vers lui pour le prendre dans ses bras. Elle l'imagine, pelotonné contre ses seins, parce qu'il ressemble à un acteur lors d'une prise de vue. Mais lui, il se sent comme un ivrogne dans un parking.

— Comment ai-je pu en arriver là ?

Elle le console avec tendresse. Des pensées confuses. Il se retient.

« Je ne suis pas ton chien malade ! »

Oublie. Au fond de la gorge, la boule grossit, il craque, tombe en larmes dans ses bras, son cou, ses épaules, ses seins, son ventre. Oublie. Oublie. Il ne doit rien dire : ne pas la décevoir. Ne pas lui faire de peine. Est-ce nécessaire de lui expliquer ? Elle ne comprendrait pas qu'il veuille faire la tournée des bistrots maintenant.

Quelques minutes plus tard, elle lui fait sa piqûre de morphine, avec la promesse qu'il restera au lit. Les larmes coulent comme le sang dans ses veines, il promet tout ce qu'elle veut. Tout, pourvu qu'elle s'en aille et qu'il soit seul. Une seule pensée, omniprésente : trouver les preuves contre Achard, fouiller dans la merde, sortir les gosses du trou. Catherine l'aide à se déshabiller. Gestes contraignants, frottement agaçant sur le torse, gêne. Elle le lave. Comme un bébé.

« Comme un chien malade dont les jours sont comptés et qu'on cajole une dernière fois. »

Elle finit par s'en aller. Il se jette sur la cafetière et avale tout ce que son estomac peut supporter. Le liquide est froid et amer. La douche l'a réveillé, le café se diffuse.

Grégory Achard fera forcément une erreur, à un moment ou à un autre. Une preuve, un flagrant délit, personne n'est parfait. Tôt ou tard, il se plantera. Demain, deux jours, une semaine, pas plus, il ne tiendra pas. Ce jour-là, Darrieux sera en embuscade, prêt à tirer.

Et il ne manquera pas sa cible.

Retour dans le quartier des Eaux-Claires, en dépit des avertissements de Rosa et de Pozzini.

« Au diable, les mandarins ! »

Prudence, ne pas trop se montrer sur leur territoire, pas de cris. L'alcool ralentit sérieusement sa marche. Presque trois quarts d'heure pour traverser la ville. Darrieux doit s'activer pour ne pas perdre le fil. Du pain sur la planche, des visages inconnus, des gens à voir pour assembler les dernières pièces du puzzle. Trouver des éléments de preuve contre Grégory Achard. Il doit s'imprégner de l'atmosphère du lieu des disparitions. Tout se joue quelque part dans ces rues et ces immeubles.

Dans ces caves.

Darrieux fait un passage éclair chez Eva Barth. Un homme ouvre la porte. Probablement le petit ami du moment. Pas bavard, plus ennuyé qu'autre chose par les évènements. Ça se voit et il ne cherche pas à le cacher. La mère de la petite est prostrée dans un coin, la tête entre les mains.

– Je crois pas qu'elle soit en état de vous parler, inspecteur.

L'air désolé. Aucune sincérité dans le ton de sa voix.

— Repassez plus tard.

— C'est ça.

Les hurlements de la femme derrière lui, presque trop, comme si elle voulait qu'on ne voie que sa souffrance. Pour oublier l'absence. Il est heureux quand la porte claque et que la mise en scène cesse.

Soupir.

« Pauvre gamine. »

Darrieux croise la vieille Émilienne dans la cage d'escalier. Elle l'attire dans son appartement, d'un air mystérieux.

— Nous serons plus tranquilles pour bavarder.

« L'heure des confidences de mauvais voisinage. »

La porte à peine refermée :

— Cécilia vous a dit pour la professeure d'anglais ?

— Dit quoi ?

Soulagement, excitation. Elle peut raconter son histoire, prendre son temps, préparer son petit effet. Darrieux attend, patiemment, qu'elle en vienne à l'objet de leur discussion. Il demande un verre. Elle se lève, attrape une bouteille dans un placard et le sert généreusement. En promenant son chien, une voisine aurait vu Suzan Pierce en compagnie de Clément et Eva devant le domicile de Mélanie à de nombreuses reprises, dans les semaines qui ont précédé les disparitions.

« La prof d'anglais connaissait les trois gamins. »

— Intéressant…

Retourner la voir. Très important. Il ne faut négliger aucun détail pour coincer Grégory Achard.

— Un dernier verre, Éric ?

Sans se retourner :

— Non. Je dois filer.

— Aucune nouvelle de votre homme au manteau beige ?

Il s'immobilise sur le pas de la porte, la main déjà sur la poignée. Soudain, une idée. L'homme au manteau beige, Achard ? Il n'a pas pensé à faire le rapprochement. Vraisemblable. Achard aime les jeunes gens. Un peu trop. Achard et sa pilule du bonheur consommé. L'homme au manteau beige est chauve, pas Achard. Ça ne colle pas. Pourtant… Darrieux n'a pas pensé à chercher un manteau beige et des baskets blanches dans la penderie du domicile de l'homme fantôme. Impossible d'y retourner, il pense, maintenant le suspect est sur ses gardes, il a dû trouver sa porte d'entrée fracturée.

« Merde de merde de merde de merde de… »

Si seulement Rosa pouvait lui accorder cette foutue perquisition…

La radio a largement diffusé le témoignage de Marc Soulier et de son copain Frédéric sur la présence d'un homme qui portait un manteau beige, vu avec Clément le soir de sa disparition. Achard a certainement pris ses précautions.

« Trop tard pour fouiller les poubelles, de toute façon ! soupire Darrieux. La merde a été nettoyée. »

— Merci pour le verre, Émilienne.

La porte claquée, la cage d'escalier est silencieuse.

Muette comme une tombe.

Sur le perron de l'immeuble, Darrieux est à l'affût de la moindre vibration pouvant le conduire à la solution. Le silence des témoins et des coupables émet des ondes qu'il a appris à lire par le passé. Un univers parallèle existe qu'il peut déchiffrer s'il identifie les codes *inhumains* les plus pertinents. Découvrir les lignes qui ont altéré le cours de la vie des trois adolescents, trouver le moment précis où les hommes les ont lâchés, comprendre la rupture. Comment en arrive-t-on là ? L'histoire de ce quartier, sa mémoire, une trop bruyante solitude. Darrieux doit se rappeler. La réponse à cette affaire est quelque part devant et derrière ses yeux. Il faut interroger les bonnes personnes.

« Putain de merde ! Trois gosses ne peuvent pas disparaître comme ça sur moins d'un kilomètre carré sans que personne soit au courant ! »

La pire enquête qu'il n'ait jamais eue à traiter. Pas de coupable, un suspect. *L'Œil rouge*. Pas de victimes, pas de corps, pas de traces, trois disparus. *Les cris*. Le doute et ses intuitions comme seuls repères. *Les caves, l'homme au manteau beige et aux baskets blanches, le numéro 37*. Les adolescents sont-ils en vie ? *Des avis de recherche affichés dans tous les commissariats et les gendarmeries du pays*. Séquestrés, torturés, enfermés, cachés, morts ? Trois gosses ne fuguent pas à quatre jours d'intervalle pendant aussi longtemps sans qu'au moins l'un d'entre eux donne de ses nouvelles. Il y a forcément l'esprit d'un adulte derrière la préméditation et le calcul des disparitions. La chronologie des évènements est trop méthodique, trop parfaitement exécutée pour qu'il s'agisse du plan de gosses de onze et treize ans.

« Alors quoi ? »

Appeler Cyril Vax et lui parler. Oui, c'est ça ! Lui faire cracher le morceau. Il compose le numéro du commissariat et demande à lui parler. L'inspecteur ne répond qu'à la dixième sonnerie.

— Inspecteur Cyril Vax à l'appareil.

— …

L'image d'un gamin rrom tabassé à mort devant son père et son frère, sans le moindre remords.

— Qui est à l'appareil ?

— …

Impossible de répondre. Les mots se coincent dans sa gorge. L'intuition, il doit agir seul. Ce type-là est contre lui. Contre l'intérêt des gosses.

— Je…

— Putain, mais qui est là ?

Darrieux raccroche. Le froid lui lacère le visage et les mains. Il sort la flasque de sa poche et la vide à moitié.

En passant devant un bureau de tabac, les gros titres du jour : « *Toujours sans nouvelle des disparus des Eaux-Claires. De trop nombreuses confusions dans les aveux du principal suspect, les familles accusent les enquêteurs d'avoir bâclé leur travail. Le véritable coupable court-il toujours ?* »

Le commissaire Rosa doit fulminer dans son bureau. Trop de maladresses, beaucoup trop. Il aurait dû se fier à son flair. Darrieux sort son portable.

— Commissaire Rosa, j'écoute.

La voix est tendue comme la corde d'un arc.

— Darrieux. C'est vrai ce qu'on lit dans la presse ? David Schweitzer n'a toujours pas avoué où il a planqué les trois gosses !

— Tu fais chier, Éric. C'est pas le moment…

— Ce type est certainement coupable, nous le sommes tous, mais pas de ce dont vous l'accusez. Vous vous plantez en beauté !

— Il avouera. C'est une question d'heures... J'ai six hommes dessus qui se relaient par équipes de trois. Patience... Il finira bien par craquer à un moment ou à un autre.

— Vous avez vraiment de la merde dans les yeux, crache-t-il avant de raccrocher, oubliant de parler de la perquisition.

Le dos appuyé contre un lampadaire, Darrieux termine la flasque avec avidité. Tout s'emmêle quelques instants, les yeux semblent sortir de leurs orbites. Le feu dans le ventre se transforme en colère. Il regarde sa montre : 9 h 30. La prof doit encore être chez elle. S'il se presse, il pourra l'attraper avant qu'elle aille en cours.

— Encore vous ?

— J'espère que cette fois-ci sera la dernière, madame Pierce. Je l'espère très sincèrement.

— Des menaces ?

— Madame Pierce, voyons... Puis-je entrer quelques instants, s'il vous plaît ?

Elle s'écarte, simplement vêtue d'un jean et d'un pull blanc échancré qui laisse entrevoir le rond d'un sein. Les yeux de Darrieux s'attardent, elle porte instinctivement une main sur sa poitrine.

— Je me change et je suis à vous.

Deux minutes plus tard, il a à nouveau la professeure d'anglais devant lui, dans son tailleur bleu marine bon chic, bon genre. Il préférait le pull échancré à l'encolure.

« Jouer cartes sur table. »

— Pourquoi ne pas m'avoir dit que vous leur donniez des cours à tous les trois ?

La question fait son effet. Suzan Pierce suffoque, sa poitrine prête à exploser. Le tailleur est trop étroit.

— Je… je ne voyais pas le rapport avec l'enquête.

Le ton est sec.

— C'est à moi de décider ce qui est pertinent ou pas pour l'enquête. Votre rôle, c'est de me dire tout ce que vous savez.

La gifle part toute seule. Darrieux regrette avant même qu'elle ait atteint sa cible. Elle est furieuse.

— Pour qui vous prenez-vous ? Je n'ai rien à vous dire et vous n'avez pas le droit de faire ça, je pourrais porter plainte !

Darrieux répète sa question, comme s'il ne s'était rien passé.

— Pourquoi ne pas m'avoir dit que vous leur donniez des cours à tous les trois ?

Elle le fixe sans ciller.

— Parce que cela ne vous regarde pas.

— Putain, mais vous vous rendez compte que ça fait de vous une coupable potentielle !

— Ne cherchez pas à m'intimider. Je ne suis pas née de la dernière pluie, figurez-vous ! Vous savez aussi bien que moi que j'ai des alibis pour chaque disparition.

Darrieux réfléchit.

Changer de mode opératoire. La déstabiliser. Elle sait.

Et si…

— Vous connaissez Grégory Achard, n'est-ce pas ?

Touchée. Un coup pourtant jeté au hasard. Les tempes de Suzan Pierce sont cramoisies.

— Je… Il s'agit de ma vie privée. Rien ne m'oblige à vous répondre.

Une deuxième gifle part aussitôt. Cette fois-ci, Darrieux n'a pas cherché à la retenir.

— Parlez !

« Vous êtes la seule prise sur laquelle je peux m'appuyer depuis le début de cette enquête », pense-t-il au même moment.

Les yeux brillants et les dents serrées, elle se tient la joue en grimaçant de douleur. Les muscles de sa mâchoire se tendent et se détendent nerveusement sous la peau fine de ses joues. Du sang perle de sa narine gauche.

— Vous êtes complètement ivre ! Vous ne savez plus ce que vous faites !

— Parlez, nom de Dieu !

Une troisième gifle, plus violente, presque gratuite. Aucun regret. Elle pleure, à présent.

— Ça va, ça va… vous faites chier, merde !

Ivre de rage, Darrieux la domine de toute sa taille, la main levée, prêt à recommencer si c'est nécessaire.

Marre d'attendre.

Elle se frotte les yeux, attrape une serviette posée sur la table basse et se mouche bruyamment.

Marre des mensonges.

Elle se calme.

Marre, marre, marre.

— Je le connais. Je connais Grégory Achard.

Toute trace de l'assurance qu'elle affichait quelques secondes auparavant a disparu. Un tic nerveux déforme le côté gauche de son visage.

— Je vais tout vous dire.

La cave.

« Je le savais, putain ! Je le savais depuis le début ! »

Au troisième essai, elle finit par décrocher.

— Catherine, enfin !

— Que se passe-t-il, Éric ? Tu as l'air essoufflé ! Tu m'avais promis de ne pas bouger de chez toi, de rester tranquille, de ne pas… Où es-tu ?

Tout part de la cave.

Il la coupe, hystérique :

— Je sais où sont les trois gosses !

— Quoi ?

— La cave, Catherine, la cave ! Ils n'y sont peut-être plus, mais ils y étaient jusqu'à aujourd'hui.

S'il ouvre la cave, il remontera jusqu'à Achard, et de lui, jusqu'aux enfants.

— Quelle cave ? De quoi tu parles ? Écoute…

— Non, c'est toi qui vas m'écouter. Elle m'a tout dit !

— Mais qui, bon sang ?

— La prof d'anglais ! Suzan Pierce ! Celle qui donnait des cours particuliers aux trois gamins !

— Putain, c'est du délire, Éric

Mais il n'entend déjà plus Catherine. Il libère le flot de paroles qui obstruait sa gorge.

Sa gorge, ses veines, ses tripes.

— C'est Grégory Achard ! Je le savais ! La cave lui appartient ! La prof d'anglais ment depuis le début, mais elle aussi a été dupée… elle ne savait pas qui il était réellement, ni ce qu'il trafiquait. Elle n'a rien dit par peur des représailles… Il l'a manipulée pendant tout ce temps et elle n'y a vu que du feu…

— Où es-tu, Éric ?

Il ne l'entend pas parce qu'il a juste besoin de se défouler et de crier sa rage d'avoir eu raison.

— … elle savait tout depuis le début, mais elle lui avait promis de ne rien dire jusqu'à ce que tout soit réglé. Grégory Achard est son amant depuis six mois. Elle croyait qu'il n'en voulait qu'à ses beaux yeux… la confiance aveugle, tu vois le genre… elle s'est précipitée dans ses bras. Mais lui n'en avait qu'après ses élèves. C'est lui qui l'a poussée à s'occuper des trois gamins. C'est lui qui lui a mis dans le crâne qu'elle devait leur donner des cours particuliers. C'est encore lui qui a planifié la disparition des trois gamins… les deux jours d'intervalle, la planque, la cave! Elle n'a compris que trop tard ce qu'il manigançait. Elle a découvert la drogue et les pilules chez lui…

— Dis-moi où tu es, s'il te plaît…

Seule Catherine peut le comprendre. Elle le connaît. Elle sait comment l'aider. Elle va accourir et tout sera rapidement résolu. Rosa, Botta, Wojcik, les journalistes à la botte des communiqués officiels, elle saura leur parler, elle pourra les persuader, elle trouvera les mots.

— … elle l'a suivi un soir, elle l'a vu avec un gamin… elle sait ce qu'il leur fait, elle sait tout depuis le début, mais elle était terrorisée à l'idée d'être accusée de complicité. Elle a servi de rabatteuse… elle ne pouvait rien dire aux flics… son beau discours sur l'avenir des enfants, c'était du baratin dicté par Achard pour m'éloigner d'elle, pour qu'on ne découvre pas la vérité… Schweitzer, c'est juste un pauvre type qui est tombé là au mauvais endroit et au mauvais moment. Une idée de Cyril Vax… Il a inventé toute l'histoire et les preuves pour qu'il soit accusé à leur place… Un réseau d'enfants… un trafic… les flics sont impliqués… Le commissaire Rosa également… forte probabilité, délit d'initié, magouilles au plus haut niveau… Elle sait aussi qu'il y a d'autres choses… des choses terribles… horreurs. Horreurs. Elle n'a pas pu m'en parler… J'ai insisté… j'ai insisté le plus possible, mais elle était à bout de forces, elle est devenue hystérique… j'ai dû la calmer et la mettre hors d'état de se nuire à elle-même…

— Tu es aux Eaux-Claires, c'est ça ? Ne bouge surtout pas. Je vais venir te chercher. Ne fais rien, mon Dieu ! Ne fais rien, je t'en supplie !

Ce qu'il *va* faire. Pas ce qu'il a fait. Achard va payer. Le laisser dans les mains de Rosa et de Vax, c'est le sauver. Ils chercheront à l'épargner pour sauver leur propre tête, et lui, le pauvre inspecteur idéaliste alcoolique, on le fera taire, on le mutera, au besoin on s'en débarrassera. Achard ne doit pas s'en sortir. Il est coupable. IL DOIT PAYER !

— C'est le moment d'agir, au contraire. Achard a pété un plomb, à cause de ma visite à son appartement. Tous ses plans sont contrariés, il faut se dépêcher d'intervenir. Elle a peur qu'il fasse du mal aux enfants, elle a peur qu'il commette l'irréparable. Ce type est malade, tu comprends ?… assez malade pour… pour… merde !

Elle hurle :

— Ne fais rien tant que je ne suis pas là, tu m'entends ? Surtout ne fais rien, j'arrive tout de suite ! J'emporte ma trousse avec moi, tu n'as pas à te faire de souci. Je vais m'occuper de tout !

— On se retrouve à la cave, mais avant, tu dois passer t'occuper de Suzan Pierce. Maintenant qu'elle a parlé, elle est en danger. Je te fais confiance.

Il raccroche sans lui laisser le temps de répondre. Le temps est compté.

Un bruit de frein et un klaxon sur sa gauche. Le brouillard. Il avance. Le froid n'a plus aucune prise sur lui. Rien ne pourra plus l'arrêter, tant qu'Achard ne sera pas mis hors d'état de nuire.

Quel que soit le moyen.

— Rosa ? C'est Darrieux.

Le silence à l'autre bout du fil.

— Schweitzer est innocent. Achard est le coupable. J'aurais les preuves dans quelques instants. Vous ne pourrez plus rien pour lui.

Toujours pas de réponse.

« La panique, se dit Darrieux. Rosa a compris que je sais l'essentiel. »

— Je sais à quoi vous pensez et vous faites erreur, Rosa. Si vous voulez sauver votre peau, je vous conseille de vous barrer très vite ou de préparer les preuves à charge contre votre ancien protégé. J'ignore les raisons de votre soutien à cette ordure, et je ne veux pas les connaître. Je veux croire que vous n'êtes pour rien dans cette affaire. Probable qu'il vous tient par les couilles...

Le silence de Rosa est éloquent. Il fait déjà comme si cette discussion téléphonique n'a jamais eu lieu.

— Achard est foutu de toute façon. Le soutenir reviendrait à tout perdre. Réfléchissez, Rosa. Prenez la bonne décision. Je vous laisse, j'y vais. Finis les mensonges, finies les magouilles. Demain, l'âme humaine n'aura plus de secrets pour personne.

Darrieux fait jouer le jeu de clefs qu'il a oublié de rendre à Roudier, traverse le hall du numéro 37, puis descend les escaliers. Le sous-sol est désert. Les habitants de l'immeuble sont partis au travail ou en train de faire leurs courses.

Le silence, toujours le silence. Les jours, les mois, les années de silence. Le silence est le mensonge.

Le champ est libre. Darrieux s'arrête devant le numéro onze.

L'histoire commence là.

Il lui faut moins de dix minutes pour venir à bout de la porte du garage de Grégory Achard. L'humidité, le mauvais entretien. Au fil des années, la rouille a grignoté la quasi-intégralité du système de verrouillage des barres latérales. Le métal s'effrite comme du biscuit. Dans quelques secondes, il sera fixé.

L'histoire commence précisément là où la mémoire s'arrête.

Après, il n'aura plus qu'à retrouver le corps des adolescents.

29

Le rat est revenu. Il m'a simplement observé, l'air de dire : « J'attends. » Il attend quoi ? Que je crève. Je suis déjà mort. Puis il est reparti d'où il était venu.

Oncle Val aussi est revenu.

Avec un homme cagoulé. Odeur forte et aigre de transpiration. Halètement. Salive. Ses vêtements puaient le lait caillé.

« Aide-moi ! »

Avant de refermer la porte, il lui a dit :

— Prends ton temps. Il ne criera pas, ne t'inquiète pas.

L'homme a mis moins d'une minute à éjaculer, puis il a frappé deux coups sur la porte et Oncle Val a réapparu. Pas de nom, pas un mot. Il ne m'a même pas enlevé mon bandeau ni mon bâillon.

— Ça t'a plu ?

Aucune réponse. Je vomis. Éclat de voix écœuré d'Oncle Val, coup de poing sur la mâchoire.

— Putain de merde !

Il m'essuie avec ma couverture, en profite pour faire un peu de ménage. Je reste la bouche entrouverte, un filet de bile acide suinte entre mes lèvres. J'ai mal partout.

— Tu veux recommencer?

Toujours pas de réponse. La honte empêche les mots de sortir, la haine délie les langues.

— Comme tu voudras. Tu reviens quand ça te chante, tu le sais. Ça ne me gêne pas.

Puis il s'adresse à moi:

— Tu…

Il laisse sa phrase en suspens. Un grognement derrière lui. L'homme a l'air pressé.

— On y va, on y va. Personne ne passe à cette heure-ci. Tu n'as aucun souci à te faire pour ça, mon vieux.

Un courant d'air glacial accompagne leur départ. La porte se referme. Le silence, à nouveau. Les larmes qui coulent sur mes joues semblent ne jamais se tarir. Combien de temps pourrais-je encore tenir?

Je me demande si je n'ai pas déjà craqué.

La violence ou le déni?

Je ne sens plus mon corps mais je ne crois pas avoir encore craqué. Mon système nerveux est éteint. Non, pas éteint: en veille. Ce corps intelligent qui me protège des coups. Ce corps douloureux, allié à mes cris. Mon sang bouillonne, tapi au fond d'un cratère qui s'ouvrira sans efforts pour laisser s'écouler ma colère.

Non. Ni l'un, ni l'autre.

L'évasion. Avec Œil rouge.

Quatrième partie

Les miroirs troubles de la mémoire

30

La poussière recouvre la crasse, les objets. Omniprésente. Çà et là, des traces de pas dessinent une danse improbable sur le sol en béton. La température du garage ne doit pas dépasser les six ou sept degrés. L'estomac de Darrieux se tord à le faire crier. Clément, Eva et Mélanie sont passés par là, c'est une certitude. Il ne le sait pas encore, il le sent au plus profond de son être.

Mais ils n'y sont plus.

« Plus une goutte d'alcool. Pas une avant que l'affaire soit résolue. »

Une douleur dans le bas du ventre.

Premières impressions, balayage systématique de l'espace. L'intérieur du garage a été soigneusement aménagé pour permettre d'héberger une ou plusieurs personnes pendant plusieurs semaines. Une étagère en métal a été montée dans le fond de la pièce, derrière des piles de cartons. Des boîtes de conserve, des bougies, des mètres de corde et des ustensiles de cuisine sont soigneusement alignés sur la partie basse. Des flacons, des fioles et des pots en verre garnissent l'essentiel de la partie supérieure. Au pied du meuble, une demi-douzaine de cartons remplis de classeurs, de livres scientifiques et de photos. Darrieux n'ose pas encore détailler. Il se contente d'un regard circulaire.

« Voir avec leurs yeux, respirer avec leurs poumons, cracher leur bile. »

Le manque s'insinue dans tout son système digestif, tentant de paralyser les muscles.

À ses pieds…

Il ne peut contenir un juron. La prof d'anglais a dit la vérité. Les traces de la saloperie humaine, étalées devant lui. Il tire la porte du garage et cherche l'interrupteur à tâtons dans le noir. Le trouve instinctivement. L'ampoule fonctionne encore, la lumière jaillit et lui brûle les yeux. Violence de l'agression. Une minute lui est nécessaire pour recouvrer la vue.

Son sang s'arrête de couler, l'ombre rampe sous lui. Il voit les sexes que l'on malmène, le sperme mêlé à la transpiration qui coule, le désir refoulé, la peur dégoulinante.

À ses pieds, deux matelas posés côte à côte, à même la dalle de béton. Des poils, des cheveux blonds et bruns, semés. Des taches brunes et verdâtres constellent les draps moisis et les couvertures roulées en boule puis jetées dans un coin. L'odeur fétide qu'ils dégagent est insoutenable. Darrieux se couvre le visage d'une main, renifle ses doigts, respire l'odeur de la peur et de l'alcool. Des bouts de corde coupée gisent à côté des matelas. Probablement dérangée par sa présence, une colonie de cafards s'échappe et se faufile entre ses pieds.

Ses yeux tombent sur le réchaud à gaz, puis sur un jouet en plastique partiellement fondu. Il se sent défaillir. Il pressent ce qui s'est passé ici, il est tenté de se contenter de cette impression de surface et de prendre ses jambes à son cou, sans creuser davantage. Ses jambes se dérobent sous lui, il se retrouve agenouillé sur le premier matelas. Malgré lui, malgré les taches brunes et verdâtres.

« Lève-toi et fouille, Éric. Tu dois rassembler les preuves. Toutes les preuves. Tu dois faire le travail pour lequel tu es venu. »

Les enfants bâillonnés, attachés et recroquevillés qui gémissent sur les matelas bouffés par les mites et les rongeurs. Ils sont nus et ils grelottent. Les cordes cisaillent leurs poignets et leurs chevilles. Leur chair à vif, l'angoisse qui leur ronge le foie. Aucun ne comprend vraiment les raisons de sa présence dans le lieu de leurs cauchemars d'enfants. Le noir, la violence de l'obscurité, cette vieille phobie qui ressurgit et qui déstabilise plus que les insectes et la puanteur.

Darrieux vacille et s'assoit contre la porte pour mieux visualiser la scène. Il tend la main, effleure le matelas du doigt. Le tissu est rêche et humide, la toile détendue et déchirée en de multiples endroits. Des traces indiquent que les corps sont restés couchés longtemps.

Clément cherche Mélanie des yeux. Eva gémit, recroquevillée au bout du deuxième matelas qui gémit. Les murs n'ont pas d'oreilles.

L'image devient plus nette, le corps réclame sa dose. Les gosses ont certainement été enfermés là pendant plusieurs jours. Probablement depuis leur enlèvement. Confiants, suivant leurs bourreaux sans hésiter, drogués à l'acide GHB. Son enquête bouleverse leurs plans. La fouille de l'appartement de Grégory Achard précipite leur départ. Déplacés ailleurs dans l'urgence. Ou pire.

«J'ai soif mais je ne dois pas boire, j'ai soif mais je ne dois pas boire, j'ai soif, j'ai soif, j'ai soif.»

Achard n'a même pas pris la peine de nettoyer après le départ des enfants. Il aurait dû tout brûler. Il n'a pas eu le temps. Le garage a vraiment été vidé dans l'urgence. Ils étaient peut-être plusieurs. Pozzini et ses sbires, l'inspecteur Vax et les hommes de la BAC de l'autre nuit. Qui d'autre encore? Combien de voisins au courant? La panique, la précipitation, les cris des enfants. Ils étaient là, il y a quelques heures à peine.

Des mois, des années.

Les cartons.

Darrieux s'accroupit puis se relève en s'appuyant sur la porte. Il s'avance, soulève un carton, le pose sur le sol, soulevant un nuage de poussière, et l'ouvre. Du papier jauni, des notes techniques, des photos d'animaux empaillés, des formules chimiques auxquelles il ne comprend rien. Un autre carton. Les mêmes gestes, le même contenu. Idem pour le troisième et le quatrième. Déception, les mains fébriles qui poussent les paquets derrière les matelas. Pas de drogue, pas de preuves, pas de photos des gosses. Il crève d'envie de sortir de là et de se remplir les poumons d'air frais. Il a très soif, le sang lui monte à la tête. Il n'a toujours pas de preuves.

Les sirènes de police, les hommes aux képis s'affairent, bouclent le secteur. Prélèvements, échantillonnages, un viol de plus. Des analyses ADN prouveraient sans doute qu'il y a eu du passage dans cette pièce, mais ce serait trop long et il est seul. Il lui faut plus que ça et il le lui faut immédiatement. Les gamins comptent sur lui.

Il doit tenir bon.

Le carton suivant est plus grand, en partie écrasé par le poids des trois autres. Son contenu est bizarre. Le sentiment confus qu'il n'est pas à sa place dans le garage. Une idée trop vague pour pouvoir mettre des mots dessus.

Tenir.

À l'intérieur, Darrieux trouve des sacs de chaux, de son, de farine, de l'huile d'olive, de l'écorce de grenadine et de mimosa. Qu'est-ce que ces produits fichent là ? Pourquoi de la chaux et de l'huile d'olive dans le même carton ? Il tire un paquet de quatre sachets de cinq cents grammes reliés entre eux par un élastique. L'étiquette est illisible. Cela ressemble à du chêne-liège. Un bocal, hermétiquement fermé, il bataille pour l'ouvrir, le bouchon finit par céder. L'odeur qui s'en échappe est infecte, forçant Darrieux à détourner la tête. Qu'est-ce que ça peut bien être ?

— De la merde d'oiseau…

Liquide blanc et jaune, taches brunes, le contenu du bocal fait penser à de la fiente de pigeon. Perplexe, Darrieux repose le récipient à sa place. Chaux, farine, son, huile d'olive, merde de pigeon… quel rapport avec les disparus ?

— Qui serait assez taré pour collectionner de la merde de pigeon dans son garage ?

« Des indices… »

Tenir, tenir, tenir.

Mais des indices de quoi ? On ne fabrique aucun plat avec ça, on ne sert pas de ces ingrédients ensemble dans un jardin ou pour du bricolage. Il ne s'agit pas de cuisine. À quoi cela peut-il servir ? Darrieux enrage. Tous les éléments sont rassemblés sous ses yeux, mais il ne parvient pas à les assembler. Le même sentiment d'impuissance depuis le début de l'enquête. Il sait que les bonnes explications sont enfouies, quelque part dans sa mémoire. Il connaît ces produits. Où les a-t-il déjà vus ? Est-ce son imagination qui travaille trop ? Il ne peut avoir inventé toutes ces intuitions qui le harcèlent depuis une semaine.

Les bruits du quartier, les commérages et les silences de couloir. Les cris, les messages, la voix de l'enfant :

— *Aide-moi.*

Défaillance.

— *Tu es le seul sur qui je puisse compter.*

Défaillance !

Le seul à pouvoir aider la voix sur le répondeur.

DÉFAILLANCE !

« Le manque d'alcool. »

Tenir, tenir, tenir, tenir, tenir.

Où est Catherine ? Elle pourra l'aider, elle. Elle saura quoi faire. Elle sait ce que tout cela signifie.

— Elle doit voir ça !

Il a crié. L'écho de sa voix rebondit sur les murs du sous-sol, puis il lui revient sans avoir rencontré un seul corps pour l'absorber.

— Catherine ?

Essoufflée, à l'autre bout du fil :

— Éric ! Où es-tu ? Je te cherche partout depuis une heure.

— Je veux que tu me rejoignes tout de suite ! J'ai besoin de toi. Maintenant.

— Où ?

— Rue des Eaux-Claires, numéro 37.

Brève hésitation, puis :

— Je monte te chercher.

Darrieux perçoit l'inquiétude dans la voix de Catherine. Le manque aiguise ses sens. Il devine son corps trempé de sueur, les gouttes de transpiration sur son front. La peau douce mais ferme de ses seins. Puis il ferme les yeux et voit son propre corps vieilli prématurément. La fatigue, la barbe de six jours, les côtes saillantes, maladroitement dissimulées sous la chemise. Ses cheveux sont ternes, la crasse et le whisky suintent sur ses tempes. Ses yeux verts sont bouffis par l'excès. Il imagine son corps à elle, collé contre le sien. Son corps à lui, fiché au plus profond de son ventre à elle. Toutes ces années perdues. Marie-Line et ses deux bébés, trahies, qu'il n'a pas vues depuis une semaine.

Des mois, des années.

Il n'a pas pu.

« Je dois tenir. »

— Tu n'as rien fait... d'irréparable ?

— Tu t'inquiètes pour rien. Je n'ai pas bu. J'ai mal, j'ai très mal même... à l'intérieur, les souvenirs cognent contre les parois de mon crâne... mais je n'ai pas bu et je comprends mieux les choses. Tu peux me faire confiance.

« J'y suis presque, je le sens. »

Un bruit de voiture derrière elle.

— Ok, je t'y attendrai.

Il a besoin de le lui dire. À elle.

— Pour la première fois, je sais où je vais, Catherine. Cette affaire est très importante pour moi.

— Je sais, répond-elle d'une voix douce.

L'inquiétude n'a pas disparu pour autant.

« J'aime quand tu me parles », semble-t-elle lui dire.

— J'apprends à te parler, murmure-t-il après avoir raccroché.

Un courant d'air glacé l'attend dans le hall. Trente ans plus tôt. Il retrouve les mêmes sensations. Catherine se précipite sur lui et se blottit contre son torse. Son visage est rouge, des mèches bouclées collées sur ses joues et dans le cou. Il s'enivre de son parfum. L'angoisse s'envole maintenant qu'elle peut toucher ses bras, ses épaules, son torse, les palper, les caresser.

— Tout ce que tu m'as raconté au téléphone, il y a une heure, je...

— Tout est là en bas, dans ce garage... la clef... j'ai besoin que tu m'aides. Tu es la seule en qui je puisse avoir confiance. Rosa protège les suspects. Je ne suis pas sûr qu'il puisse se sortir de cette impasse. Je suis seul. C'est plus compliqué mais nous avons une longueur d'avance. Aide-moi, Catherine.

— Aide-moi, répète-t-elle machinalement.

Il se dégage vivement et la tire par le bras.

— Viens !

Le ton est ferme. Elle ne cherche pas à se dégager de son étreinte. Elle le suit sans rien dire dans les escaliers, dans le sous-sol, devant la porte du garage.

— Là, tu vois, les matelas, les draps, les conserves...

Elle ne voit pas, elle le regarde, lui. Il n'y prête pas attention et poursuit l'inventaire.

— Les gamins allongés là... attachés... nourris... battus... les cheveux bruns et blonds, les poils... les notes techniques que je ne comprends pas, tu peux m'aider.

Il lui tend un classeur dont les pages sont couvertes de formules chimiques. Elle l'attrape mécaniquement, y jette un œil, puis le dévisage à nouveau, sans saisir ce qu'il lui demande de faire.

— ... tu comprends ce langage. Pour moi, c'est du chinois. Dis-moi ce que tu lis. Explique-moi.

Elle lit pour lui faire plaisir. Elle dit :

— Des notes sur les techniques d'empaillage des oiseaux… rien d'intéressant… un hobby de bricoleur du dimanche, sans doute…

« Achard est-il chasseur ? pense-t-il. Peut-être… aucun rapport. »

— Et celui-là ?

Il sort un autre classeur d'un carton et le lui met de force dans les mains.

— Dis-moi ce que tu lis !

Hébétée.

— La même chose.

— Celui-là !

— Les différents usages de la chaux, sa préparation. Je ne vois pas…

— Merde, merde, merde ! peste-il en attrapant une pile de manuels scientifiques et en les projetant avec violence contre le mur. Il doit bien y avoir quelque chose dans ce garage, bon sang ! Mais où ?

Elle le regarde sans comprendre. Il a soif, mais il doit tenir bon. Pas question de lâcher maintenant. Elle pose le classeur sur le matelas le plus proche et lui prend la main avec délicatesse.

— Parle-moi.

Alors, sans trop savoir pourquoi, il raconte son père. Il parle de l'ouvrier aux mains calleuses, qui rentrait épuisé du boulot et qui s'enfermait dans un placard, aménagé en bureau et dans lequel il apprenait péniblement à lire et à écrire. La porte fermée à clef de l'intérieur pour que lui et sa mère ne voient pas ses poings rageurs et ses larmes. Darrieux parle de sa mine défaite quand il y entrait, et de l'espoir quand il en sortait pour passer à table.

«Je refuse de rester là où je suis, martelait-il sans cesse. Je le refuse pour moi et pour toi, mon fils.»

— Il apprenait à lire des histoires dans des livres pour enfants et il me les racontait ensuite le soir, de mémoire, avant que je m'endorme. Il avait une verve étonnante pour un type analphabète. Cette période de ma vie reste l'une des plus belles. Elle est gravée dans ma mémoire avec une clarté étonnante. Après...

— Après?

— L'année de mes dix ans, il a subitement arrêté. Un beau jour, il est rentré du boulot, puis, sans explication, il s'est directement dirigé vers son petit bureau, a ouvert la porte en grand et l'a vidé méthodiquement. Il a rempli des sacs-poubelle noirs de ses cahiers et de ses livres. Les stylos et les crayons ont suivi. Il a démonté les étagères, les a sciées sur la table jusqu'à obtenir une petite pile de planches en bois. Ensuite, il s'est attaqué à la table elle-même qui a subi le même sort. Deux heures plus tard, nous n'avions toujours pas mangé, et le placard était entièrement vide. Comme si cette tranche de sa vie n'avait jamais existé. Comme s'il voulait éliminer toutes les traces de son existence, tu vois ce que je veux dire?

Catherine acquiesce. Elle ne lâche pas sa main.

— Mon père a longuement regardé ma mère, il est descendu dans la cour, puis il a calé le tout dans le coffre et sur les sièges de sa voiture, une 4L beige, et il est parti. Il est revenu tard dans la nuit. J'ai appris par la suite qu'il avait tout brûlé, quelque part sur les bords de l'Isère, vers Gières. Il avait un terrain par là-bas, un potager ou un truc comme ça, où il retrouvait des amis à lui et où ils discutaient le vendredi soir.

Un couinement retentit derrière eux. Un rat se

faufile sous la porte, les aperçoit, puis rebrousse chemin aussi vite qu'il est venu. Darrieux sourit.

— Un geste incompréhensible...

Il passe sa main libre sur le front de Catherine.

— Tu es glacée. Tu veux mon blouson ?

Elle secoue la tête.

— J'habitais cet immeuble, autrefois. Je te l'ai peut-être déjà dit, non ? Je radote, parfois... C'est étrange de se retrouver là, après toutes ces années... L'enquête, le hasard, les Eaux-Claires... J'ai soif.

Heureux de n'avoir rien à boire.

« Qu'est-ce que je fous là ? »

Son regard tombe sur l'un des livres qu'il a balancés quelques minutes plus tôt. Le manuel scientifique gît à ses pieds, ouvert à la page cent vingt-sept. Il fronce les sourcils pour essayer de déchiffrer son contenu. La police de caractère est minuscule. Il se baisse, ramasse le manuel et lit à haute voix :

— Chaux et cendre, *épilage*. Chaux, *pelannage*. Son et farine, *déchaulage*. Fiente de pigeon, *confitage*. Fermentation du son et de la farine, *piquetage*. Huile d'olive vierge, *teinture*. Écorce de grenadine, *nourriture*. Écorce de mimosa et de chêne-liège...

Ses mains se mettent à trembler malgré lui. Il répète :

— Chaux et cendre, *épilage*. Chaux, *pelannage*. Son et farine, *déchaulage*. Fiente de pigeon, *confitage*. Fermentation du son et de la farine, *piquetage*. Huile d'olive vierge, *teinture*...

Les yeux hallucinés, il se tourne avec effroi vers Catherine, puis il s'effondre sur les matelas.

— Bon Dieu !

— Quoi, Éric ? Quoi !

Elle hurle.

— Je sais à quoi servent ces produits.

La peau des trois gosses…

Il lit :

— Écorce de mimosa et de chêne-liège : tannage.

Des peaux humaines tannées.

Des peaux d’enfants.

31

Tu pleures, tu pleures, tu veux mettre fin à tes jours. Laisser Christian, ta femme et ton fils en vie, mais te buter, toi, l'ordure la plus abjecte que tu connaisses. Te tirer une cartouche de fusil parce que tu ne vaux pas mieux qu'une bête nuisible qu'on doit abattre. Effacer ton nom de la surface de la terre. Que plus personne n'ait jamais à le prononcer. Honnie soit ta descendance. Qu'elle soit mille fois maudite pour son silence et sa compassion hypocrite. Tu as bu, tu as beaucoup bu. Tu veux boire encore plus. Tes larmes coulent en de longues traînées acides qui t'arrachent la peau du visage sur leur passage. Tes yeux te brûlent. Le gamin t'échappe. Tu n'as plus aucune prise sur lui. Tu n'iras pas plus loin. Tu le sais déjà, mais tu refuses de l'admettre. Tu ne le touches plus, tu le frappes uniquement. Avec méthode et méchanceté, n'y prenant aucun autre plaisir que le défoulement gratuit et pervers du plus fort. Tu pleures pour lui ? Non, tu en es bien incapable. Le jour de leur premier crime, les bourreaux ne sont déjà plus capables de pleurer sur le sort des autres. Être une ordure demande beaucoup d'abnégation, cela impose une souffrance morale telle qu'il te faut toute l'énergie requise pour l'affronter. Le cercle est vicieux et la boucle, perverse. Tu ne peux verser des larmes que sur toi, sur ton malheur. Ta force vient de là, ta faiblesse aussi. Personne n'imagine la honte que tu as ressentie le premier jour où tu as caressé ton propre fils, cinq minutes seulement après avoir joui dans le vagin de ta femme. Personne pour t'aider

Tu le frappes, puis tu pleures devant lui, pour qu'il comprenne que tu es plus à plaindre que lui. Tu ne reviendras jamais en arrière, personne ne te plaindra ni ne te pardonnera. Pour toi, c'est l'échafaud. La guillotine ou les loups. Tu n'auras pas le temps de parler des coups que tu as reçus, du mec ivre mort qui t'est passé dessus le jour de tes onze ans, dans une grange, à soixante kilomètres au nord d'Alençon, une semaine après le débarquement des Alliés sur les plages normandes. Ça serait trop long et ça ne servirait à rien. Ce type aurait dû t'abattre après ce qu'il t'a fait. Comme toi, c'était un lâche et il t'a laissé filer, pantelant, le slip encore humide. Après l'avoir maudit pendant toutes ces années, après avoir juré de le retrouver et de lui trouer la peau, tu ne vaux finalement pas mieux que lui. Tu n'as rien fait pour réparer, tu n'as pas cherché à cicatriser, tu n'as même pas cherché à te battre. Tu as continué son œuvre comme si désormais elle t'appartenait.

La reproduction, tu te dis. Reproduire le moche et le sale. Engrosser ta femme pour qu'elle reproduise ta chair et ton sang puants. Enculer ces gamins pour qu'ils sentent toute ta haine du genre humain. Pour toutes celles et tous ceux qui y échapperont. Injustice suprême. Pourquoi toi ? tu t'indignes. Pourquoi toi et pas lui, lui, ou elle. Qu'avais-tu de plus ou de moins que les autres ?

Alors pourquoi pas eux, les innocents ?

Précisément parce qu'ils ont eu cette chance que personne ne t'a jamais offerte. Si le malheur est bon pour toi, il est aussi bon pour eux. Il ne s'agit pas de vengeance, mais d'un juste retour dans l'ordre des choses.

Alors seulement, ils pourraient comprendre.

Ils pourraient.

Mais tu n'es pas aussi fort et déterminé que ça, n'est-ce pas ! Ta rage n'a d'égale que la merde qui coule dans ton froc. Ton projet te dépasse et tu ne le mèneras pas à son terme. Tu es le salaud ordinaire et sans visage. Celui que tout le monde croise mais que personne ne voit. Celui qui viole les gosses et qui boit des coups avec leurs parents. Pas le type banal, non. Juste un voisin souriant, mort vivant un après-midi de juillet 1944, par une chaleur infernale, et que la loi du silence a forcé à se taire. Les mecs comme toi, on les bute, c'est la seule solution. À moins qu'ils ne l'aient déjà fait eux-mêmes.

Pourquoi est-il préférable qu'ils se tuent eux-mêmes ? La réponse est pourtant évidente. Pour éviter de salir le silence assassin et les mains des voisins qui ont tout vu et tout entendu, bien sûr. C'est tellement plus facile de désigner un coupable unique. La mort ne soigne rien, mais l'histoire est faite pour être oubliée…

32

Darrieux parvient à reprendre ses esprits. De longues minutes après avoir lu l'intégralité du manuel et les notes prises au crayon à papier dans les marges. Les trompettes de la Mesnie Hellequin sonnent toujours dans sa tête, les condamnés, les chiens et les loups hurlent à la mort, mais Catherine est debout derrière lui et ses forces ne le lâcheront pas. Plus maintenant. Il doit aller jusqu'au bout.

« Faire le point, procéder dans l'ordre et surtout ne pas se précipiter. »

La préparation des peaux pour le tannage comporte une série d'opérations compliquées. Elle nécessite un travail de longue durée variant selon le genre de peaux qu'on a à traiter. Il existe trois types de peaux : ovin, bovin et caprin. La durée de chaque opération change selon les saisons. Les peaux qui exigent la préparation la plus minutieuse sont celles des humains.

Le crâne en feu, il se relève péniblement et vient se placer à côté de Catherine.

— Veux-tu m'aider ?

Elle hoche la tête. Darrieux remarque que ses traits

sont striés de petites rides. La tension qui agite son corps est presque palpable.

Une fois les peaux sèches, elles sont pliées en quatre et empilées. La première opération est le lavage. Cette étape consiste à la mise des peaux au reverdissage, un bain destiné à les débarrasser des impuretés et à les faire gonfler. La durée de ce bain est de quatre jours par temps froid.

— Es-tu passée voir Suzan Pierce, comme prévu ?

— J'étais trop inquiète pour toi.

— Bien, tu vas aller la voir. Je pense qu'elle est en danger et vous ne serez pas trop de deux.

— Bien.

— Je veux aussi que tu lui demandes de tout te dire. Dis-lui que je te fais entièrement confiance, que nous sommes dans le même camp. Je l'ai un peu… secouée, tout à l'heure, il faudra que tu m'excuses.

— Tu le feras toi-même.

— Tu as raison.

L'opération de teinture ne doit laisser échapper aucune partie. Elle nécessite trois heures. Après quoi les peaux sont épilées, à l'aide d'un couteau tenu des deux mains. La toison est tendue sur une perche appuyée contre le mur. Au fur et à mesure, la partie de la peau déjà épilée est retirée, glissée vers le haut et vient pendre entre le mur et la perche. Les peaux sont ensuite plongées dans des bassins remplis d'eau chargée de chaux éteinte puis de chaux active et de chaux vive.

— Et toi ?

— Je dois retourner aux anciennes usines Cémoi. Il y a des traces et des témoins là-bas que je dois contacter et éventuellement mettre à l'abri. La dernière fois, je n'ai pas pu poser les bonnes questions, faute de temps.

«Je me sens en pleine forme, Catherine. Il se passe quelque chose, je ne sais pas exactement quoi.»

— Je t'accompagne.

— Non.

— Je ne veux pas que tu y ailles seul.

— Je ne peux régler ça que moi-même. Tu me seras d'une plus grande utilité auprès de la prof d'anglais. Elle ne m'a sans doute pas tout dit. Tu as une bonne mémoire et tu peux recueillir de précieuses informations.

Les yeux de Catherine brillent de mille feux. Ceux de Darrieux ont la couleur du jade.

Les peaux devenues parfaitement nettes passent au lavage. Elles sont étalées dans des bassins d'eau pour être progressivement purgées de la chaux qui les a imprégnées au cours des bains précédents. Elles subissent un lavage préparatoire de deux heures dans le premier bassin, puis elles sont jetées dans un second plus profond pour être foulées méthodiquement au pied. Cette opération dure environ trois heures. Elle est extrêmement éreintante.

— Ensuite, je dois retrouver la trace de Grégory Achard. Vu les évènements, il est certainement planqué. Je dois encore savoir qui il est réellement. De ton côté, profites-en pour interroger Suzan Pierce à son sujet. Des détails, des souvenirs, des conversations bizarres qu'ils auraient pu avoir, tout ce qui peut te paraître intéressant pour cerner sa personnalité, son histoire, ses manies, etc.

— Mais comment je...

— Je te fais confiance, tu sauras comment la faire parler.

À la sortie du bassin ou de la machine, les peaux subissent l'action de bains successifs et variés dans les fosses : le bain de fiente de pigeons sauvages (8 j.) et le bain de son (15 j.).

— Éric…

Il pose tendrement la paume de sa main sur la bouche de la jeune femme.

— Ne t'inquiète pas. Si tout se passe comme prévu, dans moins de vingt-quatre heures, tout sera réglé. La nuit risque d'être longue, avant le dénouement, mais demain matin, la vérité éclatera et les enfants seront retrouvés.

— Tu… tu as un plan ?

— Moi ? Non.

— Qui, alors ?

Il pose son index sur la tempe de Catherine.

— Toi, tu en as un. Là-dedans.

— Moi ? Mais je n'ai rien du tout et…

— Je crois que si, et c'est pour ça que tu es là. Je m'occupe de l'affaire, et toi, tu me gères, moi.

Elle le dévisage avec surprise.

— Tu es tellement… étonnant, des fois !

— Moins de vingt-quatre heures, Catherine. Je ne te demande pas plus.

Après la teinture et le séchage, commencent les opérations successives d'assouplissement des cuirs et de lissage avec un outil composé d'une lame de fer convexe fixé sur une tige de bois, laquelle est assemblée à une sorte d'arc en bois. La peau est étendue en long et le tanneur travaille courbé constamment, appliquant contre sa poitrine l'arc en bois. Le lissage se fait côté chair. Puis il pratique le grainage côté fleur sur un petit dôme en terre cuite.

— Je te rejoins ensuite chez la prof. Tu m'y attendras. J'ai besoin de deux heures au maximum, une heure dans le meilleur des cas. Tu dois tenir tout ce temps chez elle.

— Merde, Éric…

— Tu travailles aujourd'hui ?

— Non.

— Alors, fais ce que je te dis, je t'en prie.

— Je vais le faire, mais avant, je veux que tu me promettes une chose.

Elle l'attrape par le col de sa veste, dans un geste délibérément agressif.

— Quoi qu'il se passe cette nuit, promets que demain, tu laisseras tout tomber et tu accepteras que je m'occupe vraiment de toi. Je veux te soigner, je veux… je veux que tu abandonnes tout ce… merdier ! Putain, je ne sais même pas comment le nommer.

— Demain, tout sera fini, je t'en fais la promesse.

— Ce n'est pas ce que je te demande.

Darrieux marque une pause, comme s'il comprenait seulement à cet instant ce qu'elle cherchait à lui dire.

— Dis-le !

« Je n'entends plus les cris. »

— Je promets de m'en remettre entièrement à toi.

— Merci.

La peau ainsi tannée, rendue à la fois souple et résistante peut être livrée à la vente.

« Je ne les entends plus, je les vois. »

Darrieux laisse Catherine au pied de l'immeuble de Suzan Pierce, puis il sort son mobile pour prévenir le centre d'analyse médico-légal de Lyon pour qu'il fasse le nécessaire dans le garage.

« Couper l'herbe sous le pied de Rosa, s'il n'a pas déjà pris les mesures nécessaires. »

— Inspecteur Éric Darrieux, Grenoble.

— Bonjour, inspecteur.

— J'appelle pour l'affaire des disparus des Eaux-Claires. Il faudrait envoyer une équipe au 37 de la rue des Eaux-Claires, garage n°11. Du sang, des cheveux, probablement des empreintes, bref la totale.

— Pouvez-vous me rappeler votre nom, s'il vous plaît, je n'ai pas eu le temps de le noter.

La voix est devenue plus sèche, à l'autre bout du fil.

— Inspecteur Éric Darrieux. Vous voulez que j'épelle ou ça va comme ça ?

— Non, non, c'est bon... euh, excusez-moi, mais je ne vois pas votre nom dans le fichier concernant cette affaire. D'ailleurs, je ne vois votre nom nulle part. À quel commissariat êtes-vous rattaché ?

Rosa a pris les devants plus rapidement qu'il ne le pensait. Gagner du temps, avant que les hommes de Grégory Achard ne viennent effacer les traces.

— Pour l'enquête sur les disparus, les références que vous avez dans votre fichier informatique doivent être celles du commissaire Simon Rosa ou de l'inspecteur Cyril Vax. C'est une affaire prioritaire, je suppose que vous êtes au courant, vous avez reçu les avis de recherche. Officiellement, je ne suis sur l'enquête qu'en soutien, mais les éléments que j'ai découverts sont déterminants et demandent qu'on s'en occupe immédiatement et...

— Dans ce cas, coupe le préposé au standard, contactez les responsables et rappelez-moi dès que vous avez les codes d'accès.

« Merde. »

— Y a pas moyen d'accélérer la procédure ?

— Je suis désolé, monsieur, mais il y a beaucoup de plaisantins qui s'amusent à nous faire des petites blagues. On ne déplace pas une équipe de six personnes sur un simple coup de téléphone.

— Bon sang de merde ! rugit Darrieux. Je ne suis pas monsieur Darrieux, mais inspecteur Darrieux. Si vous ne dépêchez pas une équipe immédiatement, les preuves risquent d'être effacées.

— Faites boucler le secteur par vos hommes, alors, ironise le préposé. Et gardez votre calme, je vous prie.

— Vous ne pouvez rien faire ?

— Je ne peux rien faire.

« Qu'est-ce que c'est que ce bordel ? »

— Mon nom n'apparaît nulle part ?

— C'est exactement ce que je vous ai dit il y a un instant.

— Merde.

— Je ne vous le fais pas dire. Bonne fin d'après-midi, monsieur.

Mal à l'aise, Catherine reste sur le palier une bonne dizaine de minutes avant d'oser sonner. Que va-t-elle bien pouvoir raconter à cette dame ? Dans quelle galère s'est-elle laissée embarquer ? La journée qu'elle vient de passer était irréelle, la nuit s'annonce encore plus prometteuse. Des heures passées à courir après Éric.

Tout allait bien jusqu'à ce que leurs rapports deviennent plus intimes. Non pas qu'elle regrette. Elle en avait envie et d'ailleurs, c'est toujours le cas. Sous ses airs dépressifs et alcooliques, Éric cache une sensibilité et une gentillesse qu'elle n'a croisées que rarement au cours de sa jeune vie professionnelle. La plupart des patients dont elle s'occupe sont des vachards agressifs qui cherchent à se venger sur ceux qui ne sont là que pour leur bien. Éric est différent, attentif. Elle a craqué pour ses beaux yeux verts la première fois qu'elle est venue lui administrer son traitement à domicile. La simplicité de son regard l'a touchée.

Mais depuis quelques jours, tout s'est compliqué. Les crises d'Éric se sont multipliées et elle ne le tient plus. Il est évidemment exclu qu'elle en touche un mot à ses supérieurs. Elle serait immédiatement remplacée et probablement sanctionnée. Du coup, elle se retrouve à courir dans les rues de Grenoble à n'importe quelle heure du jour et de la nuit à sa poursuite, elle n'a pas fait une seule nuit correcte en quatre jours et en plus elle risque d'avoir des ennuis.

« Voilà ce qui arrive quand on couche avec ses patients, pense-t-elle. Je suis décidément trop sensible. »

Un claquement de talons derrière la porte, suivi d'un bruit de clef. Une femme du même âge qu'elle apparaît dans l'encadrement. Ses yeux sont rouges. Elle a pleuré.

— Oui ? fait-elle d'une voix faussement enjouée.

— Catherine Astier, infirmière. Je suis une amie de… l'inspecteur Éric Darrieux. J'ai besoin de vous parler.

Suzan Pierce affiche maintenant un air grave.

— J'ai besoin de vous parler de lui.

— … je vois. Entrez.

Après avoir essayé de joindre, sans succès, le commissaire Rosa, Darrieux se décide à filer au bureau du cadastre tenter d'obtenir plus de renseignements sur Grégory et Simone Achard. En entrant dans la pièce, il est dans un tel état d'énervement qu'il manque de renverser une vieille dame qui s'apprêtait à sortir. Quand son tour arrive, il est proche de l'hystérie.

« Le manque. Je n'ai pas bu une goutte de whisky depuis des heures. »

La femme qui se tient derrière le guichet est d'une maigreur épouvantable. En la voyant, Darrieux se demande quelle image il renvoie de lui-même en ce moment. Ses yeux sont cernés et des tics nerveux doivent déformer ses traits.

— Vous désirez ?

— Je cherche à retrouver la trace de Charles et Simone Achard qui auraient habité au 37, rue des Eaux-Claires, approximativement jusqu'en 1974 ou 1975.

— Achard... avec un « d » comme Danielle ?

Son hochement de tête est aussitôt suivi du tapotement mécanique des doigts de la femme sur le clavier.

— Non, personne de ce nom-là. Autre chose ?

L'employée qu'il a eue au téléphone quelques jours plus tôt ne s'est donc pas trompée.

— Vous êtes certaine ?

La question la prend au dépourvu. Son regard effectue un aller-retour entre l'écran de son ordinateur et son interlocuteur, comme pour signifier l'évidence de sa réponse.

— Pouvez-vous faire une recherche plus large, s'il vous plaît ?

— L'ordinateur me donne automatiquement tous les Achard ayant résidé à l'adresse que vous m'avez indiquée. Il n'y en a aucun entre 1964 et aujourd'hui, monsieur. Autre chose ?

— Une recherche par prénom, peut-être ?

L'employée lève les yeux au ciel.

— Impossible.

« Vive Orwell et le fichage généralisé... »

— Avez-vous le nom du syndic de l'immeuble, au moins ?

— Société Fogia, 27, avenue Alsace-Lorraine. Merci de votre visite. Suivant ?

Vingt minutes plus tard, Darrieux pénètre dans les locaux luxueux du roi de l'immobilier grenoblois. Plafonds à quatre mètres cinquante, plus de six cents mètres carrés de bureaux grands comme son appartement, pas de doute, tout le monde ne souffre pas de la hausse des prix dans cette ville.

Cette fois-ci, la femme présente à l'accueil est jeune, souriante, et pourrait aisément postuler au concours de miss immobilier Rhône-Alpes 2006. Façonnée à l'image de l'idéologie d'entreprise qu'elle est censée incarner. Dans moins de dix ans, elle sera remplacée par une fille plus jeune et déplacée dans un bureau à l'abri des regards dans le meilleur des cas.

— Bonjour, que désirez-vous ?

— Bonjour, inspecteur Éric Darrieux. J'effectue en ce moment des recherches dans le cadre d'une affaire concernant un couple qui aurait résidé au 37, rue des Eaux-Claires jusqu'au milieu des années soixante-dix.

— Leur nom, s'il vous plaît ?

— Simone et Charles Achard, avec un « d » comme…

— Comme Darrieux, complète l'employée en souriant imperturbablement, révélant une dentition d'une blancheur proche de la perfection.

Ses ongles vernis pianotent et virevoltent sur son clavier en une toccata impeccable. Soudain, les doigts se crispent, les petits seins arrêtent de tressauter par petites saccades régulières sous le chandail échancré et la jeune femme lève une mine contrite sur son client.

— Fogia ne possède aucune propriété à ce nom-là, je suis infiniment désolée, inspecteur.

— Comment faire, alors ? Je suis pourtant certain qu'ils vivaient bien à cette adresse au début des années soixante-dix. Le nom de famille n'est peut-être pas le bon.

L'employée se redresse et fronce les sourcils, visiblement soucieuse de trouver une solution à son problème. Cerner la demande, réactivité, les maîtres mots.

— En fait, la liste des propriétaires n'est pas très longue. Le turn-over est faible sur ce type d'habitations, essentiellement des personnes âgées soucieuses d'effectuer de bons placements. Souhaitez-vous la consulter ? Peut-être y trouverez-vous ce que vous cherchez…

La jeune femme se penche son client, offrant un décolleté plongeant et sans équivoque, elle plisse les yeux et chuchote sur le ton d'une confidence :

— Normalement, ces fichiers sont confidentiels. Néanmoins, je suis certaine de pouvoir compter sur votre… discrétion.

Darrieux se dit qu'elle en fait un peu trop, mais il acquiesce gravement afin de ne pas la détromper dans son jugement. Elle tourne l'écran vers lui.

Quand il relève la tête, le visage de l'employée et la tapisserie de l'immense hall d'accueil ont changé de couleur. Le rouge prédomine. Le listing ne mentionne effectivement aucun Achard ayant vécu au cours des quarante dernières années au 37, rue des Eaux-Claires, appartements, garages et caves compris. Par contre, un certain Charles Thiel a acheté un appartement en mars 1969 dans l'immeuble. Son épouse, Simone Thiel l'a revendu en 1974.

— Simone Thiel, née Achard…, murmure Darrieux, se sentant pris de vertige.

Grégory Thiel… Voilà qui explique qu'il n'ait trouvé aucune référence au nom d'Achard. Le nom de jeune fille de la mère n'est qu'un nom d'emprunt.

« Pourquoi ce changement ? »

Charles Thiel.

Un emprunt destiné à cacher le nom de mariage. Qu'est-ce qui peut pousser une mère et son fils à renier leur nom de famille à ce point ? Un divorce ? Une dispute avec le père, peu avant sa mort ? La découverte d'une relation extraconjugale, peut-être… La mère a déménagé avec son fils rue du Général-Ferrié en 1974, mais qu'est devenu le père à partir de cette date ?

Charles…

Une voix aiguë interrompt brutalement le cheminement de ses pensées.

— Vous avez trouvé ?

La jeune employée le dévisage avec curiosité. Il esquisse un sourire et se précipite vers la sortie sans lui répondre. Début de panique.

« Je connais Charles Thiel. »

Un souvenir. Puis deux, trois, quatre… Une réalité confuse émerge des brumes de sa mémoire. Charles, le voisin de ses parents avant leur déménagement, trente-deux ans plus tôt. Greg, son camarade de jeux, dans le hall de l'immeuble. Comment a-t-il fait pour ne pas le reconnaître plus tôt ? Grégory, l'homme-fantôme, le portrait craché de Charles…

L'ami de son père.

« Impossible. »

Au bord des larmes, Suzan Pierce n'arrive plus à s'arrêter. Les trois adolescents trop brillants, leurs parents à côté de la plaque, les cours du soir pour qu'ils ne ratent pas leur vie et les années de retard à rattraper. L'idéal d'une prof confrontée à un système éducatif trop élitiste et au poids des origines socio-économiques. Catherine écoute. Elle comprend et soulage. Les deux femmes, main dans la main, assises dans le canapé du salon, les gestes de tendresse, la compassion spontanée.

— Je me suis attachée à ces trois mômes, vous comprenez ! Je ne voulais pas en arriver là, mais que voulez-vous que je fasse ? Leur dire d'attendre patiemment leur majorité, qu'on s'occuperait d'eux à ce moment-là !… Des parents laxistes, égoïstes, bien trop préoccupés par leurs propres problèmes pour voir que leurs gosses avaient besoin d'eux. Des connards complètement aveuglés par leur ego.

— Que s'est-il passé ?

— Eva et Mélanie sont venues m'annoncer mercredi dernier qu'elles avaient pris la décision de partir de chez elles.

— Une fugue ?

— C'est ça, gémit-elle, la voix entrecoupée de sanglots à peine contenus, une putain de fugue. À onze et treize ans, vous imaginez ce que cela peut signifier ? Deux gamines, deux enfants, balancées dans la nature !

« Les filles qu'elle aurait rêvé d'avoir », se dit Catherine.

— Vous auriez pu aller voir leurs parents, en discuter avec d'autres collègues.

— Croyez-vous que je n'ai pas essayé ! J'ai appelé la mère d'Eva, elle m'a répondu sèchement que ce n'était pas mes oignons, que sa fille ne ferait certainement pas une chose pareille et qu'elle savait très bien comment l'éduquer. Pas besoin de conseils, elle m'a dit.

— Donc vous avez décidé de les aider…

— Pour qu'ils ne fassent pas de conneries! Pour qu'ils ne se retrouvent pas dans des draps encore plus sales ou je ne sais quoi d'horrible. Bon sang, ils n'auraient pas tenu vingt-quatre heures dehors!

— Et Clément?

— Clément voulait suivre Mélanie, naturellement. Il est fou amoureux de cette fille, et franchement, il y a de quoi... Ce sont des gamins adorables, gentils, pas de drogue, pas d'idées suicidaires, juste l'envie de sortir de leurs problèmes... Je sais bien qu'on va m'accuser de complicité d'enlèvement de mineurs...

— C'est le cas, coupe Catherine d'une voix douce.

— ... je sais tout ça, je sais, mais sérieusement je ne pensais pas que ça prendrait de telles proportions. La police, les journaux, l'enquête. Des gamins disparaissent tous les jours, ça ne fait pas la une de la presse. Tout au plus une photo affichée dans les gendarmeries. Nous avons paniqué... j'ai paniqué. Ils ne devaient rester chez moi qu'un ou deux jours, puis nous étions convenus qu'ils devaient contacter leurs parents respectifs et leur expliquer la situation. Je supposais que deux jours d'absence suffiraient à marquer durablement leurs esprits et à leur faire prendre conscience...

— Au lieu de ça, le spectacle médiatique s'est saisi de l'affaire, et vous vous êtes retrouvée empêtrée dans votre mensonge. La vérité ou un licenciement sec. Peut-être même la prison...

— Je me suis comportée comme une gamine, je...

— Vous avez cru bien faire.

— Ils ne pouvaient plus rester ici. Un ami leur a trouvé un squat, dans les anciennes usines Cémoi, sur les bords du Drac, avec les gitans et les clochards...

— Et ce David Schweitzer, alors?

— Un pauvre type en mal de publicité. Il n'y est pour rien…

Catherine oscille la tête. Elle analyse et tire les conclusions qui s'imposent.

— Qui vous a aidée ?

Darrieux ne reconnaît pas tout de suite la voix qui fulmine à l'autre bout du fil.

— Venez tout de suite au garage n°11 du 37 de la rue des Eaux-Claires. Il y a des indices partout. Les gosses y ont certainement été séquestrés plusieurs jours avant d'être transférés ailleurs.

— Qui êtes-vous ?

La voix du commissaire est glaciale.

« Pourquoi ne me reconnaît-il pas ? »

— Éric, commissaire. Éric Darrieux.

— Qu'est-ce que c'est que ces conneries ?

— Les enfants vont être dépecés, s'ils ne le sont pas déjà. Leurs peaux sont destinées à être tannées !

— Quoi ?!

— Grégory Thiel est spécialisé dans le tannage de peau… son père est un ancien voisin à mes parents… tout est lié, il faut à tout prix dépêcher une équipe sur place pour boucler le secteur, avant que les preuves ne disparaissent…

La communication est brusquement coupée. Darrieux fait une nouvelle tentative, mais la ligne est occupée.

— Bizarre, fait-il à haute voix.

« De toute façon, Rosa est au courant, c'est l'essentiel. Il fera ce qu'il faut. »

La rue Ampère est à cinq minutes de marche, il a encore le temps de retrouver le Polak pour lui poser quelques questions.

Au croisement du cours Berriat, il tombe sur un barrage de CRS, interdisant l'accès à l'entrée des anciennes usines Cémoi.

— Qu'est-ce qui se passe là-dedans ? demande-t-il au premier policier qui se présente.

— Opération de police. Interdiction d'entrer dans la rue pour l'instant. Vous logez ou travaillez dans le quartier ?

— Non, je...

— Alors vous n'avez rien à faire ici. Circulez.

Frustré, Darrieux s'apprête à se présenter au policier quand il aperçoit la silhouette chaloupée de Raph, une dizaine de mètres sur sa gauche. Il va à sa rencontre.

— Éric, mon vieux ! Qu'est-ce que tu fiches là ? Tu en tires une sale tête !

— J'ai arrêté de boire depuis ce matin.

— Merde !

Le cri est sincère et suivi d'un sifflement admiratif.

— Tu boiras pour deux, je te fais confiance... Dis-moi, c'est quoi ce bordel derrière moi ?

— Les cow-boys sont là depuis c'matin. Nettoyage général du quartier, la méthode Kärcher. Tout c'qui a pu être arrêté l'a été dans les règles. Les Rroms en centres de rétention avant d'être expulsés, papiers en règle ou pas, et les SDF au trou pour cuver leur pinard et leur came. Quant à ceux qui se trouvaient là par hasard, ma foi, tant pis pour eux. La prochaine fois qu'ils y r'mettront les pieds, y aura des apparts grand standing et des centres commerciaux en veux-tu, en voilà !

Rosa et Vax n'ont pas perdu de temps. Il comprend mieux l'énervement du commissaire au téléphone, quelques minutes plus tôt. Certains doivent profiter de la pagaille des expulsions pour se servir en chair fraîche.

Trop tard.

— Tu connais le Polak ?

— Sûr que j'le connais. C't'une célébrité dans l'coin.

— Il était du voyage ?

— Trop malin pour ça. Il s'est tiré hier soir avec ses clebs.

— Où est-ce que je peux le trouver ?

— J'en sais rien, moi !

— Putain, Raph, dit-il en attrapant le poivrot par le col. Fait un effort, c'est très important !

— Hé, inutile d'me secouer comme ça, putain de bordel de merde ! Deux secondes…

— Ça urge ! J'ai pas deux minutes !

— … en général, quand le temps est maussade, il emmène ses clébards pisser du côté de Saint-Bruno. Il a quelques potes, là-bas, j'crois. Tu peux toujours essayer par là.

— Merci, vieux. Je te revaudrais ça.

— Pas l'temps d's'en jeter un p'tit ?

— Demain tout sera fini, Raph, dit-il en s'éloignant. Demain, seulement. Pas avant.

Darrieux comprend qu'il y a maintenant deux enquêtes et que la sienne n'est plus officielle. Avant de quitter le navire, les rats sèment la zizanie et font le ménage. Le Grand Charivari. Les pêcheurs se savent condamnés, mais ils refusent de se laisser bouffer les entrailles sans se battre. Les chiens et les loups hurlent à la mort. Toutes les preuves sont passées à la javel pour qu'aucune trace ne subsiste. Inutile de retourner au garage n°11. Il ne doit déjà plus rien rester. S'ils peuvent virer une cinquantaine de sans-abri, ce ne sont pas deux matelas, une étagère et quelques cartons qui vont les arrêter. Du travail méthodique, digne de Simon Rosa.

« Et moi, je n'ai plus qu'une nuit pour tout résoudre. Après, il sera trop tard. »

S'il échoue, Œil rouge viendra reprendre son dû.

Il doit mettre la main sur le Polak avant Cyril Vax et ses hommes de main. Après, il s'occupera de Grégory Thiel.

— Je le connais depuis plus de quinze ans. C'est presque un frère pour moi. Nous sommes allés à la faculté ensemble. Il tentait de reprendre ses études, et moi, je les démarrais. Un type qui n'a vraiment pas eu de chance, mais d'une gentillesse sans bornes. Toujours là quand j'ai besoin de lui. Quand mes parents sont morts, je suis allée vivre chez lui quelque temps. J'ai pu reprendre mes études et réussir ma maîtrise d'anglais. Sans lui, je pointerais au chômage, à l'heure actuelle. Et puis…

« Et puis les emmerdes ont commencé. »

Suzan reprend son souffle. Catherine n'ose pas lâcher ses mains pour ne pas rompre le fragile contact qui s'est établi entre elles. La sincérité de la professeure la fascine. Sous des airs de dureté et d'âpreté, se cache une beauté qui lui avait échappé. Elle a agi par amour pour ces enfants, pas par colère envers leurs parents. Elle a pris ses responsabilités, voilà tout. Peu de gens le font à ce niveau-là…

— Racontez-moi.

— J'ai commencé à m'inquiéter pour lui à Noël. C'est une période qu'il n'aime pas. Il n'a pas eu une vie facile, vous savez. Son père est mort alors qu'il n'avait pas quatorze ans… Bref ! D'habitude, nous passons les fêtes à deux, sans sa mère, une femme exécrable. Pas de chichis, pas de dinde farcie, juste nous deux et une soirée à discuter de tout et de rien. Mais cette année, il n'était pas bien. Il a pleuré toute la première partie de la nuit, n'a pas voulu avaler un morceau, puis il est allé s'enfermer dans son bureau. Je ne l'avais jamais vu dans cet état.

— Et?

— Je suis allée le rejoindre une heure plus tard, après avoir longuement hésité. Il était assis à sa table de travail, de dos et dans le noir. Je suis entrée, j'ai contourné le fauteuil, et je l'ai vu, un revolver à la main, le canon braqué contre sa tempe et… oh mon Dieu!

Suzan porte une main à sa bouche, horrifiée. Catherine accroît légèrement la pression de sa main sur la sienne pour ne pas la perdre. Suzan tourne un visage tourmenté vers elle, tente de sourire, en vain, puis elle déglutit douloureusement.

— Vous pouvez continuer?

Suzan fait oui de la tête.

— Son regard était dénué de toute vie. J'ai vu tout de suite qu'il avait abandonné, qu'il… qu'il avait décidé de baisser les bras, qu'il ne voulait plus supporter toutes ces… choses qui ont empoisonné sa vie pendant toutes ces années. Nous avons longuement parlé, mais il a refusé de me raconter ce qui l'avait poussé à commettre un tel acte. J'ai eu beau insister, il se refermait comme une huître. Au petit matin, il m'a finalement promis de ne plus recommencer… et puis il y a eu l'histoire de la fugue de mes élèves…

— … et Éric est arrivé.

— Oui. M. l'inspecteur Éric Darrieux est arrivé dans un fracas de tous les diables et il a semé le doute dans les esprits des plus fragiles.

— Vous lui en voulez?

— D'une certaine manière, non. Il fallait bien que ça arrive un jour ou l'autre. C'était même préférable.

— Je l'espère, Suzan. On mange un bout?

Puis elle pousse un soupir de soulagement, avant d'éclater de rire. Un rire nerveux où se mêlent la joie et les larmes.

Mais un rire quand même.

— Catherine? Tu es toujours avec elle. Elle t'a expliqué?

— Presque tout, Éric.

— Très bien. Pas de visite?

— Aucune, ne t'inquiète pas.

— Elle t'a parlé du gars au manteau beige?

— Il n'y a jamais eu de gars au manteau beige.

— Comment ça, jamais de… mais, et le témoignage de Marc Soulier.

— Elle n'a aucun élève de ce nom-là.

— Qu'est-ce que tu me chantes? Tu es sûre de ne pas confondre? C'est elle-même qui m'a conseillé d'aller le voir quand Clément a disparu. Elle m'a même filé son adresse.

— Marc Soulier n'existe pas.

— Alors il va falloir que tu m'expliques, Catherine, parce qu'il y a quelque chose qui m'échappe. Ce gamin, je lui ai parlé il y a une semaine. Qui était-ce, sinon Marc Soulier?

— Bonne question.

Irrité par le ton de sa voix, à cet instant précis. Envie de la gifler. Inutile.

— Je déteste discuter de ces trucs par téléphone. Je serai plus long que prévu. On se retrouve chez moi. Cette nuit.

— Je t'aime, Éric.

Pas lui. Impossible. Tout ça ne rime à rien.

Darrieux n'entend pas la suite. Chaque nouvelle information engendre une nouvelle hypothèse et en élimine une autre. Son esprit est trop confus.

Envie de boire.

Il doit résister.

Résister, résister, résister.

Œil rouge surveille le moindre de ses faits et gestes. Son protecteur et son pire ennemi. Il doit être sur ses gardes, s'il ne veut pas être emporté à son tour. Demain, il aura peut-être tout perdu. Sans l'oubli que lui procure la gnôle, plus profonds sont les abîmes, plus lourde est la chaîne à tirer.

Résister ou crever là, maintenant.

33

Je m'envole pour de bon, cette fois-ci. Le silence règne en maître et plus rien ne m'atteint.

Ni les caresses, ni les coups.

Des ailes blanches et longues, des ailes d'ange ont poussé pendant la nuit. Je suis nu et mon corps est léger.

Ni son odeur, mêlée à la mienne, ni sa salive qui dégouline sur mes lèvres et qui empoisonne ma chair.

Je ne pardonnerai pas, je n'oublierai pas, mais je ne rendrai pas les coups de poings et de pied. Je resterai dorénavant stoïque comme le marbre de ma tombe.

Ni sa puanteur de mort, ni sa langue râpeuse.

Oncle Val n'existe plus. Il n'a jamais existé.

Ni son sexe dans ma bouche, ni son sexe dans mon cul.

Christian n'existe plus.

Je n'ai jamais existé.

34

« Au diable Catherine et ses énigmes ! »

La température descend encore et la tension de Darrieux avec. La nuit, le besoin d'alcool est exacerbé. Les néons des bars. Il résiste à chaque pas. L'image du verre devient bouteille, puis la bouteille se multiplie comme le pain. Les couleurs et les odeurs s'en mêlent. L'effort est violent.

Le Polak est assis sur un banc. Au bon endroit, comme prévu. Il aperçoit la silhouette de l'inspecteur, tourne la tête et siffle trois coups en direction d'un massif d'abutilons. Dociles, ses chiens accourent aussitôt et viennent se coucher à ses pieds. Darrieux s'approche et constate que le SDF a les yeux légèrement révulsés. Une drogue, peu importe laquelle. Il semble être en état de répondre à ses questions.

— Inspecteur Darrieux, s'exclame-t-il en roulant exagérément les « r », je vous attendais.

— Tu parles comme un Russe, toi, maintenant ?

— Je m'entraîne, au cas où on m'renverrait en charter chez moi.

— T'es même pas Polonais !

— Eux le croient. C'est ce que j'ai déclaré sous serment, la première fois que j'ai été contrôlé.

— Bon… nous n'avons pas terminé notre petite discussion, l'autre fois, dans les ruines.

— Je m'suis douté que j'vous reverrais dès qu'j'ai vu ces guenilles de flics commencer à bivouaquer rue Ampère, cette nuit. Cinq cars de CRS, inspecteur, rien qu'pour nous. Ça force le respect, non ?

— Apparemment, ça n'a pas suffi.

— Oh, vous parlez de ma… disparition ! J'ai l'habitude de leurs méthodes, depuis le temps. Leur échapper est plus facile que de ne pas entendre le bruit de leurs godillots sur le bitume.

Le Polak éclate d'un rire sonore. Puis, subitement, ses traits se tordent et Darrieux y lit une grande tristesse.

— Ils n'ont même pas eu b'soin du prétexte des incendies c'te fois-ci. Le préfet a dit qu'l'état de délabrement sanitaire des lieux était suspect, rien qu'ça ! Nous avions pas l'eau courante, figurez-vous ! Il a trouvé notre condition inhumaine et a gentiment proposé à mes anciens colocs des places en maisons d'arrêt ou en avion, tous frais payés, bien entendu. Vous faites un bien beau métier, inspecteur !

— Si ça peut te faire plaisir, ma démission sera demain sur le bureau du commissaire.

— Pour ce que ça changera…

— Ouais, bon, je ne suis pas venu pour ça… Tu m'as parlé de trafic de pilules, la dernière fois…

— Moi ? fait le Polak, faussement étonné. Ça m'étonnerait. J'suis au courant de que dalle, j'le jure sur la tête de mes deux clebs !

— Joue pas au con avec moi, merde !

— J'ai plus l'droit d'causer, mon vieux. T'es pas l'seul flic du coin à être venu m'parler, ces derniers temps. Et y en a qui m'ont d'mandé d'être moins bavard sur certains sujets. Avec de bons arguments, croyez-moi sur parole !

La chape de plomb s'étend lentement mais sûrement sur la ville. Les preuves disparaissent avec les traces de ceux qui les ont laissées traîner. À ce rythme, dans peu de temps, Darrieux lui-même ne sera plus qu'un souvenir.

Un souvenir pour qui ?

— Donc, si je résume, tu ne sais plus rien ?

— Pas grand-chose, en effet.

— Tu ne témoignerais évidemment pas de ce « pas grand-chose », je suppose.

— Vous supposez plutôt bien pour un flic.

— Et les trois gosses, merde, on ne t'a pas interdit de m'en parler !

— Quels gosses ?

— Espèce de…

Darrieux se jette sur le Polak avec colère, l'empoigne de toutes ses forces et lève le poing pour le frapper. Il n'a pas le temps de terminer son geste que les deux chiens sont déjà sur lui, l'un sur son mollet droit, l'autre sur son bras.

Haine subite pour cet homme.

— T'es vraiment qu'un sale…

— Tu ferais la même chose à ma place, connard ! Maintenant, tu lâches ma veste !

Darrieux se contracte, les chiens aussi.

— Tu l.â.c.h.e.s. ma veste, tout de suite !

Les yeux du Polak plantés dans les siens, une minute durant. Darrieux ne saura rien de plus. Les morts ne parlent jamais.

Envie de le tuer, de lui écraser sa sale gueule de faux cul.

Il finit par lâcher prise, le Polak siffle un coup, les chiens se retirent sous le banc. Il fait quelques pas en arrière, lui tourne le dos avec mépris, puis il quitte la place.

Reste Grégory Thiel.

Correction : il ne reste que *lui* et Grégory Thiel.

Catherine termine son assiette de spaghettis à la bolognaise. Suzan Pierce la regarde faire en se rongeant les ongles, incapable d'avaler quoi que ce soit.

— Tu es certaine de ne pas en vouloir un peu, demande l'infirmière. Ça te ferait du bien.

La professeure secoue la tête nerveusement.

— Je suis morte d'inquiétude pour Grégory.

— Éric ne lui fera pas de mal. Il est dans sale état, mais il n'est pas méchant.

Repue, Catherine repousse son assiette vide devant elle, vide son verre d'eau et attrape son paquet de Gauloises blondes, niché dans une poche de son sac. Elle en propose une à Suzan qui refuse.

— Tu ne fumes pas ?

— Mon père est mort d'un cancer du poumon.

— Désolée…

— Faut pas… il fumait comme un pompier. Quand le médecin lui a montré les taches sur ses radios, deux ans avant qu'il y passe, il s'est contenté de dire « Bah, mourir de ça ou d'autre chose ! » et il a doublé sa consommation de tabac. Ma mère s'est suicidée deux mois avant qu'il ne fume la dernière. Elle ne supportait pas l'idée de le perdre. Le soir de l'enterrement, alors que nous rangions ses affaires, il m'a proposé une cigarette. C'était un geste machinal, pour ainsi dire involontaire, mais sur le coup, j'ai vu rouge et je suis partie en claquant la porte. Nous ne nous sommes jamais revus.

Catherine ne trouve rien à répondre, elle hoche la tête et sourit gravement. Suzan la dévisage avec curiosité.

— Quel est le problème d'Éric ?

— À peu de choses près, le même que celui de Grégory.

— C'est-à-dire ? demande-t-elle avec insistance.

— Ils ont un compte à régler.

— Tu crois vraiment que nous pouvons les laisser seuls ?

— Ça ne coûte rien d'essayer… Il sera toujours temps d'aviser demain.

— Qu'est-ce qu'on va faire, maintenant ?

Catherine laisse la question en suspens, le temps d'écraser son mégot dans le cendrier. Suzan ne la lâche pas des yeux.

— Nous allons nous aussi partir à la recherche des adolescents.

— Oui…, murmure Suzan, à moitié convaincue.

— C'est la seule chose à faire.

La porte de l'appartement de Grégory Thiel a été réparée, constate Darrieux en déboulant sur le palier, après avoir remonté en courant la rue Léo-Lagrange. « Certainement pour ne pas alerter les voisins… »

Faire comme s'il ne se passait rien.

Il se jette de toutes ses forces contre la porte qui cède dans un craquement sinistre. Comme il s'en doutait, l'appartement est vide. Dans le bureau, la caisse remplie de drogue a disparu. Il fallait s'y attendre, les preuves sont effacées une par une, avec la méthode de professionnels rompus à l'exercice.

L'ordre des choses, plus que Thiel et lui. Thiel ou *lui. Rien d'autre à espérer, les trois gamins comme monnaie d'échange.*

Le domicile de l'inspecteur Cyril Vax est également vide, Darrieux s'en est assuré quelques minutes plus tôt en passant devant. Thiel ne peut être que chez sa mère, à moins qu'il n'ait une planque, ailleurs dans l'agglomération.

La mère et le fils, prostrés dans leur silence incestueux, liés par le mensonge jusqu'à la mort.

Simone et Grégory Thiel lui ont menti depuis le début. Lui, pour masquer ses activités, elle, pour défendre son fils.

« Il est forcément chez elle. »

Quand tout va mal, les enfants courent se réfugier dans les jupons de leur mère.

Rue du Général-Ferrié, tout est calme.

Il est sept heures.

« Je ne tiendrai pas sans boire. »

La pièce est sombre et de petite taille, perdue derrière un dédale de couloirs et de portes. Leurs yeux se croisent, incrédules. Le visage émacié, Clément se précipite dans les bras de Mélanie. Ses vêtements crasseux sentent la sueur et la cigarette, ses baskets blanches sont maculées de boue. Bouleversée, Eva se tient en retrait.

— Où étais-tu ? parvient-elle à dire, réprimant son envie de pleurer.

Marcher, avancer, fuir, marcher… tout ça pour quoi ?

Clément ne répond pas. Pas encore, pas tout de

suite, pas assez de forces. Trop heureux de se laisser enfin aller contre Mélanie et incapable de penser à autre chose que sa peau contre sa peau.

Sa bouche contre sa bouche.

— Je croyais ne plus jamais te revoir, lui chuchote-t-il à l'oreille en resserrant son étreinte.

Ses lèvres contre ses lèvres.

— Nous ne serons plus jamais séparés, promet-elle, ne pouvant retenir des larmes de joie.

Le bruit strident d'une mobylette que l'on démarre retentit au-dessus d'eux. Une voix de femme, derrière une cloison.

Clément lâche enfin Mélanie et se tourne vers Eva.

Un ange, trop jeune, pas prête pour ça. Comme Mélanie, comme moi, comme nous tous. Des gamins...

— Je n'en parlerai à personne, Mélanie n'en parlera à personne et tu ne diras rien non plus. Fin de l'histoire.

Échanges de regards, les deux adolescentes ponctuent ses paroles d'un silence approbateur.

Fin de l'histoire.

Confiance et sérénité retrouvées, le whisky fait lentement son effet. Le liquide ambré lui brûle la gorge. Pas d'arme sur lui. Le gel et le vent n'ont plus de prise, Darrieux se sent parfaitement maître de ses gestes en dépit du brouillard persistant qui lui voile la vue au-delà de cinq mètres.

Et de l'angoisse qui lui tord l'estomac.

Il cache la bouteille à moitié vide derrière une poubelle dans le hall d'entrée. Réflexe. Au cas où, en sortant. Si l'envie est trop forte.

Son père. Charles, l'ami de son père.

Aucun bruit dans la cage d'escalier, à part le sifflement

d'un courant d'air qui se compresse pour passer dans le cadre disjoint d'une fenêtre. Thiel est là, Darrieux devine sa présence. La tension monte au fur et à mesure qu'il gravit les marches. Le voilà au deuxième étage, puis sur le palier du troisième. Trop lent, la minuterie s'éteint, le noir et toujours ce sifflement. Sa respiration s'accélère, le feu dans ses veines, il continue à monter. Le cliquetis d'une clef, trois étages plus bas, la lumière s'allume. Soudain paralysé, Darrieux suspend son geste, la main soudée à la rampe. Les clefs jouent dans une serrure, au premier, puis à nouveau le silence. Fausse alerte. Il reprend sa marche, contrôle son souffle. L'alcool, son cœur s'emballe.

Charles, le voisin. Charles-le-bienveillant.

Grégory Thiel est un homme entraîné. Pour que Darrieux ait l'avantage, l'effet de surprise doit être total. Enfoncer la porte, maîtriser le fils, priorité n°1, enfermer la mère, secondaire, elle n'a pas encore dû se remettre de sa dernière visite. Pas d'arme pour ne rien commettre d'irréparable. Ne pas être tenté de le tuer, sans autre forme de procès, savoir où sont les mômes, le faire avouer.

La porte de Simone Achard, des coups sourds dans sa poitrine. Il se souvient, la petite femme aux cheveux défaits, le regard fuyant, les messes basses, jamais un mot devant lui, comme si elle retenait son souffle. Rien à voir avec la furie de l'autre jour.

La femme de Charles.

Darrieux attend que son pouls reprenne un rythme normal. Une minute, dix minutes. Une pensée pour la bouteille, en bas, il aurait dû la garder avec lui. Il sonne, pour ne pas les alerter, l'index obstruant le judas. Le frottement de chaussons sur le carrelage, la porte s'ouvre, pas de chaîne de sécurité. Grégory Thiel n'a pas le temps de la refermer que Darrieux est déjà sur lui et le plaque au sol. Quelqu'un ferme la porte, une voix derrière lui, autoritaire, une légère fêlure :

— Lâche-le, Éric !

Darrieux resserre ne sa prise. Thiel souffle comme un bœuf, étouffant sous le poids de son agresseur. La vieille ne cherche pas à s'interposer physiquement.

— Il ne fera rien, je te dis… Lâche-le.

« Elle ment. »

Hésitation.

— Nous t'attendions.

Mensonges, les salauds, ils doivent payer pour tout le mal qu'ils ont fait.

« Ne pas l'écouter, s'en tenir au plan. »

Darrieux frappe de toutes ses forces sur le crâne de Grégory. Il se redresse, attrape Simone Achard par les cheveux. Elle crie. Le placard, dans le fond du couloir, il l'enferme sans ménagement, met la clef dans sa poche, s'appuie contre la porte pour reprendre son souffle.

Thiel gît dans le hall, inanimé.

Le faire parler.

Grégory Thiel est attaché sur une chaise, au milieu de la cuisine. Le néon blanc inonde la pièce d'une lumière crue. La table et les autres choses ont été poussées en vrac dans le salon. Des couteaux alignés sur le plan de travail, à portée de la main. À côté, une bouteille de gnôle, ouverte. Darrieux, devant son prisonnier, le regard vide, pressé d'en finir, tremblant de tous ses membres. Pas d'autorisation officielle, un interrogatoire à l'ancienne, les ordures comme Thiel ne méritent pas mieux.

Il parle et il crève. Rosa ne l'aura pas. Le risque qu'il s'en sorte est trop important.

Coup d'œil en direction des couteaux de cuisine. Une claque violente sur la tempe, suivie d'une deuxième, un coup de poing au menton. La douleur réveille Thiel qui ouvre les yeux d'un air hébété. La vieille hurle dans son placard, martèle la porte.

— Dis-moi où sont les trois gosses !

L'autre peine à reprendre ses esprits.

— Je…

Nouveau coup sur la mâchoire. Il serre les dents.

— Dis-moi où sont les trois gosses !

— Je n'y suis pour rien, gémit-il.

Darrieux le frappe encore, méthodiquement, deux coups à gauche, deux à droite.

— Parle-moi des pilules !

— Quelles pilules ?

Les coups fusent à nouveau.

— Parle-moi du trafic avec Cyril Vax !

— Qui est-ce ? Je ne connais pas cet homme !

L'inspecteur attrape la bouteille et boit une rasade au goulot.

— Parle-moi de Clément, Eva et Mélanie !

Thiel s'effondre, en larmes.

— Parle-moi du garage n°11 !

— Je t'en supplie, Éric !

— Arrête de chialer et dis-moi tout ce que tu sais. Je suis au courant de tout. L'enlèvement, les mômes dans la cave, la faim, les viols, tu sais tout ça, n'est-ce pas, tu le sais !

— … je t'en supplie…

— Puis l'enquête, la peur d'être attrapé, tu les déplaces dans le garage pour ne pas être soupçonné, mais là aussi, c'est trop risqué et tu les déplaces encore…

— … n… non…

— Pendant ce temps, il y a le trafic de drogue avec Vax, les soutiens des flics. Vax est au courant de ton amour pour les enfants. Il ne devrait pas fermer les yeux, mais tu le fais chanter, alors il s'arrange pour que le commissaire Rosa ne dise rien non plus. Trop d'enjeux, le complexe immobilier de la rue Ampère, les expulsions de squatters, la mairie, la préfecture pourrait avoir vent de leurs magouilles et adieu la tranquillité, les petites combines au grand jour. Le quartier des Eaux-Claires, un potentiel électoral qui compte. L'opinion n'aimerait pas un scandale. Les maisons et les usines rasées leur font déjà assez mal. Toute leur histoire, démolie à coups de bulldozers, leur enfance coulée dans le béton sous leurs yeux impuissants. La situation est explosive pour tout le monde. Les élus comme la police marchent sur le fil du rasoir. Ton trafic menace l'équilibre.

— C'est faux ! Je n'ai jamais été mêlé à tout ça.

— Bien sûr que c'est vrai, et tu le sais, parce que tu aimes trop les gamins. Tu leur voues un amour sans bornes, tu ferais tout pour pouvoir les toucher, leur faire partager tes sentiments…

— … je n'ai jamais… je ne veux pas…

— Je t'ai suivi ! Je connais les endroits où tu traînes, je t'ai vu de mes propres yeux essayer d'emballer un gamin pour le ramener chez toi ! Je connais ton manège par cœur, espèce d'ordure, et tu oses encore me dire que je mens ! Dis-moi ce que tu leur as fait dans cette cave ? Tu as joué avec eux, n'est-ce pas ! Tu t'es amusé puis tu les as tués quand tu en as eu assez de jouer ! Je vais te dire ce qui s'est passé ensuite. Tu les as tués puis tu es allé enterrer leurs corps quelque part, là où on ne les retrouverait jamais. Là où tu traînais tout le temps en compagnie de ton ami l'inspecteur Cyril Vax...

Il est à sa merci. Il peut le tuer s'il en a envie. Personne ne cherchera à retrouver sa trace. Ces types ne méritent que la mort.

— Arrête ces conneries, putain !

— ... dans les ruines des usines Cémoi. Nous n'avons pas retrouvé les corps, mais de toute façon, parmi tous ces décombres et ces pelleteuses, qui irait vérifier ? Un trou de plus ou de moins, personne ne peut le savoir !

— Ce n'est pas vrai ! crie Grégory Thiel. J'ai lutté pour ne pas être comme lui... pour ne jamais être comme lui. Je te demande pardon !

Le rouer de coups jusqu'à ce que son cœur lâche.

— Ne pas être comme qui, Grégory ? Tu parles de toi à la troisième personne du singulier ? Tu me prends pour un con, c'est ça ?

À voix basse :

— Je suis différent.

— Différent de qui ?

— Différent de Charles.

— Ton père ?

Thiel relève la tête et fixe Darrieux, les yeux injectés de sang.

— Tu le sais très bien, Éric. Je comprends que tu m'en veuilles. Je suis prêt à tout endurer plutôt que cette éternelle torture. Tu peux me frapper tant que tu le souhaites, je ne ferai jamais rien pour t'en empêcher, je te le jure ! Je l'ai mérité ! J'ai tout vu et je n'ai rien dit. Je sais tout pour la cave... depuis le début.

Rouge de colère, Darrieux le frappe de toutes ses forces au visage, dans les côtes.

Il n'a pas le droit de dire ça ! Il ment, il ment, il ment. Il doit être puni pour ses mensonges !

— Tu mens !

Les cris…

— Mon père…

— Quoi, ton père ?

Les cris, la voix de l'enfant.

— Mon père, il… C'est lui qui… C'est lui.

— Ton père est mort depuis trente ans, Grégory, tu ne me feras pas avaler ça !

Thiel répète, comme s'il n'entendait pas.

— C'est lui… je le hais ! Tout est de sa faute…

— Arrête avec ton père !

— C'est lui.

« Aide-moi ! » murmure l'enfant. La main qui caresse, la main qui frappe, les hurlements de détresse, l'abandon et le silence, le matelas moisi, le sperme qui coule entre ses fesses, tout le monde l'entend mais personne ne lui répond.

Incapable de se contenir plus longtemps, Darrieux saisit un couteau et le brandit au-dessus de son prisonnier. Un tremblement dans le bras, puis des convulsions incontrôlables dans tout le corps. Il ne parvient plus à maîtriser sa main.

— Les papiers de mon père sont dans le premier tiroir de la commode, dans le couloir. Je…

« Sors-moi de là avant qu'il ne revienne. J'ai mal, Éric, j'ai si mal… »

— … je suis sincèrement désolé, Éric. Je voulais faire quelque chose… je… je voulais réparer…

Les yeux de Grégory Thiel toujours plantés dans les

siens. Intolérables. Le bras de Darrieux se lève puis s'abat à toute vitesse, la lame se plante.

— Je ne te crois pas !

Œil rouge est muet.

— Ils sont là.

Suzan Pierce désigne une porte sale sur laquelle des graffitis ont été dessinés à la bombe.

— Tous les trois ? demande Catherine, étonnée. Tu m'as dit que Clément était ailleurs, que tu les avais séparés pour éviter les dénonciations.

— C'est inutile, maintenant.

« Où est Éric ? »

Comme si elle lisait dans ses pensées, Suzan lui presse le bras avec douceur.

— Ne t'inquiète pas.

— Parce que toi, tu ne t'inquiètes pas ?

La professeure lâche sa prise.

— Mieux vaut ne pas y penser pour l'instant. Les gamins n'ont rien.

Catherine pense : « Et alors ? Rien à foutre des gamins ! »

Elle répond :

— Tu as peut-être raison.

Grégory Thiel ouvre les yeux. La lame est plantée à quelques centimètres de son crâne dans le bois de la chaise. Darrieux ne l'a pas délivré. Il a souhaité prolonger son tourment. Thiel a senti à son regard qu'il n'a toujours pas compris.

« Il est sur la bonne voie. Je peux l'aider, pense Thiel. »

L'espoir d'une issue. Rembourser sa dette, apaiser les âmes et guérir, une bonne fois pour toutes.

« L'ombre d'Oncle Val. »

Briser la loi du silence.

Il est seul dans la cuisine. Ses liens sont coupés.

« L'emmener sur la tombe pour qu'il comprenne. »

Thiel entend qu'on farfouille dans la commode, le bruit d'objets métalliques jetés sur le carrelage. Darrieux revient avec une pochette cartonnée grise.

— C'est ça ?

Il acquiesce. Le ton est encore agressif, mais il n'y a plus aucune volonté de faire mal. Il ne lui en veut pas pour les coups. Il les méritait, tous… et même plus encore… Sa croix, le prix de son mutisme coupable.

« Tout est écrit noir sur blanc. Après avoir lu ces papiers, tu comprendras. »

Il veut lire, mais Thiel l'en empêche.

— Pas tout de suite. Suis-moi.

Darrieux a un geste d'excuse en direction du visage de Thiel et du sang qui souille ses vêtements. Il hausse les épaules. Les coupures sur ses pommettes ne le font presque plus souffrir.

« Je n'ai pas le droit de me plaindre. Pas face à lui. »

— Aucune importance, tu me suis, on verra le reste après.

— Et ta mère ?

Il hésite.

« Elle doit payer, elle aussi. »

— Tu as raison, je vais lui ouvrir.

Il disparaît dans le couloir, puis revient, dix minutes plus tard.

— Elle ne vient pas avec nous.

« Trop lâche, cette salope… plus ma mère, depuis trente ans. »

Ils partent sans refermer la porte. Dans la voiture, Darrieux ne décroche pas un mot, sa bouteille à la main.

Thiel hésite à mettre la radio, il trouve ça déplacé et se contente de regarder le cul de la voiture devant la leur.

— Il est enterré à La Tronche. Personne n'est jamais allé fleurir sa tombe. Pas de marbre, pas de croix.

« Personne ne l'a pleuré non plus. »

Les portes claquent de manière parfaitement synchrone, ce qui fait sourire Thiel. La grille est mal huilée, elle fait un boucan de tous les diables. Le goudron, le gravier, puis la terre battue. La tombe est dans l'endroit le plus sombre. Des herbes hautes la recouvrent presque entièrement. Il est obligé de faire un peu de ménage pour dégager la plaque. Puis il se tourne vers Darrieux qui est resté en arrière, comme pétrifié.

Son sauveur.

— Regarde.

Il refuse de bouger, Thiel doit le tirer par la manche, lui attraper la tête et la placer au niveau de la plaque. Darrieux résiste, mais Thiel est plus fort que lui. L'autre finit par céder, il s'agenouille devant la tombe.

« Ci-gît Charles Thiel (1921 – 1976). »

Darrieux est muet, les mains toujours cramponnées au dossier. Thiel s'attendait à des larmes, mais il ne se passe rien. Il en faut encore plus.

— Il est mort depuis trente ans. Il est ici pour que personne ne puisse le retrouver.

« Il a encore besoin de mon aide. C'est mon devoir. »

— Le cimetière de la prison n'en a pas voulu, la peur des dégradations, de l'agitation, tu comprends. Celui de Grenoble, non plus. Quant au village où il est né, c'était impensable. Même encore aujourd'hui, les services municipaux refuseraient.

Les consciences se sont réveillées, mais trop tard. Toujours trop tard, de toute manière. Le devoir de mémoire passe avant l'action. Encenser ou renier le passé mais ignorer le présent. Les hommes étaient tous courageux après le procès… Les voisins et les amis d'enfance, surtout. Les premiers à l'enfoncer, les plus teigneux, aucun pour se souvenir de leur propre lâcheté.

Il ne l'écoute pas.

« Pardon. »

— Maintenant, tu peux lire.

« Ne pas impliquer Éric. »

Suzan attend sa réponse.

— Nous allons appeler les flics, je suis entièrement d'accord avec toi, dit Catherine, scrutant la réaction la plus infime dans les yeux de l'autre femme. Mais je veux que tu me promettes de ne pas mêler Éric à tout ça.

— Grégory le sera lui.

— Grégory assume sa part de responsabilités, Éric est hors de cause. Sur toute la ligne.

Elle insiste sur la fin de sa phrase.

— Les gosses doivent retourner chez eux, tu vas dire ce qui s'est passé, mais Éric restera en dehors de ta déposition, nous sommes bien d'accord.

Elle tend son mobile à Suzan.

— Éric ne doit pas payer une deuxième fois.

Thiel lui dit qu'il n'y a plus d'enquête, que toutes les preuves sont là, dans le dossier entre ses mains, que c'est fini.

Fini ? Pourtant, les cris sont toujours là, plus assourdissants que jamais.

Darrieux le regarde, interdit. La tombe, le nom sur la plaque de mauvaise qualité, la rouille et les ronces : Ci-gît Charles Thiel. Confusion.

« Je ne te crois pas. »
— Les preuves ?
Presque paternel :
— Dans le dossier, regarde.
Il lit ce qu'indique le doigt. Darrieux ne comprend rien. Juste des mots, l'avis de décès officiel.
« Condamné à perpétuité pour l'enlèvement, le viol et l'assassinat de Judith Pestre, Marion Vanier et Olivier Maotti le 12 décembre 1975, Charles Thiel a été retrouvé pendu dans sa cellule, le 23 juin 1976, à 6:00, à la maison centrale de Rennes où il purgeait sa peine. Tout indique qu'il s'agit d'un suicide. »
Thiel est blanc.
— Il n'a eu que ce qu'il méritait. Ses compagnons de cellule l'ont empêché de se couper les veines pendant un an, paraît-il. Uniquement dans le but de profiter de lui le plus longtemps possible…
— Je ne vois pas de quoi tu me parles, coupe Darrieux. Ton père a fait tout ça ? J'en suis désolé pour toi, ça a dû être très difficile mais qu'est-ce que je viens faire là-dedans ? Et où sont Clément, Eva et Mélanie ?
L'autre a l'air catastrophé par ce qu'il vient de dire.
— Tu ne comprends donc pas ?
Non, il ne comprend pas. Toute sa haine pour Grégory Thiel a disparu et il ne comprend pas pourquoi. Il veut voir ses filles, il veut se réfugier dans les bras de Marie-Line. Plus d'une semaine qu'il ne les a pas vues. Elles lui manquent terriblement.
— Les gamins n'ont rien.
— Comment ça, rien ? Et la cave, le garage, les pilules, le matériel de tannage, les peaux, les cris et le sang, les morts et les innocents… ?

L'enquête, les trois adolescents disparus, le trafic de peaux humaines ! Tu encules ce sale menteur !

Thiel lui prend le bras, il se penche et lui parle, mais Darrieux ne l'entend plus. Tout se mélange, les peaux, Charles, le silence, les Eaux-Claires, son propre père, ses filles, l'attitude de Rosa et les trafics de Vax.

Les cris, le bruit du marteau-piqueur, la voix du gamin.

— Je… je crois que je vais vomir.

Il se dégage.

— Lâche-moi !

Boire et mourir.

35

— **Christian !... Christian !**

Tu gueules comme un veau, tu paniques. Le gosse a disparu. Quand tu es descendu, la porte du garage était grande ouverte et Christian n'était plus là. Tu essaies de te rappeler si tu l'as attaché avant de le laisser, la veille, mais tu ne parviens pas à te souvenir avec exactitude de tes gestes. As-tu fermé la porte à clef ? Une erreur ? Tu ne peux pas oublier des trucs pareils, tu te dis, c'est impossible, alors tu es pris de paranoïa, parce que tu penses que le gamin ne s'est pas enfui tout seul.

« Qui l'a aidé ? »

Putain de merde !

Ta femme, ton propre gosse, un voisin peut-être, qui sait ? Tu remontes chez toi en courant, manques de renverser sur ton passage la vieille du second. Elle hurle et tu lui gueules de la fermer, à cette sale truie. Tu arrives chez toi, tu vois ta femme.

C'est elle, tu en es sûr. Ça ne peut venir que d'elle. Elle t'a trahi parce qu'elle te hait.

— C'est toi qui lui as ouvert, hein, c'est toi !

Elle dit qu'elle ne voit pas de qui tu parles, elle fait

comme si Christian n'avait jamais existé. Tu lui dis d'arrêter de parler, mais elle continue comme si rien ne pouvait l'arrêter, alors tu la frappes jusqu'à ce qu'elle se taise. Ton gamin te saute dessus pour la défendre, tu l'envoies voler d'un coup de poing. Son nez a explosé, du sang sur tes mains. Tu leur ordonnes d'aller s'enfermer dans la chambre pour que tu puisses réfléchir mais tu ne vois aucune solution. La tête te tourne et tes tympans sont frappés d'un bourdonnement insoutenable. Soudain, tu te figes.

« On m'a dénoncé ! »

Tu essaies de te rassurer mais l'idée ne te lâche plus. Les flics vont venir, ils questionneront tout le monde, ils ne te laisseront pas en paix tant que tu n'auras pas avoué. Tu te tairas parce que tu es le plus fort. Ils ne t'auront pas. Alors ils finiront par partir et tu trouveras celui qui t'a dénoncé et tu lui feras payer. D'ailleurs tu n'as rien fait. Tu es innocent.

« Je suis innocent, que peuvent-ils me reprocher ? »

Tu n'as rien fait de mal, tout est de sa faute.

Puis tu fonces dans la chambre. Ta femme chiale, ton fils tremble comme une lopette et te menace. Tu le gifles, une fois, deux fois. Il se tait. Il comprend qui est le plus fort. Tu leur fais promettre de ne rien dire. Tu hurles.

— Jamais, vous m'entendez !

Ils jurent.

Tu es le plus fort et tu es innocent.

Ils jurent que tu es innocent, tu souris.

Tu sais que tu n'as plus de souci à te faire.

36

La voiture de Grégory Thiel file à toute allure en direction de son quartier. La radio débite son lot d'inepties que Darrieux n'écoute pas. Trop d'informations à digérer d'un coup, ces paroles stupides dans la tête :

« Salut John !
As-tu lu le *Standard*, il y a environ quatre heures ?
Ils ont repêché une fille dans la Tamise
Cheveux blonds, les yeux bleus
Elle disait qu'elle voulait devenir actrice
Ou quelque chose comme ça
Personne ne sait d'où elle venait, ni où elle allait
Le truc marrant c'est qu'elle souriait
Elle souriait ? Quel gâchis ! »

Darrieux se sent comme cette fille sortie de la Tamise, un sourire naît sur ses lèvres. Un sourire comme on n'en voit que sur les imbéciles heureux. Il secoue la tête.

— Pas foutu de comprendre, marmonne-t-il.

— Qu'est-ce que tu dis ? demande Thiel en gardant les yeux sur la route.

La voix du speaker se fait plus précise.

Il secoue la tête une nouvelle fois.

« Quelle chanson stupide ! »

Quel gâchis ! Mal à la tête, envie de boire, mal à la tête, il serre les fesses, mal à la tête, la nausée.

Le speaker parle des gosses. La bouteille est vide, sa bouche desséchée. Il a encore soif.

Une migraine épouvantable.

Il fait signe à Thiel d'accélérer.

« *... nouveau dans l'affaire des disparus des Eaux-Claires... les trois adolescents ont été retrouvés sains et saufs...* »

Darrieux voit les mains du conducteur se crisper sur le volant. La voix du speaker est enjouée.

« *Clément Sanchez, Eva Barth et Mélanie Clavèze. Souvenez-vous, leur disparition, les 13, 15 et 17 janvier derniers, avait mis en émoi les habitants du petit quartier des Eaux-Claires, redoutant l'une de ces terribles affaires de pédophilie qui hantent l'actualité nationale... avait fait les choux gras de la presse locale, pourtant habituellement prudente sur ce type d'affaires. Les autorités...* »

— Impossible...

« *... le commissaire Simon Rosa, responsable de l'enquête sur Grenoble... une fugue, rien de plus, comme nous le supposions dès le départ... tous les éléments susceptibles d'étayer la thèse de l'enlèvement se sont effrités les uns à la suite des autres... les adolescents auraient bénéficié de l'appui d'une ou plusieurs personnes du quartier...* »

Darrieux remarque que Thiel est livide.

« Impossible ! »

« *... les anciennes usines Cémoi... l'occasion pour le maire de Grenoble de rappeler la nécessité de redonner vie* *à cette zone mal famée et dangereuse pour nos enfants, et ce en dépit des efforts répétés des autorités publiques pour en interdire l'accès… le complexe immobilier que la majorité au conseil municipal a voté répond au souhait de nos concitoyens de voir leur ville s'embellir… la nouvelle ligne du tram, bien sûr, mais le programme de ravalement des façades des grands boulevards, chers à nos…* »

Grégory Thiel éteint le poste radio d'un geste rageur et s'exclame :

— Propagande !

Darrieux le dévisage comme s'il s'agissait d'un fou.

« Qu'est-ce que je fous dans cette voiture ? »

Envie d'être seul.

— Laisse-moi là ! dit-il d'une voix ferme.

— Tu es sûr ? Je peux encore t'avancer et…

— Laisse-moi là, je te dis !

Thiel se gare en double file, éteint le moteur et se tourne vers lui. Il ouvre la bouche pour dire quelque chose puis il se ravise.

— Comme tu voudras.

Darrieux a déjà ouvert la portière et se précipite sur le trottoir, comme s'il avait le diable à ses trousses. Il se met à courir comme un dératé en direction de sa rue, aperçoit son immeuble, accélère encore le pas, sous le regard amusé d'un couple de noctambules. Quelques minutes plus tard, il s'engouffre dans son immeuble, gravit les escaliers quatre à quatre, puis s'enferme chez lui à double tour.

Incohérences, de la merde plein les yeux.

Son crâne menace d'exploser, ses poumons sont en feu et sa gorge réclame sa dose de whisky. Il attrape une bouteille dans le placard de la cuisine, la débouche avec précipitation et porte le goulot à ses lèvres.

De la merde...
Le liquide lui brûle la langue.
Dormir.
Le whisky l'assomme aussi sûrement qu'un marteau sur la tête. Son crâne explose pour de bon. Il s'effondre sur le canapé du salon. Puis le vide.

Une voix lointaine chante au-dessus de sa tête, couvrant par moments le grondement du tonnerre.
— Éric...
Le chant d'une femme qui l'appelle.
— Éric!
Il rêve que la femme se prénomme Catherine, qu'elle le prend dans ses bras chauds et graciles et qu'elle le couvre de baisers.
La moiteur de son sexe, l'odeur de sa peau...
« Le criminel que je cherchais est mort et enterré depuis trente ans... Me suis trompé depuis le début de l'enquête, sauvé *in extremis*, les autres sont morts, condamné en 1976 à perpétuité... »
La voix se rapproche.
— Éric, réveille-toi!
Il ne souhaite retourner à la vie pour rien au monde. Douce illusion de l'ivresse.
La peau déchirée, découpée au scalpel.
« Mort en prison, honte du regard des siens, violé par ses compagnons de cellule, bien fait! L'ordure a payé d'une manière ou d'une autre, mort trop douce... »
Une ombre. Le temps file à vive allure et personne pour le retenir, que le chant qui s'éloigne à nouveau.
— Éric...
Vêtu de noir, Darrieux plonge à nouveau.

La peau de Catherine, découpée, séchée puis tannée...

« Pas de réseaux, pas d'enlèvements, pas de cache où Clément, Eva et Mélanie auraient été séquestrés et torturés, rien que mon imagination, les peaux tannées, le fruit de mon imagination, pourquoi ? Pourquoi ! »

Vertige, angoisse du sol qui approche, le vacarme d'un marteau-piqueur quelque part derrière lui. Il est trop loin, il ne saisit plus que des bribes.

— Ér...

Son propre corps, objet de toutes les souffrances. Œil rouge qui attend patiemment son heure.

L'évidence.

« Salut John, as-tu lu le *Standard*, il y a environ quatre heures ? »

Darrieux ouvre les yeux. Il est trempé de sueur, des mèches grises collées sur son front. Il relève la tête, une vive douleur à l'arrière du crâne. Quelqu'un l'a transporté dans son lit. Catherine ? Marie-Line ? Un coup d'œil en direction du couloir. Pas de bruit, aucun mouvement.

Le voyant rouge du répondeur clignote.

Un message de Lui. Ne pas l'écouter. Pas clair, vapeurs d'alcool.

« Quelle heure peut-il bien être ? »

Il repousse les draps, enfile un caleçon et un pull et s'approche.

Il sait déjà ce qu'Œil rouge s'apprête à lui dire.

Darrieux se gratte le menton, puis il presse le bouton sur l'appareil et attend.

Il sait : un grésillement, un signal sonore puis, à nouveau, un grésillement.

Une voix d'enfant, la même que le 16 janvier.

« J'ai peur. »

Une voix d'outre-tombe.

Un petit garçon.

Une poignée de secondes de battement, juste le souffle de la bande audio. Puis la voix reprend, plus grave. Davantage de fragilité aussi.

« J'ai peur mais je résiste. Le garage, ses yeux noirs, le froid et ses caresses. Je claque des dents mais je résiste, je résiste… grâce à toi. »

L'enfant a vieilli, sa voix a mué.

Le pouls de Darrieux s'accélère. La moindre pulsation lui fait souffrir le martyre.

« J'ai fermé les yeux, j'ai attendu qu'il ait fini et qu'il me laisse tranquille. Il a terminé son affaire, pas la mienne, il a fermé la porte du garage, puis je me suis envolé. »

Un nouveau silence, suivi d'un cri.

La voix change au fur et à mesure qu'Il parle dans le répondeur.

L'air lui manque.

« Œil rouge veille, des centaines de rats sont avec lui. »

La voix d'un cadavre qui continue de grandir dans sa tombe. Le cercueil trop étroit et le mauvais bois qui cède. Le corps poursuit sa croissance malgré tout.

Darrieux se laisse glisser sur le parquet, au pied du meuble où est installé le téléphone. L'impression d'avoir vécu cette scène des milliers de fois.

« J'entends leurs couinements, leurs dents qui s'entrechoquent, le claquement de leur langue… »

La voix d'un homme, à présent.

Cette voix ?

Tous les sens de Darrieux sont en éveil. Une main se pose sur sa tête et caresse ses cheveux. Catherine. Elle lui sourit tendrement et chuchote des mots sans queue ni tête :

— La suite, tu la connais, Éric.

C'est elle qui l'a installé dans son lit. Quelle est cette voix ? Il la connaît.

« Ils sont là pour terminer le travail d'Oncle Val. »

Le bruit du marteau-piqueur s'interrompt subitement. Le silence est total. La paix.

Puis sa voix dans le répondeur :

« Aide-moi ! »

La bande s'arrête, le voyant rouge s'éteint.

Sa voix.

Tout lui revient.

Lente progression.

La mécanique de la mémoire s'ébranle dans un nuage de fumée opaque. Darrieux repousse calmement la main de Catherine, il se lève et se dirige vers la fenêtre. La rue est calme, le soleil diffuse une lumière pâle. Aucune trace de travaux.

Le bruit du marteau-piqueur, rue des Eaux-Claires, trente-cinq ans plus tôt, descend jusqu'à lui à travers le soupirail.

Il se retourne. Le départ de Paris à la fin des années soixante pour le calme de la montagne après sa méningite. Les conseils du médecin. L'appartement au numéro 37, les travaux dans la ville en pleine restructuration, les Jeux olympiques, des grues partout, les marteaux-piqueurs s'attaquent au vieux bitume et les pelleteuses aux champs et aux marécages. Il n'était qu'un enfant. Le martèlement obsédant ne l'a pas quitté.

« Qui suis-je ? »

Éric Darrieux, inspecteur de police au commissariat de Grenoble, chargé de l'enquête des disparus des Eaux-Claires.

— Mensonges, murmure Catherine dans son oreille.

— Mensonges, répète la voix sur le répondeur.

Le réel se décompose, quelques secondes suffisent. Les éléments s'emboîtent parfaitement.

« J'étais là, j'ai tout vu ! Cette enquête, je l'ai menée à la force de mes bras. »

Les collègues de travail, toujours absents de leur bureau, le téléphone qui sonne dans le vide, les numéros qui ne sont plus attribués, les filatures sans aide. L'alcool, l'impression d'être seul sur le coup.

« À qui je parlais ? »

Seul.

Les entretiens imaginaires avec Rosa.

« Les monologues téléphoniques, sans personne au bout du fil. »

Les délires éthyliques le jour de son arrestation qui durent, qui durent et qui durent encore, enfermé en cellule comme un vulgaire clochard, la gueule de bois qui lui lamine la gueule et le foie.

« Ivresse sur la voie publique, simple avertissement. »

— Nous espérons ne plus vous revoir, monsieur Darrieux. Un conseil, faites-vous soigner avant qu'il ne soit trop tard.

Les vannes des types de la BAC aux Trois Tours.

« Les flics se foutaient de ma gueule, Sylvie, la serveuse qui te sert ta dose quotidienne depuis dix ans, Jean-Pierre Wojcik, ton psychiatre. »

Les sales cons ! Ils ont bien dû se foutre de sa gueule, pendant tout ce temps.

L'air hagard de Brescia, le troisième jour d'enquête.

« Mon collègue de boulot… pas un flic, Jérôme déteste les flics… »

L'usine, son ancien travail, les trois-huit, il pointe, les copains ricanent, fils d'ouvrier, son père avant lui, le regard satisfait de Séverine Botta du service comptabilité, cette sale pute qui l'a balancé pour remplir ses fichus tableaux, l'actif, le passif… le contremaître qui le prend à part à la fin de son service.

— *Éric, tu es viré. Je n'ai rien pu faire pour te garder, compression de personnel, difficultés financières, tes excès de boisson, ça ne pouvait plus durer, tu me connais, j'ai tout essayé. Tu dois te soigner, mon vieux. Un beau matin, tu vas te réveiller et il sera trop tard… Je suis sincèrement désolé.*

Ils le sont tous. Depuis qu'il est gamin. Darrieux se souvient que ses poings ont volé, ce jour-là. Il n'a pas touché ses primes de licenciement. Le cafard, l'alcool, l'alcool, ne surtout pas émerger. La merde, toujours la merde, son lot à lui.

Le pouilleux qui l'interpelle pour lui demander à boire dans sa rue, lundi dernier, comme s'il le connaissait.

« Dédé, mes soirées aux Trois Tours avec lui, à fêter les poignées d'euros de la caisse d'allocations familiales. Le chauffeur de bus me laisse monter sans payer, il me connaît, il sait que j'ai déjà tout mis dans la bouteille, il est sympa ce type. »

Ce n'était que ça ?

Trop pour un enfant de dix ans, trop pour l'adolescent et l'homme qu'il est devenu.

L'enquête, le matériel pour traiter et tanner les peaux.

« Mon cauchemar à moi depuis 1974, la destruction suprême de mon intimité corporelle, mon intégrité dépecée et livrée en pâture à ses mains, à sa langue et à sa bite immonde ! »

Ses fantasmes morbides. Le moche, encore le moche qui lui colle à la peau, toute cette saleté, impossible de l'en détacher.

« Je n'ai pas rêvé Marie-Line et les filles ! »

— Le divorce a été prononcé en 1996, lui souffle Catherine en lui tenant la main comme à un enfant. Tu n'as pas obtenu la garde de Claire et d'Emma, tu ne les as pas revues.

Elle lui tend les lettres et les dessins poussiéreux, elle lui parle de la chambre des filles, inutilisée depuis des années.

— Le juge t'a interdit le droit de visite. Je suis là pour te soigner, m'occuper de toi... Un jour, tu les reverras !

Elle est brave, Catherine, elle fait tout ce qu'elle peut.

Marie-Line, ses filles. L'alcool, la dépression, dix ans. Son mariage foutu en l'air. Ses deux gosses qui ne le connaissent pas, bien mieux pour elles. La voix, SA voix, SES voix, celle d'un adolescent dépressif et paniqué, mais aussi celle d'un enfant qui a peur des adultes, d'un jeune homme manquant de confiance en lui, puis d'un jeune mari éperdument amoureux, incapable de mettre de l'ordre dans ses sentiments, tout en excès. Le whisky, la gueule de bois, il suffit d'assembler les morceaux. Quinze ans qu'il picole comme un trou.

Il crie.

— Allez tous vous faire foutre !

Il a mal, il pleure et se dit que la barbarie n'a pas de visage, seulement des noms sur le papier et des images qui s'effritent dans un vacarme épouvantable.

« Pourquoi moi ? »

Toutes ses larmes se déversent, la source est intarissable, il se recroqueville contre les seins de Catherine, entre ses jambes.

— Je ne t'ai jamais lâché, Éric. Je savais que tu finirais par refaire surface un jour ou l'autre, tu m'entends? Ils voulaient te mettre en chambre close, tu sais ! Ton ex-femme, surtout, elle avait peur pour les filles, mais je n'ai pas cédé d'un pouce et aujourd'hui, tu es là. Suzan Pierce a promis, elle ne dira rien.

Elle resserre son étreinte autour de lui, elle le protège, Catherine, l'infirmière, celle qui lui fait ses piqûres tous les matins, les anxiolytiques et tout le bastringue.

Darrieux se vide.

« Qui suis-je ? »

Pas grand-chose, un cas parmi tant d'autres, enfermé dans une cave et livré aux loups et aux chiens, l'éternel inacceptable, les tabous, le voisin de palier et ami de ses parents, les apéros le soir, la chance de ne pas y être complètement passé.

La chance?

— Tu as résisté, Éric, comme tu l'as promis.

« J'ai respecté ma promesse. »

Un grand bol blanc est disposé sur la table, il dégage une forte odeur de lait chaud, la nappe est immaculée. Appuyée contre le lavabo, Catherine n'ose pas respirer, Darrieux est penché sur le bol. Le visage de Christian lui sourit au milieu des cercles de mousse.

« Oncle Val est mort et enterré. »

Les lèvres de l'enfant remuent dans les vapeurs de lait. La voix, sa voix lui souffle ce qu'il a toujours su. Darrieux saisit une cuillère, il la plonge dans le liquide brûlant et tourne. Le visage s'estompe.

Ne reste que la surface striée de ridules crémeuses.

Et les miroirs troubles de la mémoire.

TABLE

Déjà parus
AU DIABLE VAUVERT

Catalogue disponible sur demande à
contact@audiable.com

AGENCE VU – ACTION CONTRE LA FAIM
Misère urbaine : la faim cachée, album
JUAN MIGUEL AGUILERA
La Folie de Dieu, roman, Prix Imaginales 2002, Prix Bob Morane étranger 2002
Rihla, roman
Mondes et Démons, roman
Le Sommeil de la raison, roman
AYERDHAL
Chroniques d'un rêve enclavé, roman
Le Chant du Drille, roman
Transparences, roman, Prix du polar Michel Lebrun 2004, Grand Prix de l'Imaginaire 2005
Demain, une oasis, roman, Grand Prix de l'Imaginaire 1993
JEAN-JACQUES BEINEIX et BRUNO DE DIEULEVEULT
L'Affaire du siècle T1 – Château de vampire à vendre, BD
L'Affaire du siècle T2 – Vampire à louer, BD
JULIEN BLANC-GRAS
Gringoland, roman, Lauréat du Festival du premier roman de Chambéry 2006
PIERRE BORDAGE
L'Évangile du serpent, roman, Prix Bob Morane 2002
L'Ange de l'abîme, roman
Les Chemins de Damas, roman
Porteurs d'âmes, roman
POPPY Z. BRITE
Self made man, nouvelles

Plastic Jesus, roman
Coupable, essai
Petite cuisine du Diable, nouvelles
Liqueurs, roman
OCTAVIA E. BUTLER
La Parabole du semeur, roman
La Parabole des talents, roman
SIMON CASAS
Taches d'encre et de sang, récit
THOMAS CLÉMENT
Les Enfants du plastique, roman
FABRICE COLIN
La Mémoire du vautour, roman
DENYS COLOMB DE DAUNANT
Les Trois Paradis, roman
Le Séquoia, roman
La Nuit du Sagittaire, récit
DOUGLAS COUPLAND
Toutes les familles sont psychotiques, roman
Girlfriend dans le coma, roman
Hey, Nostradamus! roman
TONI DAVIDSON
Cicatrices, roman
Intoxication, anthologie
ANGELA DAVIS
Les Goulags de la démocratie, pamphlet
DEROUBAIX, LE PUILL, RAYNAL
Les Vendanges de la colère, album
YOUSSOUF AMINE ELALAMY
Les Clandestins, roman, Prix Atlas 2001
FAVIER, GREMILLET
Merci patron, album
JAMES FLINT
Habitus, roman
Douce Apocalypse, nouvelles
Électrons libres, roman
CHRISTOPHER FOWLER
Démons intimes, nouvelles

José Frèches
Créateurs du nouveau monde, album
Le Centre d'appel, roman
Neil Gaiman
Miroirs et Fumée, nouvelles
American Gods, roman, Prix Hugo 2002, Prix Bram Stoker 2002, Prix Locus 2002, Prix Nebula 2003, Prix Bob Morane 2003
Anansi Boys, roman
Neil Gaiman et Dave McKean
Violent Cases, BD
Neil Gaiman et Terry Pratchett
De bons présages, roman
Nikki Gemmel
La Mariée mise à nu, roman
William Gibson
Tomorrow's parties, roman
Identification des schémas, roman
Gin
Bad Business, roman
Stéphane Guignon
&, roman
Thomas Gunzig
Mort d'un parfait bilingue, roman, Prix Victor Rossel 2001, Prix Club Med 2001
Le Plus Petit Zoo du monde, nouvelles, Prix des Éditeurs 2003
Kuru, roman
Nora Hamdi
Des poupées et des anges, roman, Prix Yves Navarre 2005
Plaqué or, roman
Nora Hamdi et Virginie Despentes
Trois Étoiles, BD
Scott Heim
Mysterious Skin, roman
Grégoire Hervier
Scream test, roman

Andrés Ibáñez
Le Monde selon Varick, roman
L'Ombre de l'oiseau-lyre, roman
I.V.M.
La Rue est à nous… Tous, album
Aïssa Lacheb-Boukachache
Plaidoyer pour les justes, roman
L'Éclatement, roman
Le Roman du souterrain, roman
Louis Lanher
Microclimat, roman
Un pur roman, roman
Philip Le Roy
Le Dernier Testament, roman, Grand Prix de Littérature policière 2005
La Dernière Arme, roman
Mark Lynas
Marée montante, document
Youcef M.D.
Je rêve d'une autre vie, roman
Le Ghost writer, roman
James Morrow
En remorquant Jéhovah, roman
Le Jugement de Jéhovah, roman
La Grande Faucheuse, roman
Le Dernier Chasseur de sorcières, roman
Dan O'Brien
Les Bisons des Black Hills, roman
Cécile Moulard
Mail connexion, essai
Dee Dee Ramone
Mort aux Ramones! autobiographie
Vincent Ravalec
Une orange roulant sur le sol d'un parking…, poème
Vincent Ravalec, Mallendi et Agnès Paicheler
Bois Sacré, initiation à l'iboga, document
Recueil prix hemingway
Toreo de salon et autres nouvelles, nouvelles
Pasiphae et autres nouvelles, nouvelles

Nicolas Rey

Treize minutes, roman

Mémoire courte, roman, Prix de Flore 2000

Un début prometteur, roman

Courir à trente ans, roman

Céline Robinet

Vous avez le droit d'être de mauvaise humeur…, nouvelles

Régis de Sà Moreira

Pas de temps à perdre, roman, Prix Le Livre Élu 2002

Zéro tués, roman

Le Libraire, roman

Alex Shakar

Look sauvage, roman

Charles Silvestre

La Torture aux aveux, pamphlet

Matt Thorne

Images de toi, roman

Matt Thorne et Nicholas Blincoe

Les Nouveaux Puritains, anthologie

Coralie Trinh Thi

Betty Monde, roman

Michael Turner

Le Poème pornographe, roman

U2

U2 by U2, album

Tristan-Edern Vaquette

Je gagne toujours à la fin, roman, Prix Goya 2003

Cécile Vargaftig

Fantômette se pacse, roman

Serge Velay

Embrouilles dans la scribouille, pamphlet

David Foster Wallace

Brefs entretiens avec des hommes hideux, nouvelles

Un truc soi-disant super auquel on ne me reprendra pas, essais

ALEX WHEATLE
Redemption Song, roman
Island Song, roman
MARTIN WINCKLER
Contraceptions mode d'emploi, document
Les Miroirs obscurs, document
JOELLE WINTREBERT
Pollen, roman, Prix Rosny-Aîné 2003